690년대 것으로 추정되는 사마르칸드(아프라시압) 궁전 벽화에 나타난 고구려의 두 사신(머리에 깃을 꽂은 오른쪽의 두 사람)
소설 속에서 '양울력'과 '하달탄'이라는 두 인물로 활약한다.

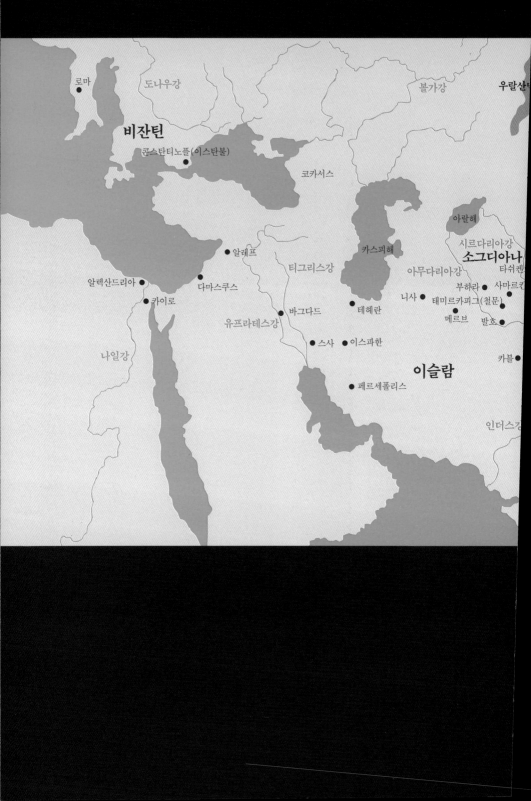

예니세이강

오브강

이리티시강

흑수(아무르강)

흑수말갈

미누신스크 ● 사얀산맥

바이칼호

실카강

훌룬호 눈강 송화강

실위(시르비)

부이르호

서튀르크(온오크)

항가이산맥

케룰렌강

홍안령 거란(키타이)

알타이산맥

외튀켄산(튀르크의 수도) ▲

해(키)

발하시호

시피 5성

돌륙 5성

영주(조양) ●

수이압

우룸치 ●

튀르크(돌궐)

평양 ●

이식쿨

음산산맥

유주(북경) ●

신라

천산산맥

쿠차 ●

투르판 ●

하미 ●

하투지역

운주(대동) ●

경주 ●

악수 ●

카쉬가르 ●

타림강

로프호

사주(돈황) ●

황하

미르고원

타클라마칸사막 (타림분지)

호탄 ●

하서주랑

당(타브가치)

난주 ●

곤륜산맥

짐마콜(청해호)

낙양 ●

(상해) ●

장안(쿰탄) ●

티벳

양자강

히말라야산맥

부라마푸트라강

갠지스강

7세기 말 유라시아 대륙

투르판의 야르호토 성(城).
두 개의 물줄기가 계곡 안의 이 성을 사이에 두고 서로 교차한다 하여 교하성(交河城)이라고도 하였다.

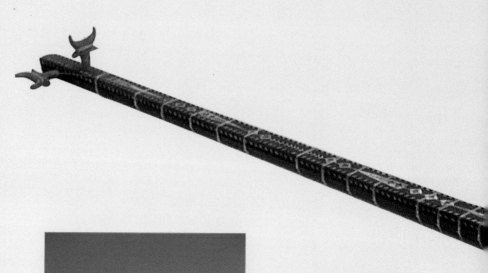

타미르 강가의 튀르크 제단 앞에 서 있는, 무려 백 척이 넘는
거대한 바윗돌(타이하르 촐로).
여기에는 여러 내용들이 고대 튀르크어와 티벳어 들로
새겨져 있다.

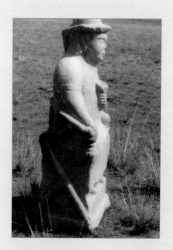

부이르 호숫가에 서 있는 고구려 카간의 초상이라
불리는 람촐로(승려 석인상).
이 람촐로를 경계로 동쪽에는 고구려 사람이,
서쪽에는 몽골 사람이 살았다 한다.

당(唐)대에 유행한 불꽃 화장(투르판 아스타나 출토).
눈썹 위로 그린 불꽃 화장은 마치 수평선 너머
갈매기를 타고 떠오르는 붉은 해 같다.

당(唐)대 말탄 여인
(중국 섬서성 예천현 출토).
무측천 시대의 여자들은 남자처럼
말 등에 치마 입은 가랑이를 벌린 채 올라앉아 탔다.

시와 노래와 여자가 그의 곁을 떠나본 적이 없는 파리후드의 애인 도타르(실크로드의 두 줄 현악기)

공양하는 소그드 상인

소그드어로 된 마니교 경전(투르판 베제크릭 석굴 출토)

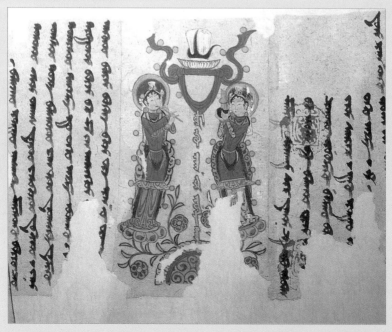

김영종 장편역사소설 **빛의 바다**

빛의 바다 상

1998년 6월 30일 1판 1쇄

지은이: 김영종
펴낸이: 강맑실
펴낸곳: (주)사계절출판사
편집: 최옥미
표지 및 본문 디자인: 김영철
지도 및 화보 편집: 홍수진
표지 사진: 배병우
인물 사진: 손승현

주소: (우) 110-062 서울시 종로구 신문로 2가 1-181
전화: (02)736-9380 / 팩스: (02)737-8595
등록: 제 8-48호
ⓒ 김영종, 1998

사계절출판사는 성장의 의미를 생각합니다.
사계절출판사는 독자 여러분의 의견에 항상 귀 기울이고 있습니다.
천리안, 하이텔, 나우누리 ID : sakyejul
http : //www.sakyejul.co.kr
e·mail : sakyejul @ soback.kornet.nm.kr

김영종 장편역사소설 **빛의 바다**   상

모든 생명을 지으시고 거두시는 하느님께 이 책을 바칩니다

프롤로그

운전하면서 나는 아내에게 축구 소식을 전했다. 그녀가 프랑크푸르트 북페어에 갔다가 막 도착, 우리 가족은 북부간선도로를 달리고 있는 중이었다.

우즈베키스탄은 옛 실크로드의 중심지로 …… 구소련이 해체된 후 …… 우리나라와 경제 교류에 특히 관심 …… 놀라운 것은 백이십여 종의 사람들이 섞여 사는 다종족 국가 ……

라디오에서 흘러나오는 젊은 여자의 목소리는 입술 선을 벗어난 루주 자국처럼 꽤 생경하게 들렸다.

— 헤딩 슛이 정말 기막혔어.

나는 유쾌하게 말했다. 벌써 등 뒤에선 두 아이가 야단법석이다.

그 떠드는 소리 사이로, 아내가 프랑크푸르트 한식당에서 있었던 에피소드를 마치도 중계방송처럼 들려준다.

— 거기서 일하는 총각 말이, 방금 우리가 우즈벡에게 오 대 일로 이겼다는 거야. 생각해봐, 호호. 금방 믿겠겠어?

일요일 오후, 꿈쩍도 하지 않는 고가도로 위의 차 속에서도 우리 가족은 즐거웠다.

숫적으로 이 나라에는 우리 고려인이 일곱 번째로 많으며, 대략 이십만 명을 헤아립니다. …… 1937년 스탈린의 강제 이주 정책에 의해 ……

나는 그 순간 언젠가 본 적이 있는 한 다큐멘터리 속으로 빠르게 빠져들었다. 무쇠바퀴, 경적음, 무럭무럭 피어오르는 연기, 매달리는 군상들, 살벌한 호루라기 소리, 꽥꽥 질러대는 고함소리, 눈 내리는 시베리아 횡단 철도, 버려진 주검들의 절규, 아우성치는 비좁은 화물칸의 굶주림, 추위, 학질, 아우슈비츠를 방불케 하는 죽음의 행렬.

— 이제 우즈베키스탄, 카자흐스탄을 모르는 사람이 없을 거야.

— 당신한텐 좋겠어.

— 엄마, 왜?

초등학교 삼학년짜리 아들이 끼어들었다.

— 아빠 소설에 나오잖아.

딸아이가 대신 퉁명스럽게 대답한다.

재밌는 얘기지만, 우리 애들은 축구 덕분에 이 나라들이 중국이 아니라는 걸 확실히 알게 되었다. 내가 답사 때문에 자주 중국을 들락거리다 보니 심지어 아내까지도 작년 여름에 갔던 우즈베키스탄행을 두고 사람들에게,

— 애 아빠가 며칠 있으면 중국 가니까 바쁜가봐요.

할 정도였다.

블라디보스토크, 하바로프스크 등 연해주에 살던 십팔만 명의 동포가 …… 이틀 안에 짐을 싸라는 계엄령과 함께 …… 삼 일분의 식량만 가지고 …… 장장 육천 킬로미터 …… 사십여 일을 걸려 …… 어린아이는 다섯 명에 한 명꼴로 죽고 …… 이곳 중앙아시아에 도착해서 ……

팔월에 타쉬겐트에 갔을 때, 나는 니콜라이 신 화백(申順南)을 만날까도 했으나 그만두었다. 그 이유는 나중에 밝히겠지만, 떠나기 직전에 미술관에서 본 「진혼제, 이별의 촛불, 붉은 무덤」 …… 「동방의 전설, 거미집의 장미」 같은 신 화백의 작품들은 한 마디로 나의 가슴에서 천 년의 격랑을 타고 넘나들던 감동이었다.

더욱이 천삼백여 년 전 …… 사마르칸드의 옛 도시인 아프라시압 성터에서 벽화가 …… 두 명의 고구려 사신이 그려져 있었습니다. …… 차도 비행기도 없던 그 옛날에 어떻게 이역만리를 ……

— 아빠, 나 저것 좀 사먹을래.

주차장 같은 고가도로 속을 헤집고 다니는 노상 상인이 보였다.

— 진풍경이구만.

— 아휴, 여기까지.

— 음료수는 안 되고, 뻥튀기만 사자.

나는 아내의 눈치를 보며 총각을 손짓으로 불렀다.

우즈벡과 카자흐의 국경선을 통과할 때의 광경이 떠올랐다. 차창 밖에서 사달라고 졸라대는 노점상들, 실실 웃으며 다가오는 암달러상들, 앞뒤 없이 꽉 밀려 있는 차들…….

뻥튀기는 맛이 좋았다.

— 이건 담백해.

— 다른 과자보단 순수하죠?

— 엄마, 목말라.

아들놈이 계속 졸라댔다.

— 안 돼. 조금만 참으면 집에 가서 물 마실 수 있잖아.

아내는 이 문제만큼은 단호했다. 난 물보다 더 좋은 게 세상에 어딨냐고 한술 더 떴다.

— 그래도.

— 시끄러. 콜라만 마시면 설사하는 애가.

피는 못 속인다고 아들놈은 장 나쁜 것까지 나를 꼭 닮았다. 하여튼 콜라는 내가 아는 한, 중앙아시아와 중동에서 엄청나게 마셔댔다. 우즈벡 청년 후산과 러시아 운전수 게오르기는 콜라가 아니면 죽음을 달라였다.

기억이 난다. 물 한 모금 마시지 않고 섭씨 사십 도를 웃도는 태양 아래서 잡초뿐인 아프라시압 성터를 근 예닐곱 시간을 걸어다니다가, 시원한 그늘에서 기다리고 있던 운전수 게오르기가 내미는 콜라병을 눈이 뒤집혀라 목구멍에 쑤셔넣은 건 아무라도 어쩔 수 없는 일이었겠지만, 하여튼 그날 밤부터 난 며칠 간 아예 아랫도리가 떨어져나간 줄 알고 호텔 방에서 꼼짝 못 하고 묶였던 적이 있다.

······ 요즘은 한국 관광객도 많아져 ······ 호텔 등에서 달러를 바꿀 때 ······ 특별히 주의하시는 것이 좋겠습니다.
— 네, 그렇군요. ······ 그런데 정말 ······ 생각할수록 ······ 어떻게 그런 일이 있을 수 있었죠?
— 진짜루 우리 민족은 대단한 민족 같아요. ······ 어디서나 ······ 보세요. ······ 하잖아요.
— 맞아요. ······ 그렇죠.
— 이제는 안 나가 있는 데가 없어요. 어딜 가나 한국 사람들을 만날 수 있거든요? 아마도 그 저력이 옛날 고구려 때부터······.

아프라시압 맞은편에 관광 명소인 울룩벡 천문대가 있고, 바로 그 옆에 시원한 물이 콸콸 넘치는 오아시스 같은 레스토랑이 있다. 꼬박 닷새만에 다시 찾아온 셈이었다. 그때가 오후 한시였다. 부하라에서 아침 아홉시쯤 출발했으니 네 시간 걸린 셈이었다. 도시락통을 놓고 둘러앉은 여남은 명 되는 사람들의 식탁에서 나는 이들이 한국 사람이란 걸 단박에 알아보았다.
— 안녕하세요?
누가 먼저랄 것도 없이 인사했다.
— 식사 좀 하시지요.
한국 사람의 오가는 정이다.
— 아, 네. 하십시오. 전······.
나는 러시아 운전수 게오르기와 함께 건너편에 자리를 잡고 앉았다. 그는 잠시 자동차를 손보고 온다며 자리를 떴다. 저쪽 식탁에서 그들 중에 한 사람이 팩소

주를 들고 이쪽으로 왔다.

— 혼자입니까?

— 네.

설마 했는지 그는 깜짝 놀란 투로 방금 그 사람이 가이드냐고 물었다.

— 아뇨, 운전수예요. 그런데 선생님은 어쩐 일로 여기 오셨습니까?

내가 따라준 우즈벡 맥주를 한 잔 마시며, 자기는 디자인 하는 사람이며, 여기 있는 모 회사에서 불러서 며칠 전에 직원들 데리고 서울서 왔는데, 오늘은 일요일이라 놀러나왔고, 다음 주엔 떠날 예정이라 했다.

— 이 앞이 바로 옛날 성터거든요? 아프라시압이라 해요.

무슨 말인가 의아해하는 그를 보고, 거기 박물관에 우리 고구려 사신이 나오는 벽화가 전시되어 있으니, 꼭 한 번 보고 가라고 권했다.

— 후, 아직도 여기야?

— 당신, 이제야 긴장이 풀리나봐?

— 으응, 그런 것 같애…….

아내는 기지개를 켜더니 다시 잠 속으로 빠져들었다.

— 오늘 무슨 길일이 세 갠가 겹쳤다는데…… 그래선가? 너무 막힌다.

— 어어? 그래…….

아내는 거의 비몽사몽간임이 틀림없다.

— 아빠.

아들놈이 귀에다 대고 다정히 부른다. 들으나마나 제 엄마 자는 틈에 콜라를 사달라는 얘기다.

— 야, 알통. 그러면 못써. 혹시 누나가 살짝 시킨 거 아냐?

딸애가 반쯤은 웃으며 소리를 꽥 지른다.

— 뭐야. 내가 언제 그랬어?

자, 그럼 잠시 차 감독과 연결해보도록 하겠습니다.

　　나에게도 연결의 문제는 중요했다. 벽화 속의 고구려인과 현재 중앙아시아에
서 살고 있는 고려인. 이들은 천삼백 년을 사이에 둔 격랑의 세월 속에서 무엇으
로 연결되어야 할 역사의 신탁(神託)인가?
　　'일본 간첩 활동 방지를 위해 한인들을 이주시켜라'고 적혀 있는 이주 명령서
한 장이 연해주 동포의 삶을 송두리째 뽑아서 파멸시켰듯이, 나라의 부흥을 염원
하는 고구려 유민은 당나라의 강제 이주 정책에 의해 망망대해와 같은 유라시아
대륙에 산산조각으로 흩어졌었다.

프랑스행 티켓을 따놓은 우리가 …… 한일전에서 …… 아마도 그런 일은 없을 겁니다.

　　— 아빠, 난 일본은 정말 싫어.
　　— 허허.

뉴스를 전해드리겠습니다. 사자 회담에 북한은 ……

　　— 벌써 한 시간 반이 지났구나.
　　— 우리하고 북한하고 합치면 일본을 이길 수 있지, 아빠?

일본은 북한에 …… 확대하고, 일본인 처 고국 방문을 …… 또다시 우리 배를 나포한 일본 해
상보안청은 ……

　　— 그러엄. 문제는 어떻게 합치느냐지.
　　— 아냐. 그게 뭐가 문제야.
　　아이는 나름대로 기상천외한 방법들을 내놓았다.

이번에 처음 공개된 북한의 고구려 유적과 유물은 …… 북한은 눈이 녹는 내년 사월쯤 …… 남북한 공동으로 구성된 고구려 학술탐사를 제안한다고 ……

— 아빠 소설! 고구려 이야기다.

— 으응, 그래. 조용히 해봐, 들어보게.

또다시 아프라시압(사마르칸드) 벽화가 떠올랐다. 난 오래 전부터 벽화에 나오는 두 사람이 발해를 건국한 고구려 임시정부의 사절일 거라고 가정했다. 그렇게 생각하면서 이 소설을 시작했다. 고구려 임시정부와 유민들이 새로운 나라 발해를 어떻게 세웠는가가 이 소설의 전부를 이루고 있다. 그리고 에필로그에서 근대 우리 역사 속의 중앙아시아와 거기서 살았던 고려인들의 존재를 생각해보았다. 물론 이 둘의 연결을 위해 내가 명심한 글귀가 있다. ……연해주 하바로프스크 시에 세워진 한 비명(碑銘)은 이렇게 전하고 있다.

'무고한 희생자들을 위한 영원한 추모.'

— 여보, 다 다녀봐도 내 나라 내 집이 제일 좋지. 안 그래?

아내는 나의 이 말을 들으며 가져온 짐을 풀고 있었다.

차례

상

하

서 막　　　　　　7세기 유라시아 대륙의 역사는 인류사의 거대한
지각 변동으로 기록된다. 당시 동과 서는 세계의 지붕인 파미르 고원을
중심으로 나뉘어졌다. 서는 이슬람 문명이, 동은 당(唐)이 지배하던 시대
였다. 이 두 제국 사이에서 수많은 민족과 국가가 흥망성쇠를 경험했다.
서에서는 페르시아가 망하고, 비잔틴의 수도 콘스탄티노플이 함락 직전
까지 갔다.

　　한편, 동의 정세는 이러했다. 한반도에서는 고구려의 붕괴와 발해의
건국, 북의 몽골 초원에서는 튀르크(돌궐)의 멸망과 부흥, 남의 찬탄 고원
에서는 티벳의 발흥이 있었다. 이러한 격변의 중심축을 이룬 것은 당의
팽창정책이었으며, 그 결과 이들 나라의 민족적 자각은 전에 없을 정도로
고조되었다. 일례로 국자(國字) 창제는 그 좋은 본보기였다. 다만 고구려
의 경우는 기록이 없어 신라의 이두로 미루어 짐작할 수 있을 뿐인 게 안
타까운 것이다.

　　이 시기, 또 하나의 간과할 수 없는 사건이 흥안령(興安嶺 : 몽골과 만
주를 가르는 산맥)을 중심으로 한 세력의 출현이었다. 당시 역사 무대에 비

24

로소 등장한 이들은 그후 세계사에 이루 헤아릴 수 없는 거대한 족적을 남겼는데, 고구려 유민들의 활동은 결코 이와 무관하지 않았다. 이를테면 요나라의 키타이(거란), 몽골제국의 시르비(실위)가 바로 그들이다.

당시의 유라시아 대륙은 흔히 실크로드라고 부르는 국제무역이 가장 성황을 이룬 시기이기도 했다. 특히 오아시스 길을 놓고 벌이는 상권(商圈)의 각축은 국제적 전쟁과 직결되었다. 이른바 '동서의 무역, 남북의 전쟁'이라는 도식이 이런 현실에서 기인했다고 본다면, 그중 남북 간의 전쟁은 유목(遊牧)과 정주(定住) 사회의 대결로 보아 좋을 것이다.

이러한 세계정세 속에서 문명의 십자로를 오가며 유라시아 대륙의 동서·남북의 대동맥에 양분을 공급하였던 오아시스 국가군이 있었는데, 바로 이 시대 국제무역의 중추를 담당하였던, '소그드'라고 불리는 오아시스 도시국가들(지금의 우즈베키스탄 지역)이었다.

그런데 이 소그드의 중심 도시 사마르칸드(아프라시압)에 고구려인 두 사람의 출현이 기록되어 있으니, 이 소설은 바야흐로 소그드인 카라반(대상隊商)의 이야기로부터 시작해볼까 한다…….

불타는 땅

1

태양은 벌써 보그다 올라의 만년설 위로 비켜앉았지만 타들어가는 사막의 화염은 이따금 회오리를 토해낼 뿐 좀처럼 가라앉질 않는다. 지글거리는 모래 자갈과 금방이라도 북 찢어질 듯 팽팽한 대기가 악귀처럼 아가리를 벌리고 모든 살아 있는 것들의 침입을 막고 있다. 하지만 그 너머에 더욱 지독한 죽음의 사막 타클라마칸이 기다리고 있어서일까, 사람들은 아주 먼 옛날부터 이 고비만은 정복해야 할 사막이라 생각했고 그래서 정복했다. 그러나 반란을 두려워하지 않는 정복자란 없는 법. 낙타와 말을 타고 수없는 전쟁과 무역으로 날이 샌 길이지만 누구나 이 사막을 건널 때면 언제나 죽음을 각오하지 않으면 안 되었다. 때론 폭풍처럼 쏟아지는 회오리바람에, 때론 한 방울의 물을 찾아 신기루 속을 헤매다 사라지고 또 사라져갔다.

까마득히 아물거리는 지평선 위 어느 한 점, 뜨거운 불김 사이로 몇 번이고 눈조리개를 맞추며 가까스로 잡은 초점을 쫓아 그것이 정말 신기루가 아니길 신에게 빌며 가고 또 가는 동안 점은 서서히 하나의 띠로 살아난다. 천지가 온통 불바다인 사막에서 나그네는 그 생명의 띠를 본 순간 하늘을 향해 감격에 떨며 마구 외친다.

— 파라두스! 파라두스!

오아시스를 둘러싸고 있는 백양나무는 저 멀리 지평선 위로 기다란 푸른색의 띠를 이룬다. 물이 있는 곳에 생명이 있고 푸른 녹색의 생명나무가 있다. 나그네는 여기서 신생(新生)의 기쁨을 얻고 자신의 신에게 찬양과 예물을 바친다.

지금 갈색 매 한 마리가 백양나무로 뒤덮인 야르나이즈 계곡을 유유히 날면서 가끔씩 구름 한 점 없는 하늘을 수직 비상하고, 보그다 올라(몽골어로 신성한 산)의 눈 녹은 물은 이 계곡 사이로 넘칠 듯 밀려와 목마른 오아시스를 풍요롭게 적신다. 비라고는 거의 구경조차 할 수 없는 이곳, 연중 가장 뜨거운 이때만 되면 되려 홍수가 지는 역설의 땅에서 투르판의 사람들은 신성한 보그다 올라와 그 어머니 텡그리 탁(튀르크어로 천산 天山이란 뜻이며, 보그다 올라는 이 거대한 산맥의 동북쪽에 있는 지맥이다)이 빙설을 녹여 내려준 생명의 물줄기 위에 자신들의 슬프고도 아름다운 이야기를 수없이 뿌려놓았다.

이제 그 많던 이야기는 흘러가버리고 남아 있는 것은 정복자의 기록뿐이지만, 역사의 강바닥에 퇴적된 층위들은 다시 살아서 말하고 싶어 한다. 이를테면 금세기 초 발굴된 돈황·투르판 문서에는 정복자나 지배자의 다른 편 사람들 —— 원주민, 전쟁포로, 농민, 도망자, 반란자, 팔려간 사람들—— 의 삶이 함께 묻어나 있다. 그 위에 확대경을 대면 그 흔적들은 하나 둘씩 꿈틀꿈틀 살아 움직이며 기록 너머의 진실을 말하기 시작한다.

당나라 현종 때 대표적인 변새파(邊塞派) 시인 잠삼의 시,

　　사막 위에서 해 뜨는 것을 보고

사막 위에서 해 지는 것을 본다
후회하거니
서역만리 온 것을
공명이란 무엇인가.

잠삼이 좇아온 공명 뒤엔 약소 민족이 당한 피비린내 나는 살륙이 있고, 그 앞엔 전쟁 영웅인 안서절도사 고선지가 있다. 잠삼은 병조참군으로 고선지의 막부 서기였고, 고선지는 조국을 배반한 고구려 입당파(入唐派) 무인 고사계의 아들답게 세계제국인 당나라의 주구가 되어 머나먼 서역 땅에서 무고한 인명을 유린하면서 그 악명을 드높이고 있었다.

불타는 땅 투르판의 야르호토 성(城)은 이러한 진실들을 감춘 채 야르나이즈 계곡의 거친 물살 한가운데 거대한 군함처럼 떠 있는 천애의 요새다. 흔히 사람들은 두 개의 물줄기가 계곡 안의 이 성을 사이에 두고 서로 교차한다고 하여 교하성(交河城)이라고도 불렀다.

성의 출입문인 남문을 통과하여 곧장 남북으로 길게 뻗은 큰길을 따라 올라가면 오른쪽에 고압적인 서주(西州) 관아가 나오고 맞은편 길 건너에는 높이 솟은 망루가 성 전체를 감시하듯 서 있다. 그리고 관아를 막 지나면 대로 양편으로 즐비한 민가와 시장이 이어지는데, 요즘은 부쩍 관아가 있는 동쪽으로만 길을 새로 닦고, 대규모 상가와 저택들이 번쩍번쩍 들어서고 있다.

신시가지 입구에는 이러한 번영을 뽐내려는 듯 거대한 이층 건물이 마치 무지개 핀 대궐처럼 사방의 수많은 황톳집들 위로 형형히 부서지는 빛조각들을 뿌리며 서 있다. 멀리서 보아도 금방 카라반 사라이(대상隊商들이 머무는 거대한 숙박지)라는 걸 알 수 있다.

카라반 사라이. 일반 세상에선 구할 수 없는 진기한 물건들로 넘치고, 이국 여인과의 애틋한 사랑, 몇 번이고 죽었다 살아난 모험담, 술과 쾌락의 밤이 있으며, 시인의 음유와 구법승의 설법이 들리고, 유명한 악사와 화가들 주위로 사람들이 몰려드는 밤이 있는가 하면, 권력과 암투, 모든 나라들의 정세와 정보들이 쉴 사이 없이 살아 움직이는 또 다른 밤이 있는 곳. …… 마치 서로 다른 색실이 한 오라기의 삐져나옴도 없이 잘 짜여들어가는 페르시아의 카펫처럼.

지금은 신의 노여움을 피해 오수를 즐기는 시간. 도타르(두 줄짜리 현악기)의 선율을 타고 낭랑한 목소리가 카라반 사라이의 이층 난간에서 메마른 대기 속으로 조용히 퍼져나갔다.

꽃을 보지 못한 새
봄의 아름다움 모르듯
사랑의 불꽃을 간직하지 않은 사람
밤하늘의 별들 보지 못하네
가슴속에 간직한 사랑의 보석은
먹구름 사이로 반짝이는 별과 같은 걸
아름다운 그대여
수줍은 너의 예쁜 얼굴은
은빛 햇살 빛나는 저 산꼭대기에 숨어
시간은 흘러가건만
놀란 사슴 눈을 하고 다가오지 않는구나
난 영원한 당신의 것
난 영원한 당신의 연인

입놀림을 따라 멋부린 콧수염이 한층 유난해 보이는 청년 파리후드는 도타르의 둥근 배를 끌어안고, 아직 노래의 여운이 가시지 않은 큰 눈을 들어 초점없이 보그다 올라의 빙설을 바라보고 있다.

땅그랑 땅그랑……

출발을 앞두고 타부(낙타를 끄는 인부)들이 낙타 목에 종을 거는 소리가 들려왔다.

— 집사장님, 준비가 다 됐습니다.

— 으으음. 알았다.

파리후드는 재촉하는 부하를 데리고 사르타바호(카라반 대장의 호칭)가 쉬고 있는 차이하나(찻집)로 향했다. 실내 여기저기서 사람들의 이야기 소리, 웃음소리가 들려오고, 맞은편 넓은 벽에는 소그드 산(産) 융단이 걸려 있다. 깊은 산중에서 검은 말을 탄 공주가 초생달형 그릇을 받쳐든 땅 위의 미소년에게 뭔가를 던져주는 모습이 예쁘게 직조된 융단이다.

그 아래 창가로 면한 탁자에 두 사람의 모습이 보인다.

— 다음번엔 꼭 담비를 구해줘야 하느니라. 부탁이야.

— 글쎄 그게 어디 쉬워야지요.

— 허헛, 왜 그러느냐. 너말고 누가 하겠느냐.

— 사르타바호님, 요사이 세상이 얼마나 험한지 잘 아시잖습니까. 제가 이날까지 사르타바호님 일에 조금이라도 소홀한 적이 있던가요?

잠깐 동안 침묵이 흘렀다.

— 내 알지. 하지만 이런 때일수록 이문도 많은 법 아니겠느냐?

— 그렇긴 하지만요. 하여튼 노력해보겠습니다. 저도 며칠 후면 오랫동안 길을 떠날 예정입니다.

— 어디로 가는데.

— 쿰탄(장안)으로 해서 영주(營州)의 안마타사치님 댁에 들려올 계획입니다. 아, 저기…… 집사장이 오는데요?

이때 파리후드가 밑테가 빨간 삼각형 흰 펠트 모자를 요란스럽게 흔들며 들어왔다. 사르타바호가 힐끗 돌아보았다. 밖에서 찢어지는 듯한 낙타 울음소리가 들려왔다.

— 어, 거기 앉도록 해라.

— 네, 주인님. 헌데 서둘러야겠습니다.

파리후드는 서두르는 성품이 아니지만 말은 항상 그랬다.

— 그러지. 차 한 잔 하고 일어나도록 하자.

앳된 아가씨가 양 귀밑으로 머리채를 달싹거리며 녹, 황, 남색의 꽃무늬가 멋지게 그려진 찻주전자를 들고 왔다.

— 허, 자네 노래 솜씬 언제 들어도 일품이야.

— 네이, 이 사람. 또 헷소릴…….

— 사르타바호님, 장도에 오르시는데 가수 노래 한 곡 듣고 일어나시지요.

— 네이, 이 사람. 암만해도 제 정신이 아니야.

파리후드가 머리를 가로 흔들며 펠트 모자를 쥐었다 놨다 하는데 결코 싫은 표정이 아니었다.

— 주인님, 요 작자가 늘 이렇게 절 괴롭힙니다.

— 아냐. 그래도 널 생각해주는 사람은 을천이뿐이질 않느냐.

사르타바호가 구레나룻부터 빙그레 웃으며 자못 중하게 당부한다.

— 을천이도 우리 가면 카라반 길 떠난다니까, 친굴 위해 한 곡 선사하도록 해라.

어느 새 아가씨가 세타르(세 줄짜리 현악기)를 건네고 있다. 소녀는 최신 유행식으로 눈썹을 각지게 꺾어서 짙게 쭉 뻗쳐서 그렸는데, 외려 눈매는 가냘퍼 더욱 알 듯 모를 듯 깊이 파고드는 촉촉한 눈길이었다. 파리후드가 속수무책으로 세타르의 현을 튕기면서 목소리를 다듬자 여기저기서 박수가 터져나왔다.

언젠가 모래 언덕에 서서
그녀는 말했지
이제 떠나면 다시는 볼 수 없을 거라고
난 당신에 대한 열정으로 미칠 것만 같은데
그대여, 무정하게 날 버리지 마오
그날 밤 천막에서
물결치는 머리칼을 내 손끝이 끌 때
당신은 포근하게 안겨왔어
토실토실한 당신의 다리
매혹적인 얼굴에 우유 같은 살갗
가슴은 빛을 받은 거울
쾌감에 젖어 검은 사막 위
샛별이 싫었던 날들
그대는 왜 내 곁을 떠나는가
아니, 혹 나에게 만족하지 못했다면
내 옷을 잡아 다시 흘러내리게 해요

박수 갈채와 함께 우후—— 하는 사람들의 환호가 실내를 가득 메웠다.

— 역시 우리 파리후드야.

사르타바호는 대단히 만족했다. 주렴처럼 가늘게 가닥가닥 딴 앞머리 위에 얹힌 날물고기 비늘무늬의 나발통 모자를 또단또단거리면서, 그는 큰 몸집을 위엄 있게 일으켜세웠다.

— 을천아, 그럼 잘 다녀오너라.

— 고맙습니다, 사르타바호님. 마니(마니교의 창시자)님의 가호가 있길 빕니다.

이 말을 긴 꼬리처럼 남기고 일행은 차이하나를 나섰다. 회랑을 막 돌아갈 무렵 파리후드가 조금 뒤로 떨어지면서 을천의 소맷자락을 끌고 빠르게 속삭였다.

— 자, 이거.

손놀림이 번개 같았다.

— 방금 도착한 정보야.

순간 을천은 고개를 까닥하면서, 칼날의 그림자처럼 말했다.

— 어제 미행당한 애한테서 받은 건가?

— 그건 아니야.

벌써부터 카라반 사라이의 넓은 마당 한가운데는 붉은 술이 달린 쇠종을 목에 건 잘생긴 쌍봉 낙타를 선두로, 족히 삼백 마리는 넘을 낙타 떼가 코에서 코로 고삐를 연결하고서 문밖 도로변을 따라 일렬로 죽 늘어서 있다.

타부들은 정확히 열여덟 마리당 한 명씩 배치되어, 조장의 점검이 끝났는데도 자기가 맡은 낙타들을 끝까지 살피고 있다. 실제로 카라반(대상隊商)의 규율은 극도로 엄격해서 설령 낙타 등에 짐이 비었다 해도 최종 목적지까지 반드시 걸어서 가야 했고, 단 한 마리라도 처음 출발했을 때와 순서가 바뀐다든지 하면 삯은 물론이거니와 체벌이 혹독했다.

사르타바호가 모습을 보이자 대열엔 아연 정적이 감돌았다. 숱이 짙은 눈썹 위로 흰 두건을 맨 카라반의 수비대장이 회색 망토를 펄럭이며 정중히 다가왔다.

— 이상 없습니다.

— 도호부에선?

— 네, 통과증을 받았습니다.

— 출발시키도록 하라.

— 넷.

수비대장이 출발신호를 보내자, 카라반이 느릿느릿 움직이기 시작하면서 악사들의 연주가 터져나왔다. 주위는 삽시간에 북새통을 이루고 구경꾼들은 매번 보는 풍경이지만 항상 새로운 기분으로 달려들었다.

여인들은 여기저기 숨어서 잘생긴 사내를 찾아 눈을 빛내고, 대부분의 아이들은 낙타 탄 치들에게 대롱대롱 매달려 한 푼이라도 얻어내려고 애태우지만, 눈치 빠른 녀석들은 벌써 돈 줄 만한 사람을 찍어서 그 앞에서 온갖 재주를 부리며 확실한 투자를 한다. 얼굴이 뽀얗고 포동포동하게 생긴 사나이를 노렸던 한 아이는 동전 몇 닢을 챙겼는데, 사실 이 구두쇠 요리장(料理長)은 고창국(502~640년)이 망한 후 이젠 아무 쓸모없게 된 고창길리(高昌吉利)를 무슨 큰 선심이나 쓰듯 주었다.

선두는 막 성문을 빠져나가고, 태양은 야르나이즈 계곡 쪽으로 한층 기울었다. 사르타바호와 파리후드의 모습도 어느 새 대열 속에 섞이어 점점 멀어져갔다. 을천은 이들의 뒷모습을 바라보며, 이익이 있는 곳이면 가지 않는 데가 없는 이 소그드인들이야말로 자신의 목적을 위해 없어서는 안 될 존재라고 속으로 거듭 뇌이었다.

2

때는 무자년 쥐띠 해 서력 688년. 야르나이즈와 함께 이곳 투르판을 적시는 양대 계곡인 무르툭. 풀 한 포기 없이 불타고 있는 키질탁(튀르크어로 붉은 산이며, 중국어로 화염산이라 함)의 협곡을 넘칠 듯 흘러내리는 이 무르툭 강의 하구에 생김아기스(勝金口)라는 물목이 있다. 그리고 이 물목을 지키는 산허리에는 석굴로 된 몇 개의 사원이 세워져 있다.

……

하잘것없는 인생
하잘것없는 이 세상
원하는 것은 오직 자기를 숨길 가리개
하는 일은 날마다 남을 죽이는 책략
정신은 망치고 육신은 병들고
세상의 남녀는 한 이불 속에서 뒹구네
우리들 정결하여 법을 지키는 남자와
신실한 여자는
말씀에 따라 광명을 찾으니
소망대로 선택받은 자 될지라

……

흰 관을 쓰고 소복 차림을 한 마니승은 염경 기도를 마쳤다. 부부 신도는 보물로 가득 찬 금쟁반을 봉헌하고 물러나 앉았다. 밖에서 쏟아지는 폭염 속에서도 이 석굴 안만큼은 냉방처럼 시원했다. 다섯 사람이 둘러앉기에 조금 비좁은 감은 있으나, 천장과 사면이 모두 마니교 벽화로 장식되어 있어 외려 종교적 일체감을 불러일으키기엔 안성맞춤이었다.

— 저 성화(聖畵)를 보시지요.

마니승은 성소 뒤의 벽면 가득히 아름다운 그림으로 장식한 성화를 가리켰다.

하늘로 곧게 뻗어나간 가늘고 긴 세 줄기의 나무가 매우 인상적으로 성화의 중심부를 이루고, 무성히 흐드러진 큰 잎사귀와 포도처럼 주렁주렁 달린 탐스런 열매가 상단 전체를 뒤덮고 있다. 좀 특이하게 의자 등받이처럼 생긴 반원이 지면 위로 불룩 올라왔는데, 나무들이 여기에 마치 향꽂이에 향이 꽂혀 있듯 뿌리 없는 줄기를 박고 있다. 머리에 새를 올려놓은 두 명의 신도가 이 나무를 향해 경건히 기도를 하고 있으며, 좌우 다섯 명씩의 수호령이 이들을 둘러싸고 보호하는 게 보인다.

— 잘 아시다시피 우주는 빛과 어둠으로 나뉘어 있고 빛은 영원한 생명, 우리 모두가 가고자 하는 천국입니다. 저기 그려진 생명나무는 바로 빛의 천국이자 우리를 그곳으로 인도하시는 마니님 자신이지요. 병든 인간의 영혼을 치료하고, 육신의 어둠 속에 갇힌 생명의 빛을 해방시키는 능력을 주는 나무입니다.

마니승이 은밀하고 심장한 눈길로 두 부부를 바라보았다.

— 성화를 담의(談義)하긴 오늘이 처음입니다. 모쪼록 각별히 새기길 바랍니다…….

마니승이 이어 설(說)했다.

— 저기 보이는 둥근 건 마니님의 옥좌인데, 생명나무가 바로 저기서 뻗어나간 진의(眞意)를 우리는 마니님의 가르침을 통해 깨달아야 합니

다. 마니님이 말씀하시길 항상 몸을 청결히 씻고 금욕하면 육체에 갇힌 정신이 순수해져서 그때야 비로소 빛을 볼 수 있는 영지(靈智, gnosis)가 생겨난다고 하셨습니다. 결국 우리는 이 능력에 의해서 육신의 허물을 벗고 한 단계 한 단계 빛의 세계로 들어갈 수 있는 겁니다. 니유샤건 (일반 신도인 청종자)께선 늘 부단한 정진을 하세요.

부부 신도는 비지데건(승려로서 선택받은 자)의 설법을 들은 후, 다른 벽에 그려진 성화들도 신기한 듯이 둘러보았다. ……천정에서 양측 벽으로 치렁치렁 드리운 흑갈색의 주름치마 문양 아래 백설처럼 분분히 날리는 흰 잎새들과 그 사이로 경쾌히 날아다니는 하얀 새가 이제는 아주 특별한 의미로 다가왔다.

— ……그럼 저 흰색은 빛을 의미하나요?

머리에 쓴 얇은 흑망사에 비친 부인의 갸름한 이마가 몹시 지혜로워 보였다.

— 그렇습니다.

부부가 사원을 나서자, 비탈 기슭에 푸른 차양이 달린 두 대의 우차(牛車)와 손바닥만한 그늘도 없어 헐떡거리고 있는 수종자들이 내려다 보였다.

— 부인, 오늘은 금식일이니 저녁에 산책이나 갑시다.

— 큰애도 데리고 갈까요?

— 으음, 그게 좋겠소. 사에나 본 지도 좀 됐구려…….

일행은 생김아기스의 다리를 건넜다. 말 탄 경호원들이 맨 앞서 가고 주인의 우차 뒤로 수종자들이 뒤따랐다. 주인은 잿빛 말을 탄 을천에게 조용한 목소리로 간간이 말을 건넸다.

— 장씨네 소식은 들어왔느냐?

— 공사비가 좀 쪼들린다고 합니다.

— 우리한테도 오겠지?

— 아직 그 정도는 아닌 모양입니다.

— 아냐, 그렇지 않을 거야. 좀더 파악해보도록 해라.

— 알겠습니다. 하긴 염 도호(都護)님이 요즘 사면초가라서,

이때 주인의 목소리가 을천의 말을 끊었다.

— 그보다도 판단을 잘못한 거야. 자식이 선친만 못해. 관리들하고는
속으론 가까이 지내도 남 보기엔 거리가 있는 게 좋아. 으음, 헌데 그 집
담보론 뭐가 좋지?

장(張)씨 일가는 할아버지 때부터 투르판 일대에서 제일 가는 부자였
다. 그런데 부자 삼대 가기 힘들다고 례신(禮臣)의 대에 이르러 가계가
기울기 시작했다. 원래 그들의 선조는 먼 옛날 한무제의 대흉노전 때 큰
전공을 세워 돈황 지방에서 이곳으로 옮겨와 살게 되었다고 전한다.

물론 이런 이야기들 뒤에는 가문을 빛낸 조상님들이 항상 있게 마련
이지만 그것도 다 할아버지 웅(雄)이 쌓아올린 재력 위에서 힘을 발휘하
는 것이었다. 조부는 확실히 상황 판단이 빨랐다. 이른바 투르판의 국씨
(麴氏) 고창국(高昌國) 시대의 말기, 그러니까 당제국의 서주(西州) 시
대가 열리기 직전에, 웅은 벌써 태산이 웅덩이 될 판도를 읽고 있었다.

그러나 그때는 아무도 그렇게 빨리 멸망의 날이 올 줄 몰랐다. 달이
차면 기운다던가. 당시 고창국은 개국 이래 최대의 번영을 누리고 있던
터라, 산호랑이 눈썹도 그리울 게 없는 허장의 세에 젖어 그 번영의 후
견인인 서튀르크가 이제 역사의 무대 뒤로 급격히 사라지리라는 사실을
전혀 감지할 수 없었다.

'서튀르크에서 당으로.'

이 명확한 변화를 가장 먼저, 가장 정확히 읽고 행동에 옮긴 사람이 바로 할아버지 웅이었다. 이를테면 당의 군정하에서 그림자처럼 수족이 되어 움직인 것이다. 특히 작은아들 장회숙(張懷淑)을 사령관 후군집(侯君集)의 통역 비서로 집어넣어 토지제도에서 주민조직, 상거래, 세금, 소송법에 이르기까지 사회 전반에 걸친 대대적인 중국화 작업의 정보를 송두리째 빼내었다. 땅 짚고 헤엄친 장씨 일가의 축재는 이때부터 눈부신 것이었고 순식간에 투르판 일대의 모든 재부를 다 장악한 듯이 보였다.

그러나 사오십 년의 세월이 흐르는 동안 세상은 많이 변하여, 지금은 할아버지 약을 손자의 약탕기에 넣고 다리는 격으로 례신은 이 변화된 상황을 읽어낼 힘이 부족하였다. 그가 조부의 가업을 처음 물려받았을 때는 이미 정보의 독점이란 불가능했고, 막강한 경쟁자들과 힘겹게 세력을 다투는 상태까지 되었다. 주로 그들은 사마르칸드 지방에서 온 소그드 카라반들이었다.

장례신은 점점 자신의 카라반이 이들에게 밀리자 초조한 나머지 이 년 전 막대한 돈이 투자되는 카레즈(사막의 지하수로) 공사를 착수했다. 이것이 결정적인 실책이었다. 국면의 타개를 위해서는 사태의 원인부터 정확히 파악해야 함에도 불구하고 그는 이미 마음이 동요하여 앞을 내다볼 능력을 상실하였다. 아직까지는 누가 뭐래도 례신의 자금줄은 카라반을 통한 무역일진대 지금 그것이 뿌리째 흔들린 것이다.

그러니까 그가 공사를 벌인 바로 그 이듬해, 당의 세력하에 있던 안서 4진(安西四鎭 : 투르판의 안서도호부 산하에 있는 네 개의 주요 오아시스 국가로 비단길의 요충지임)이 몽땅 티벳의 손에 넘어가버려, 장씨같이 순 한족(漢族)에다 내놓고 도호부의 절대적 비호를 받는 상인들은 비단길의 통행 자체가 어렵게 되었다.

물론 그전에도 이런 일은 종종 있었고, 심지어 십여 년 전에는 이곳 안서도호부까지 서튀르크와 티벳 연합군 손에 넘어간 적도 있었다. 그땐 정말로 가문 자체가 날아갈 위기의 상황이었다.

하지만 그때마다 그의 할아버지는 모든 투자를 중지하고 새로운 주인에게 엄청난 뇌물을 갖다 바치고 살아났다. 그러한 과정에서 조부는 차차 등거리 외교란 걸 터득하였고, 그러면서도 세계제국 당의 힘을 절대적인 것으로 놓고서, 신흥 유목세력한테 늘 빼앗기고 핍박받는 모습까지 오히려 연출하였다. 당연히 외형상 약탈당한 것이고 내용상 유목세력에게 거액의 돈을 상납한 것인데, 돌아서서는 그 이상의 돈을 중국 황실로부터 뽑아내었다. 이것은 수완이기에 앞서 하나의 예술이었다. 그러나 그 예술은 타고난 것도 있겠지만 차라리 각고의 단련이 가져다준 선물이었다. 하지만 손자 례신에게는 아직 그러한 선물을 받을 만한 자격도 능력도 없었다. 사람들은 흔히 례신이 처한 상황을 보고 설상가상이라 하지만 그러나 사태는 이미 예정된 것이었을 뿐 아니라 경쟁자들은 벌써 그 핵심을 간파하고 있었다.

비단길 전 지역을 관리하는 안서도호부의 대도호 염온고(閻溫古)는 작년에 부임한 이래 실정만 거듭하였는데, 장례신은 그러한 염온고의 권력에 의지하여 무역업의 실패를 카레즈 이용료(사막의 생명인 물 사용료)나 고리대금으로 만회해볼 양이었으니, 이 무능한 두 인간의 합작이 휘둘러댄 폭압의 양 칼날은 수많은 농민들의 신음소리만 하늘을 찌르게 하였다.

그리하여 못 견딘 농민들은 도망쳐 튀르크군이나 티벳군에 가담하게 되고, 남게 된 그 처자나 친척 그리고 사린 오보제(四鄰五保制:넷 혹은 다섯 가구를 하나로 한 당나라의 행정조직)에 묶인 이웃들은 전 재산을 날리거나, 노예로 팔려가거나, 감옥에 들어가게 되어 그 악순환은 끝이 없었다.

당연한 얘기지만, 이럴수록 례신의 카라반은 적개심에 불타는 이들의 표적이 되었는데, 급기야 작년에 비단 무역로가 모두 신흥국가인 티벳의 손에 넘어가버리게 되자 기본 자금줄까지 완전히 막혀 카레즈 토목공사는 마침내 엄청난 자금난에 봉착하게 된 것이다.

바로 이 틈을 뚫고 급부상한 소그드 상인들 중 가장 성공한 사람이 을천의 주인 위러스뒤판, 중국식 이름으로 강의라(康義羅)였다. 중국에선 이들 소그드 상인들을 통칭 소무 구성(昭武九姓)이라 불렀는데, 사마르칸드를 중심으로 한 그 주변의 아홉 나라를 한자식 성(姓)으로 표기하여 나라 출신별로 호명한 것이다. 즉, 사마르칸드는 강국(康國), 타쉬겐트는 석국(石國), 부하라는 안국(安國), 마이무르그는 미국(米國), 케쉬는 사국(史國), 카부다나는 조국(曹國), 쿠샤니카는 하국(何國), 화리즘은 화심국(火尋國), 와르다나는 과지(戈地)라 하였다. 을천의 주인 강의라의 강(康)은 그가 바로 강국(즉, 사마르칸드) 사람이란 뜻이었다.

이들은 고창국 시대 이래 투르판 일대에서 막강한 세력으로 자리잡았고 그중 강·사씨가 가장 큰 세력, 그 다음이 하·조·미·석씨 순이었다. 더욱이 이들끼리는 서로 단합이 잘 되어 담보나 빚보증, 신분보증까지 서주고 또 장인(匠人)에서 통역관, 군인, 상인, 전당포에 이르기까지 하지 않은 일이 없었으니 그 세력이 대단하였다.

권력교체의 시기, 그것도 당 점령군에 의해 모든 것이 한순간에 뒤집히는 비상의 계절, 살아남는 자와 죽는 자, 출세하는 자와 영락하는 자의 선이 너무도 분명한 때, 소그드인들에게도 집단으로 혹은 개별로 이

파괴적인 선에 대한 필사적인 돌파가 요청되었다.

바로 이때 머나먼 비단길을 따라 열다섯의 애송이 청년 강의라가 이러한 격랑의 물결에 혈혈단신으로 쓸려들어왔었고, 그러한 그에게 의지할 지푸라기 하나를 제공한 건 우연케도 안서도호부의 행정명령이었다. 그것은 귀화한 외국 사람에 한하여 십 년분의 과역(課役)을 면제해준다는 조치였다.

그러나 아직 정남(丁男, 21~59세)이 안 된 그에게는 사실 그 명령보다는 그것이 가져올 사회적 파급, 즉 소그드인들을 당으로 귀화시키려는 제국의 정책이 앞으로 자신의 운명에 어떤 모습으로 작용할지가 더 큰 문제였다. 비록 그는 약관의 나이지만 모든 걸 스스로 선택하고 결정해야 했다.

당시 소그드 사회는 당제국의 본지화(本地化) 정책에 따라 일종의 성분 조사를 겸한 호적 등재를 해야 했는데, 특히 무역업 종사자들은 상업 및 수출입에 관한 법령인 관시령(關市令)에 의해 그 허가를 재발급받아야 했다.

동시에 당으로서도 비단길 무역에 가장 오랜 경험과 노련한 기술을 가진 소그드 무역상들, 기마전에 대적할 자가 없다는 차카르(소그드어로 戰士), 적어도 6개 국어 이상을 자유롭게 구사하는 소그드 지식인들, 이들을 어떻게 충성스러운 중국 신민(臣民)으로 바꾸어내느냐 하는 문제와 더불어, 고창국 시대에 서튀르크의 오랜 비호 속에서 최대의 권부(權富)를 누린 친튀르크파를 어느 선에서 어떻게 청산해야 하느냐는 문제가 남아 있었다.

그러한 때 청산 대상 제1호에 해당하는 강보겸(康保謙)이란 자가 기막힌 구상을 들고 나왔다. 그것은 이곳에 사는 외국인 모두가 중국을 숭상하고 기꺼이 황제의 신민이 되자는 귀화운동을 제창한 것이다. 그는 먼저 자기 마을의 이름부터 숭화향(崇化鄕 : 중국을 숭상하여 황제의 신민화한 마을)이라 고쳐 부르며, 이에 동의 서명한 호주 명단을 안서도호부에 제출했다. 그러나 정작 모든 사람이 예상치 못했던 것은 칼날 위에 선 그가 이 기발한 작전의 성패와는 무관하다는 듯 도호부측의 토지 분배 과정을 맹렬히 항의하고 나선 사건이다.

당시 전 토지의 몰수와 균등한 배분이라는 균전법(均田法)의 시행으로 특히 강보겸과 같은 대지주들은 엄청난 타격을 받게 되었는데, 그는 마치 정의의 사자나 된 양 자신은 어떠한 불이익을 감수하더라도 만인을 위한 법 시행만큼은 공정해야 한다며, 당국의 편파적이고 불법적인 분배에 반발하는 여론을 등에 업고 나온 것이다. 강보겸이 펼치는 이 화전(和戰) 양면의 작전은 누가 봐도 무모한 무리수를 두는 것으로 보였지만 세상일이란 복잡한 것 같으면서도 단순해서 결국 모두가 그 작전에 휘말려들고 말았다.

이때 을천의 주인 강의라는 강보겸 앞에 나타나 자신이 그의 밑에서 일하고 싶다고 간청하였다. 이렇게 해서 강의라의 입신출세는 시작되던 것인데, 이쯤 해서 얘기를 줄이면, 장웅과 강보겸의 대결은 결국 서로 적당한 타협을 보는 선에서 끝났지만, 요컨대 지금의 장례신과 강의라가 벌이는 두 집안의 이차 대결은 이미 인물의 차이로 해서 그 균형이 깨지기 시작했다는 세인들의 중평이다.

생김아기스에서 내려온 강씨 일행이 야르호토 성문을 막 통과해 들어갈 무렵, 해는 보그다 올라의 고귀한 만년설 속으로 핏물이 배어들 듯 선홍빛으로 빠져들고, 저무는 하늘 군데군데 새털처럼 번진 노을이 점차 잿빛으로 변해갔다.

딩 — 딩 — 딩 — 딩 — 닝 · · · · · ·

시장문 닫는 시각을 알리는 징(鉦)소리가 성 안으로 울려퍼지자 사람들의 발걸음이 바빠지기 시작했다. 덜컹거리는 수레바퀴와 이리저리 뒤섞이는 발자국들 사이로 한 무리의 사람들이 질질 끌려오고 있었다.

— 어째 갈수록 세상이 험악해지는구나.

마차 안에서 흘러나오는 강의라의 목소리다.

— 뭔가 염 도호님이 잘못하고 계신 것 같습니다.

— 어찌 너는 항상 염 도호 탓이냐?

잠깐 틈을 두고 말이 이어졌다.

— 세상에 대해 아무리 불만이 있드래도 세상 탓을 하면 안 되느니라. 못난 놈이 늘상 그러지. 정 못 살겠으면 조용히 하직할 일이고, 그래도 뭔가 해보겠다면 목숨을 걸어야지. 확실히 목숨을 걸면 아무것도 탓할 게 없는 법이야.

순간 가슴을 벼락불처럼 확 치고 가는 게 있었다. 이 사람은 그냥 강의라가 아니구나. 지금까지 얼마나 수없이 목숨을 걸었을까? 그런데 나는? · · · · · ·그리고 저 사람들은? 을천은 반사적으로 끌려오고 있는 사람들과 자신을 묶어서 생각했다.

어림잡아 백여 명은 돼 보이는 전쟁포로들이다. 이들은 대부분 튀르크인들이고 드문드문 티벳인과 고구려인이 보인다. 포로들은 분간키 어려울 만큼 몰골이 망가져 있어 겨우 옷이나 모자 같은 걸로 출신 나라를 알아볼 수 있을 정도였다. 채찍과 욕지거리가 난무하는 가운데 을천은 무리들 속에서 수많은 눈들이 자기를 보고 있는 듯한 착각에 빠졌다. · · · · · ·아니, 저 눈들. 을천은 뭔가 빚진 것이라도 있는 사람처럼 죽음을 초월한 눈들 앞에서 자신의 몸이 놓여나지 않는 걸 느꼈다.

을천은 분명히 보았다. 그 많은 눈들 중에서 하나의 눈. 그건 아직 소년의 눈이었고 자기 조국의 동생 같은 눈이었다. 또렷이 자신의 안구를 파고드는 그 맑고 당당하고 강렬한 눈빛. 어쩌면 죽음을 앞둔 소년의 눈이 저토록 의연할 수 있을까? 나는 너를 위해서 무슨 노래를 불러야 할까? 우리의 전사들은 언제나 출정에 앞서 노래 부르고 춤추었지. 우리 고구려 자손들은 적들의 형장에 한 줌 이슬로 사라질 때도 항상 노래를 불렀지. 슬프지 않은 노래를. 우리들의 고마(고구려말로 '곰'에서 유래하여 신을 뜻함)를 위해서, 우리들의 기치카간(고구려말로 왕 중 왕)을 위해서, 우리들의 주몽과 하백의 딸을 위해서, 우리들 고구려 백성을 위해서, 그리고 이젠 오직 너를 위해서 나는 무슨 노래를 불러야 할까? 너의 영혼을 가지고 저 해까지 날라다줄 검은 까마귀의 빛나는 날개를 위하여 나는 오늘밤 불꽃을 피우며 전사의 노래를 부를게…….

— 그만 가도록 하자.

강의라의 말에 을천은 일행과 함께 땅거미 속으로 서서히 빨려들어 갔다.

사막의 낮과 밤은 확연히 다르다. 한여름인데도 차가운 공기에 소름 끼치는 사막의 밤, 어디로 숨었다 나왔는지 금세 하늘 가득히 쏟아지는 보석 같은 뭇 별, 하늘 사이로 무언가를 용서없이 겨누는 초승달칼빛, 숫처녀의 순결함과 칼 든 용사의 처연함을 뿌리는 오늘 같은 사막의 밤은 깊고도 푸르다.

— 사에나?

— 네.

— 지금 무슨 생각 하고 있니?

사에나는 그냥 빙긋이 웃기만 한다.

— 내 딸이어서 그런지 참 예쁘구나.

— 아이, 어머니도.

밤은 여인의 자태를 더욱 아름답게 만드는 마력이 있다. 아직 터뜨리지 않은 꽃봉오리의 긴장이 온몸에 흐르는 갓 이팔 방년의 소녀. 오똑한 콧날과 푸른 눈은 아버지를 닮아 페르시아계이고 갸름한 이마와 둥근 턱은 어머니를 닮아 중국계인 소녀의 외모는 색채 대비를 한 것처럼 강렬하고 정열적인, 그러면서도 조용하고 내성적인 묘한 분위기를 언뜻언뜻 내비친다.

어디선가 한 차례의 바람이 어둠에 잠긴 포도 잎사귀들을 흔들어대며 불어오자, 소녀를 휘감고 있던 엷은 견사가 춤을 추듯 펄럭인다.

— 네 어머니 말로는…….

이때 사에나는 약간 움칫하며 아버지를 쳐다보았다.

— 네가 좀 변한 것 같다는구나.

천하의 강의라도 딸아이 앞에선 한없이 약해지는 순간이다. 사에나는 소중한 자기 마음의 변화를 훔쳐본, 그러나 실은 아무것도 모르는 어머니를 고운 눈으로 흘기면서 자신이 지금 아버지의 품속을 소리없이 빠져나가고 있구나 싶었다. 낳아준 부모를 속이고 끝내는 배신까지 할 것 같은 예감에 휩싸인 사에나는 한발 한발 예정된 운명 속으로 빠져들고 있는 착각에 몸서리쳤다.

— 아니에요, 아빠.

지금은 어렸을 때처럼 아빠라고 불러야 할 것 같았다.

— 어머니가 괜한 소릴 해가지구…… 전 아무렇지도 않은걸요.

— 허허, 그래. 헌데 너 시집보내고 나면 허전해서 어떻게 살지?

부인도 놀랐다. 생전 이런 약한 소리는 해본 적이 없는 강의라였다.

초승달이 한참 올라왔다. 하녀 나쓰린은 사에나의 소맷자락을 이끌고 물가로 갔다. 너무 멀리 가지 말라는 부인의 말을 뒤로 하고 젊은 처녀애들은 모처럼 얻은 밤의 자유 속으로 순식간에 빨려들어갔다.

오늘은 금식일이기 때문에 아무것도 먹지 못하는 대신 온몸을 깨끗이 씻어내는 종교적 의식을 행하는 날이다. 계곡은 얼음물이어서 찬 기운이 정수리까지 뻗치고 정신은 수정처럼 맑아온다. 사에나는 계곡물에 몸을 담근 채 상념에 잠겼다.

……이대로 형체도 없이 흘러가버리면, 맑은 정신만 남고 더러운 육신과 욕망은 다 씻겨가버리면……. 나를 괴롭히는 건 이성에 대한 사랑의 싹, 뽑으려 하면 더 깊이 박히는 괴물. 그런데 왜 나는 그 사람을 사랑하는 걸까, 아니 나는 왜 그 사람을 사랑하면 안 되는 걸까, 왜 그 사람을 사랑하면 모두가 불행해지는 걸까, 나의 이 불행의 씨는 어디서 오는 걸까, 정말 육체에서 오는 걸까, 그렇다면 이대로 사라져버릴까…….

이때 누가 사에나의 허리를 확 끌어안았다. 나쓰린의 까르륵거리는 목소리가 바로 귓가에서 다정스럽게 들려왔다.

— 파랑기스가 사에나님을 즐겁게 해드리재요.

정신이 확 깨인 그녀는 보드랍고 따뜻한 나쓰린의 체온이 생명수처럼 적셔오는 걸 느꼈다.

— 어떻게?

— 저희들은 알아요.

— 뭘?

— 말해도 되나요?

망설여진다.

— 그만둬. 뭘 안다고 그러니?

— 그럼 말해볼까요?

정말 뭘 안다고 그럴까, 차라리 너희들이라도 알고 있다면…….

파랑기스가 팔을 휘둘러 별빛 쏟아지는 강물 위로 예쁜 물보라를 일
으키며 사에나를 향해 소리쳤다.

— 사랑의 비밀은 사랑하는 사람 눈에는 보인답니다.

그러나 막상 그 목소리는 사에나의 귓가에까지 와닿기 전에 맥없이
날개를 접었다.

— 너 지금 뭐라고 했니?

이미 사에나에겐 그뒤로 아무 소리도 들리지 않았다. ‥‥‥‥

또 한 떼의 구름이 잰걸음으로 보그다의 흰 산봉우리를 넘어가고 있
었다. 그걸 보면서 을천은 밤하늘에 펼쳐진 화려한 천상의 세계에서 그
래도 자유로운 건 구름뿐일 거라고 생각했다. 어쩌면 자신의 신세에 대
한 위안인지도 몰랐다. 그러나 곧 그는 쓴웃음을 흘렸다.

을천은 오늘 본 소년의 나이 때쯤 어머니와 헤어져 이곳에 왔다. 그날
어머니는 이야기 하나를 들려주었다. 그것은 어머니 자신이 살아 있는
이유요, 아들인 그가 살아가야 할 이유이기도 했다. 오늘처럼 소년의 눈
동자가 심장을 도려낼 땐, 어머니의 이야기는 더없이 펄펄 살아서 숨쉬
는 생물이 된다. 을천은 지금 요동치는 그 생물의 몸뚱어리에 올라타,
감정의 격랑을 쉬지 않고 차오르면서 상념의 나래를 하염없이 펼치고

있는 것이다.

　……얼마쯤 흘렀을까, 강의라 일행이 돌아갈 시간을 알리는 신호가 들려왔다. 을천은 무심코 긁적거리던 흙을 발로 밀어버리고는 자리에서 일어났다.

　출발에 앞서 잠시 시끄럽던 소란도 우차의 덜그덕거리는 소리에 어느새 파묻혀들고, 풀벌레 소리 요란한 밤길 위로 다시금 어둠이 조용히 내려앉았다.

어머니의 고마고리와 구름 이야기

아직 한낮인데도 먹구름이 잔뜩 낀 하늘은 금방이라도 폭풍우가 몰려올
듯 대지를 덮어내리고, 아득히 보이는 지평선 위로는 끝도 시작도 없는
행렬이 줄을 잇는다. 무릎까지 자란 풀들이 무리의 발길에 따라 이리저
리 휩쓸리고, 행렬 사이로 언뜻언뜻 보이는 깃대가 바람에 꺾일 듯 휘어
질 때마다 허공에 펄럭이는 깃폭은 끌려가지 않으려는 짐승마냥 마구
울부짖는다. 끝없이 일정한 방향으로 움직이고 있는 이 대열은 마치 생
의 경계선을 넘어 저 세상으로 들어가는 사람들처럼 고통스럽고 참담해
보인다. 정적 속에 이따금 거센 바람이 모든 걸 삼켜버릴 양으로 휘몰아
치면, 무리 중에 일어나는 소란을 잠재우려는 호송 군인들의 고함소리
가 여기저기서 창칼처럼 하늘을 찌르고, 다시 사방은 쥐죽은듯 조용해
진다.

　이들은 어디서 와서 어디로 흘러드는 걸까……. 가고 또 가고, 정박
할 곳도 모르는 길을 운명처럼 끌려가고 있다. 잠새나 들짐승조차도 깃
들일 곳이 있다는 보금자리에서 강제로 내몰리고 쫓겨 적들의 병사가
떨어뜨려준 생면부지의 땅에서 사슬에 묶인 채로 살아가야만 하는 이들
의 운명. 그렇다면 도대체 그런 운명이란 무엇인가?

그러나 이들은 그 모든 것을 주관하는 신령한 하늘을 믿고 있기 때문에, 하늘의 자손인 자신들은 언젠가는 반드시 떠나온 보금자리로 되돌아가리라는 희망을 버리지 않고 있다. 하지만 그렇다고는 해도 쓰러지고 고꾸라진 사람들이 대열 밖으로 내던져지고 여기저기서 오열하는 소리가 터져나올 때마다 그 믿음도 희망도 산산조각이 나는 듯했다.

이렇게 얼마를 갔을까……. 저 멀리 동편 하늘에서 하나의 점이 먹구름을 뚫고 맹렬한 속도로 그 형체를 차츰 드러내며 다가왔다. 행렬 속의 무리들은 서서히 동요를 일으켰다. 처음에는 그 점 뒤로 송곳 같은 빛이 번쩍이는가 싶더니 이내 빛발이 뻗치고 일직선을 그으며 드러낸 물체의 검은 날개 위로 황금 빛살이 찬연히 쏟아졌다.

— 안시다!

— 그래, 안시다.

— 맞아, 안시야!

누군가의 입에서 맨 먼저 터져나왔고 삽시간에 대열 전체로 퍼져나갔다.

— 양 장군께서 살아 계신다!

— 양 장군께서 우리를 지켜주려 안시를 보내신 거야.

— 와—— 와—— 양 장군께서 살아 계신다.

무리들은 점점 흥분으로 출렁거렸고 누가 시키지도 않은 노래를 파도가 일렁이듯 따라부르기 시작했다.

새야 새야 무당(武唐)새야
안시성에 앉지 마라
샛바람에 부는 깃이

눈동자를 가릴러라
친정(親征)살이 좋다더니
고초(高椒) 당초(唐椒) 더 맵더라
비단 백 필 짜내다가
남의 존 일 한단 말가

사람들이 안시라고 부르는 검은 새가 무리들의 머리 위를 한 바퀴 빙 돌고는 곧장 하늘로 수직 비상을 하는데, 이때였다. 어찌 된 일인지 그와 동시에 서쪽 하늘에서 갑자기 으르렁거리는 소리가 나면서 무시무시한 용의 형상을 한 먹구름이 몰려오는 게 아닌가.

어느 새 호송 군인들조차 공포에 휩싸여 질러대던 고함소리도 사라지고 이 놀라운 하늘의 이적을 쥐죽은듯이 훔쳐볼 뿐이었다. 그렇게 얼마쯤 시간이 흘렀을까. 보일 듯 말 듯 하늘 끝까지 솟구쳐오른 안시는 한순간에 급회전하여 그대로 내리꽂는데, 봉황과 용의 결투라고 해야 할까. 구름은 용이 불을 토하듯 번개를 치며 안시를 향해 질주해왔다.

불은 불이로되 용의 번갯불과 안시의 태양불은 근원이 달랐다. 지금 이 광경은 어쩌면 목격자들이 자신의 다가올 운명을 예감케 하는 것이기도 했다. 이들은 이 순간을, 전쟁과 침략의 불인 당나라 번갯불과 평화와 생명의 불인 고구려 태양불이 천지간의 선악을 놓고 다투는 묵시의 전쟁으로 기억하고 싶었다.

─ 으── 으──

사방에서 안타까운 신음소리가 터져나왔다. 달려오던 구름 용을 향해 전속력으로 직강하던 안시가 더는 보이지 않는다. 천지는 모두 먹구름으로 덮여가고 안시가 틔어놓은 빛의 창마저 가리워졌다. 이것은 절망이었다.

지금 이들 사이엔 정말 기억하고 싶지 않는 악몽 ——고구려는 구백
년이 못 되어 팔십 대장에게 멸망한다는 참언(讖言)—— 이 되살아나고
있다. 팔십 대장은 고구려 평양성을 함락시킨 팔십 나이의 당나라 장수
이적(李勣)을 말하는 것이니, 이제 왕도의 함락으로 조국은 영원히 멸
망했다는 말인가. 아니, 그럴 수는 없다. 결코 그럴 수 없기 때문에 왕성
이 적들의 손에 넘어간 뒤로도 목숨을 바쳐, 대당전쟁의 전설적 영웅 양
만춘(楊萬春) 장군이 이끄는 안시성의 깃발 아래 다시 모인 게 아닌가.

고구려인이면 누구나 안시의 깃털이 청룡의 눈에 꽂히던 그날의 전설
을 기억하고 있다. 사실 중국인들이 안시성을 봉황성이라고 부르는 까
닭은 안시가 고구려말로 '큰 새'이기 때문이기도 하지만, 용이라고 일컫
는 자신들의 천자가 안시성을 가장 두려워했기에 나온 존칭이다.

지금 무리들이 부른 노래는 당태종이 친히 출정하여 요동 최후의 강
성(强城)인 안시성을 총공략하다 끝내는 양 장군이 쏜 화살에 눈을 맞
고 부끄러이 퇴각하면서 장군의 충성과 용맹에 감복해 비단 백 필을 내
놓았다는 내용이다.

이 전투 후 당의 태종 이세민은 여산의 화청지(華淸池)에서 병든 몸
을 가누지 못한 채, 그한테서 불패의 황제라는 월계관을 빼앗고 그의 군
사적 생애를 영원히 종말지운 이 안시성 싸움을 끝내 삭이지 못하고서
마지막 생을 마쳐야 했다.

사정이 이러하였기에 비록 패배자로 적국의 변방에 강제 이주당하는
꼴이지만, 안시성의 깃발에 그려진 안시는, 부흥군의 전사들이 군모에
꽂고 다닌 그 안시의 깃털은, 그러나 이들 살아남은 가족과 백성들에게
는 이미 전사하고 사형당하고 포로로 끌려간 '님'들을 위해 영원히 기억

되고 반드시 부활할 하늘의 사자였다. 그런데 지금 하늘이 보여준 징조는 무엇인가. 정녕 하늘과 땅이 이대로 붙어버리고 말 것인가.

— 안시는 결코 죽지 않는다.

— 안시는 불사조야.

— 그런데 왜 안시가 용에게 먹혀버린 거지?

누군가 찬물을 끼얹듯 말했다.

금시 호송 군인들의 서슬은 시퍼래져서 행렬지어가는 사람들을 단숨에 베어버릴 양 기세가 등등했다. 호송병들은, 이제 아무런 희망도 없어진 이 죽음의 행렬을 저승사자처럼 끌고 가는 키타이(거란), 키(해), 모호(말갈), 튀르크(돌궐) 출신의 용병들로, 나라를 잃고 혹은 조국을 배반하여 호구나 출세를 위해 중국에 귀화한, 그러기 때문에 더욱 충성심을 입증해 보여야 하는 사냥개와 같은 존재들이었다.

— 모두 세워.

머리 한가운데를 빤빤히 밀고 남은 머리카락을 두 가닥으로 땋아 양쪽 관자놀이로 흘러내린 호송대장이 명령을 내렸다. 두둥 둥 북소리와 함께 행렬은 즉시 멈췄고, 이자의 지시에 따라 병사들은 무리들 가운데서 건장한 사내들을 뽑아 구덩이를 파게 했다. 행렬에는 순식간에 저주스런 긴장이 흐르고, 구덩이의 깊이를 어림케 하는 쇠삽 부딪히는 소리가 날카롭게 하늘을 칠 때마다 신경줄이 하나하나 끊어져나가는 듯했다.

지난날 당태종이 안시성을 공격할 때도 고구려계 말갈 병사 3천3백 명을 이처럼 생매장한 적이 있는데 지금 바로 그때의 살륙을 재현하려는 것일까? 아마도 호송대장의 권한으로 그런 대규모 살상은 불가능할 것이지만, 여하튼 조금 전 무리들이 일으킨 소동은 당의 용병인 자신의 목숨과 출세가 달린 문제여서 뭔가를 확실하게 처리하겠다는 태세였다.

마침 피비린내를 예고라도 하듯 한 차례 빗물 섞인 갈마바람이 세차게 불어왔다. 병사들은 먼저 구덩이를 팠던 사람들을 그 주위로 빙 둘러 세웠다. 대장이 시범적으로 한 사내의 목을 내리쳤다. 잘린 목에서 새빨간 피가 하늘 높이 솟구쳐오르고 떨어져나간 머리가 구덩이 속으로 데굴데굴 굴러들어갔다. 여기저기서 숨죽이며 오열하는 소리가 새어나왔다. 이제 졸개들이 칼질을 할 차례였다. 그런데 이때였다. 사형수 중의 한 사람이 안시의 노래를 부르기 시작했다. 그러자 동시에 동편 하늘에 가득하던 안시를 집어삼킨 먹구름이 핏빛으로 번지며 차츰 사방으로 흩어지는데, 그 사이로 한 줄기 빛이 쏟아져나오는 것이 아닌가. 혹 그 빛을 따라 안시가 다시 나타날지도 모를 일이었다……. 또 다른 사형수가 목이 터져라고 간절히 간절히 안시를 외쳐 불렀다. 그러자 사형수들과 일렁이는 무리들은 점점 하나가 되어 통렬히 부르짖었다.

— 안시여! 고구려여!

— 안시여! 고구려여!

— 안시여! 고구려여!

이때 졸개들이 대장의 명령에 따라 일제히 칼질을 했다. 수많은 목이 떨어져나가고 주위는 피바다가 되었다. 어찌 된 일인지 일시 칼날 같은 정적이 목놓아 울부짖고 혼절하는 절규 대신 이 모든 것 위를 적요하게 내리덮었다. 이때,

— 우리 고구려인은 절대 죽지 않는다.

적막 속을 내지르며, 한 사람이 주먹을 불끈 쳐들고 성큼성큼 행렬을 벗어나 앞으로 걸어나왔다. 무리들도 곧 그를 뒤따랐다. 죽음을 초월한 이 성난 노도는 이제 두려울 게 아무것도 없었다. 이미 종렬에서 횡렬로 방향을 바꾼 이 무리들 앞에 군인들은 겁에 질려 어찌할 바를 몰랐다. 어

느 쪽이나 여기서 꺾이면 끝이었다. 사람이 산다는 것이 무엇인가? 살기 위해 숨을 죽여야 하는 때가 있고 숨을 살리기 위해 죽어야 하는 때도 있다. 지금은 어느 때인가? 그래도 살아남은 몇 사람은 증언하리라. 아니, 모조리 다 죽는다 해도 하늘은 증언하리라.

일촉즉발의 순간이었다. 그런데 이때 돌연한 사건이 일어났다. 안시가 나타난 것이다. 이 순간 안시는 두 쪽 모두에게 희망과 구원의 화신이었다. 대열은 멈추어 섰고 군인들은 칼을 내렸다. 안시는 그 눈부신 날개를 휘저으며 죽은 시체의 영혼을 어루만져주려는 듯 그 주위를 빙글빙글 맴돌았다.

본디 이들 고마의 자손들은 해를 숭상했고 그곳에 안시와 같은 신령스런 새가 산다고 믿어왔다. 더욱이 빛을 따라 동으로 동으로 이동해온 이들의 조상들은 해를 잉태하고 낳아준 칠흑 같은 어둠을 '어머니 신(神母)'이라 불렀으며, 그 신이 자신들을 위해 고마(곰)로 현신했음을 믿었다.

고마는 세상의 모든 쇠붙이를 먹어치우고 사악한 귀신들을 몰아내어 지상에 평화와 정의를 가져다주는 영원한 고마족의 신이었다. (고구려말로 '고마'는 곰熊, 신神, 검정黑을 뜻했다. 중국 사람들은 이 고마를 소리대로 예맥濊貊 혹은 해모解慕, 하백河伯 따위로 썼고, 그 후예들을 맥족貊族이라 일컬었다.)

이들 고구려인의 신화에 시조 주몽의 어머니가 '하백의 딸'이요, 아버지 '고마수'(수는 숫컷의 숫으로, 따라서 神男의 뜻이며 중국에서는 소리대로 적어 해모수解慕漱라 함)는 해의 아들이라 했다. 해를 하느님이라 섬겨온 고마족은 기쁜 일이나 슬픈 일이나 늘 하느님의 사령인 '고마고리'(고리는 새의 고대어로, 신의 새, 검은 새, 까마귀의 뜻)에게서 어떤 계시를 구했다. 오직 고마고리만이, 무엇으로도 죽일 수 없는 고마손(孫)의 영혼을 해한테 데려다준다고 믿었다. ……지금 누가 이자들의 영혼을 위로하며 평안히 거두어갈 수 있겠는가!

동편 하늘에서 시작된 핏빛 구름은 어느덧 하늘 전체로 번져갔다. 유혈이 낭자한 시체 위를 맴돌던 안시가 부드러운 날개로 그들의 영혼을 쓰다듬을 듯이 내려앉았다. 모든 사람들이 지켜보는 가운데 조용히 날개를 접은 안시는 핏빛으로 물든 하늘을 향해 구슬픈 울음을 토해냈다. 어떤 병사들은 당황하여 들고 있던 무기마저 떨어뜨렸다.

창졸간 모두가 돌사람처럼 굳어버렸다. 하늘은 저 안시를 보내 무슨 계시를 한 것일까? 이들은 엎드려 그 뜻을 구할 겨를도 없이 한대중으로 서 있었다. 이때 파문(波文) 하나가 모든 정지를 깨버렸다. 맨 앞장을 선 사내가 고구려식으로 한쪽 무릎을 꿇고 경건하게 예를 올리자 뒤따르던 무리들이 주춤주춤 일제히 따라하는 것이었다.

하늘은 핏빛 구름을 털어내리려는 듯 점점 세차게 비를 뿌렸다. 쏟아지는 빗속에 씻겨내려가던 핏물이 일시 흰빛으로 변하는 듯했다. 세상에 이런 장엄한 제사가 또 어디 있을까? 지금은 오직 하늘이 하는 일 이외 모든 게 정지된 시간이었다. 얼마나 흘렀을까. 마치 일부러 한 일처럼 하늘은 다시 개였다. 물 속에서 막 솟구친 듯이 해가 불끈 떠 있다. 안시는 회두리판을 떠나 집을 찾는 아이처럼 빛나는 날개를 활갯짓하며 하늘 높이 날아올랐다.

이제 돌아온 현실의 처리는 인간들의 몫이었다.

· · · · · ·

그 자리에 군인들은 돌짐승처럼 얼붙어버렸다. 이때를 놓치지 않고 사리(지도자 : 맨 앞장 섰던 사내를 호칭)가 호송대장에게 포효하며 달려가 죽은 형제들의 수만큼 너희들의 목도 베어야겠다고 무섭게 다그쳤다. 호송대장이 천둥에 떨어진 잠충(蠶蟲)마냥 안절부절못하는 틈에, 사리 곁에 있던 한 사내가 비호처럼 날아와 놈의 목에 비수를 들이댔다. 그러자 호송대장은 혼비백산하여 사내가 윽박지른 대로 순순히 따라했다. 이때 이른 부엉이의 울음소리가 밀려들기 시작한 붉은 노을 저편에서 들려왔다.

— 모두 칼을 버려!

호송대장의 명령은 몇 다리를 거쳐 끄트머리까지 전달됐으나, 당황한 병사들은 그 순간 어떻게 해야 할지를 몰랐다.

— 모두 칼을 버려라!

재차 대장의 명령이 하달되었다.

반항하려는 병사도 없지 않았으나 어느 새 고구려 장정들이 이미 버려진 창칼을 집어들고 벼락치듯 달려들자 황겁하여 나머지 군인들도 연달아 무기를 내려놓았다.

그때 수많은 무리들이 행렬 중에서 한꺼번에 쏟아져나왔다. 범람하는 강물처럼 넘실넘실 밀려왔다. 여기서 이를 멈추게 하지 못하면, 오직 단 한 번의 복수로, 피의 홍수에 덮친 이 들녘에서 모든 고구려 유민들은 희망도 절망도 없이 가축처럼 쓸려가버리고 말리라. 사리는 이들을 막아세우기 위해 달려오는 무리들 앞으로 고함을 지르며 두 팔을 벌리고 뛰쳐나갔다.

— 여러분, 이러면 우리 모두가 죽습니다!

사리는 아가리를 벌리고 삼키려 달려오는 성난 파도 아래 혼자 서 있는 격이었다.

— 우리는 여기서 두 패로 갈라져야 합니다. 목숨을 초개와 같이 버릴 사람만 이쪽으로 나오시오. 그리고 칼을 드시오.

사리의 처절한 호소는 어느 정도 먹혀들었다.. 격렬해진 무리들이 일단 주춤한 사이 사리는 급히 한 장정을 향해 칼을 가져오게 했다. 그리고는 곧장 칼을 쑥 빼들고서 자신의 목에 날이 시퍼런 칼날을 갖다대며 말했다.

— 지금 만약 내 말을 듣지 않으면, 나는 이 즉시 내 목을 날려버리겠소.

사위는 소름끼칠 정도로 다시 숙연해졌다.

— 다시 한 번 말하겠습니다. 죽음을 각오한 사람들은 칼을 들어 억울하게 죽은 우리 형제의 수만큼 저들의 목을 치고 여기를 떠나시오. 뒷일은 여기 남은 사람들과 내가 맡겠소.

그때 호송대장의 목에 비수를 들이대고 있던 사내가 별안간 불쑥 외치듯 말했다.

— 여긴 내가 남을 테니, 사리가 동지들을 이끌고 끝까지 싸워주시오!

— 무슨 말이오? 죽자고 여기 남는 것이 아닙니다. 내 말을 잘 들으시오. 죽을 자는 떠나고, 살 자는 남습니다. 그대는 지금 떠나지 않으면 남아서 죽게 됩니다. 그럼 누가 이 일을 책임집니까? 우리는 더 이상 다툴 시간이 없습니다. 지금 바로 움직여주시오.

사리는 추호의 흔들림도 없이 밀고 나갔다. 잠깐 동안이나마 이들 사이에 팽팽한 긴장이 흘렀다. 마침내 사내는 비수를 더욱 바짝 들이댄 채 호송대장을 끌고 앞으로 걸어나왔다.

— 자, 여러분, 사리가 말씀한 대로 시간이 없으니 나와 함께 떠날 동지들은 무기를 들고 이 앞에 서시오.

수없이 많은 사람들이, 어떤 사람들은 이미 무기를 들고 또 다른 사람들은 무기가 없어 맨손인 채로 사내의 지시에 따라 움직였다.

그런데 이때 예기치 않은 일이 일어났다.

사리가 한편에서 무기를 거둬들이기 시작한 것이다.

— 왜 이러시오?

— 도대체 어쩌려는 겁니까?

여기저기서 항의가 빗발쳤다.

— 동지들, 우리가 처단해야 할 자들의 무기 외엔 모두 저들에게 넘겨주어야 합니다. 무슨 뜻인지 알겠소? 그건 여기 남은 우리들을 위해섭니다.

사리의 말을 채 납득치 못한 사람들 사이에 분분히 의론이 일자, 사리는 이 숨막히는 순간에 더 이상 느즈러지려는 것을 단호히 막기 위해 사내한테 고개를 까딱해 보였다. 그러자 사내가 즉각 알아차리고 신속히 명령을 내렸다.

— 우리 형제들을 죽인 자들을 모두 끌어내시오!

이제 무장한 유민들이 거꾸로 처형자들을 색출할 차례였다. 입에 거품을 물고 똥오줌을 지리는 자도 있고, 고래고래 악을 쓰며 발악하는 자도 있었다. 이곳 저곳서 끌려가지 않으려는 몸부림이 처절했다. 그런 와중에 고구려 장정 한 명이 푹 고꾸라졌다. 피가 철철 흐르는 단도를 든 적의 병사가 충혈된 눈으로 사내와 인질로 잡혀 있는 호송대장을 한꺼번에 노려보았다.

끌려가던 적병들의 눈에는 순간적으로 일말의 기적을 구걸하는 애절

함이 번뜩했다.

— 놈들의 목을 당장 쳐라!

허공을 찢는 외마디 비명소리와 함께, 또다시 풀잎들 위에는 시뻘건 피가 선연히 뿌려졌다.

찬 기운 섞인 바람이 한 차례 획 불고 지나갔다. 견우와 직녀가 만난 칠석이 엊그제여서 이제 갓 상현을 지난 반달이, 땅거미도 채 내리지 않은 잿빛 하늘 위로 허옇게 머리를 내밀었다. 달은 뜨고 해는 지고……. 노을이 가득 물든 서쪽 지평선 너머로는 붉은 해가 서서히 빠져들고 있었다. 또다시 어둠을 재촉하는 부엉이의 울음소리가 마치 무리들의 갈 길을 재우치듯 연이어 되알지게 들려왔다.

지금은 하루 중 해와 달이 공존하는 마지막 짧은 시간, 견우와 직녀가 다시 만날 날을 기약하듯 남아야 할 자들과 떠나야 할 무리들이 이 순간을 두고 몇 번이고 하늘에 다질렀다.

예로부터 반역을 꿈꾸는 자들은 밤길을 떠난다고 했던가. 이때쯤이면 낮새는 보금자리를 찾아가고 밤새는 먹이 사냥을 나서는 시간. 떠나야 할 자들은 어둠이 내리는 초원 속으로 부엉이를 길동무 삼아 서서히 사라져갔다.

풀려난 호송대장은, 모가지를 오래 틀어잡힌 짐승이 금세 정신이 돌아오지 않아 맥을 잃고 할딱거리는 모양새로 하리망당하게 서 있었다. 사리의 삼킬 듯한 눈초리도 어느 새 부드럽게 바뀌었다. 그러나 어찌 된 일인지 자신의 속이 그 앞에서는 속속들이 내비치는 비참함, 그래서 자꾸만 주눅이 드는 걸 주체할 수가 없었던지 호송대장은 슬며시 그의 시선을 피했다.

― 이제 무기를 가져가도 좋소이다. 하지만 처음 우리가 약속했던 사실은 잊지 마시오.

사리의 말이었다. 처음 약속이란, 사리가 죽은 우리 형제들 수만큼 적병의 목을 베겠다고 했을 때, 그렇게 처단된 자들은 반란을 진압하다 죽은 것이고, 반란을 일으킨 무리들은 이곳에서 도망친 것으로 해야 한다는 약속이었다.

호송대장은 사태를 이만한 선에서 끝낸 게 다행한 일이라고 생각했다. 어찌 보면 지금 이 선이야말로 아마도 그럴듯하게 위장할 수 있는 최후의 선일지 모른다. 십중팔구는 공범자인 부하들도 자신과 똑같은 생각을 하고 있을 터였다.

대장은 무춤무춤하더니 마침내 결심을 한 듯 다시 위엄을 차리고 부하들 앞에 섰다.

― 모두 무기를 들어라! 각자가 맡은 대오를 엄히 지키고 군율에 한 치의 위배도 없이 하라.

그는 자신의 목소리가 차츰 카랑카랑해지는 걸 느끼며 빠르게 기운을 차려나갔다.

― ……알겠느냐. 앞으로 어떠한 난동이나 소란도 가차없이 처벌하겠다. 전사자들을 묻고 간단히 제를 올린 뒤 곧 출발할 터이다.

그러나 한 번 떨어진 낙화가 나뭇가지에 올라피지 못한다고 다시는 그 기세가 살아나지 않았다.

― 뭣들 하고 있느냐. 어서 서두르도록 하라.

툭툭……. 시체들을 묻는 삽질 소리가 땅거미 깔리는 해거름 속으로 옹이지게 퍼져나갔다.

세 살짜리 아이는 무리들 속에 섞여 때로는 엄마 등에 업히기도 하면서 밤낮없이 걷고 또 걸었다. 지금은 대체로 어렴풋한 기억뿐이지만 순간간의 장면들은 실제 이상으로 강렬하게 떠올랐다. 새, 비, 바람, 구름, 초원, 태양, 별, 어둠, 빛, 사람들, 칼, 함성, 피, 외마디, 하늘……. 이런 것들이 한데 뒤섞인 광란의 세계는 어린 가슴에 갈쿠리처럼 들어차 앉았었다. 하지만 어떤 때에는 화산이 되고 폭풍이 되기도 한 그날의 이야기를 어머니한테서 처음 듣기 전까진 그건 한낱 기억의 파편들에 불과했다. 어머니는 을천이 떠날 때에야 비로소 입을 열었다.

을천이 열 살 나던 해였다. 안마타사치(안무산)의 집에서 얹혀산 지도 햇수로 일곱 해가 되던 어느 날, 같은 또래의 아이들 세 명이 각기 집을 떠나 아주 먼 타지로 가서 살기로 되었다. 그것은 왕왕 있던 일로 소그드 카라반들 사이에서 자기 집 사무를 봐줄 사람을 어렸을 때부터 상대 카라반의 집에 보내어 일을 익히게 하는 그들끼리의 편리한 전례였다. 사실 여기에 뽑힌 아이는 행운아 중의 행운아였다. 특히 을천과 같이 멸망한 나라의 호구(戶口)일 경우 노예의 신세여서 결코 평생 다시 올 수 없는 기회였다.

카라반에서 출세하려면 무엇보다 언어에 뛰어나야 했는데, 좀 한다하는 이들은 다른 나라 말을 오륙 개는 예사로 했다. 특히 소그드어는 당시 국제 통용어였기 때문에 국제 상인이 되려는 자는 누구나 갖춰야할 첫번째 조건이었다.

을천이 주인 안마타사치의 눈에 띈 것은, 그가 지지난해 소그드어로 된 조로아스터교의 경전 아베스타를 암송하는 걸 들킨 뒤였다. 그건 우연이었지만 따지고 보면 안주인 덕이었다고 할 수 있다. 주인의 두 번째 처인 그이는 튀르크 여자로 주인을 따라 처음 이 교를 믿게 되었는데,

그뒤로는 주인보다 더 열렬한 신앙을 갖게 되었다.

아이 때부터 어머니를 따라 부인을 모시고 현사(祆祠 : 조로아스터교의 예배당)를 드나든 을천은 글을 모르는 부인의 요청에 따라 사르타바호(조로아스터교의 관리자 및 사제의 호칭으로도 쓰였음)의 설법을 받아 적고, 가타(조로아스터의 송가)를 들려주기 위해 소그드어를 배우게 되었다.

소그드인들은 매사에 이익을 좇아 움직이는 실리적인 인간들이다. 그렇기 때문에 인재를 고를 때에도 무엇보다 능력을 중시했다. 그들은 오랜 관습에 따라 자식을 낳으면 반드시 꿀을 먹이고 손에는 아교를 쥐어 주었다. 이 다음에 아이가 커서 세계 각지로 장사하러 다닐 때, 꿀 바른 혀로 안 통할 게 없고 아교 바른 손에 돈이 척척 달라붙어 한 푼도 새나가지 말라는 그들 나름의 뿌리 깊은 생활 신조 때문이다.

하지만 안마타사치가 을천을 주목한 데는 나름대로의 또 다른 이유가 있었다. 이 애비 없는 망국자를 거두면, 언젠가는 자신을 위해 목숨까지도 바칠 어떤 비장함을 이 소년에게서 엿본 것이다.

안마타사치의 무대인 이곳 영주(營州 : 지금의 朝陽)는 일찍이 대륙의 화북과 요동을 잇는 유일한 길목일 뿐 아니라, 북으로는 키타이(거란)와 키(해), 서로는 튀르크, 동으로는 고구려로 통하는 최고의 전략 요충지이자 교통과 무역의 중심지였다.

이러한 요지를 눈 뜬 장님이 아니고서야 가만 둘 리 없었으니, 세계 제국을 세우려는 수와 당이 소위 오랑캐들을 지배하기 위해서 일찍부터 이곳을 정치 군사적 전진기지로 확보하고 있던 터였다.

전쟁터로 밀려가는 제국의 군인들, 포로나 강제 천사(遷徙)해 오는 망국의 군상들……. 하루도 뻔하지 않은 날이 없이 끌려가고 끌려오는 이들의 물결이 성 전체를 음영처럼 뒤덮고 있었다. 그 어두운 행렬 중에 을천의 가족도 끼여 있었다.

이 땅은 전쟁에 패한 고구려 백성들이 끌려와서 또다시 중국 내지로 뿔뿔이 옮살이 떠나는 일차 집결지였다. 645년, 669년, 671년 그리고 그뒤로도 수차례의 대규모 강제 이주가 있었다. 여기 남겨진 자들과 또다시 더 먼 곳으로 떠나는 자들…… 언젠가는 만날 것이라고 기약이나 할 수 있었을까? 그런데 이 모든 동포들에게 전설 같은 '그날의 일'이 전염병처럼 퍼져나갔던 것이다.

사실 이 영주 일대는 북방의 여러 종족들이 중국 한족보다 훨씬 더 많이 살고 있어서 이민족풍(風)이 대단히 강했다. 각 종족들은 서로 자신들의 신과 조상과 전통이 최고라고 욱대기며 까딱하면 살벌한 싸움질을 벌이기 일쑤였다.

특히 영주의 북방 지대는 오랫동안 키와 키타이인들의 거주지였던 까닭에 나라 잃은 고구려인들에 대한 텃새가 말도 못 하게 심했다. 이런 민족간의 분란은 당나라로서는 일장일단이 있었다. 이들이 합세하지 못하게 분열, 이간시키는 데는 유리했지만, 전체를 중국의 신민으로 동화시키는 데는 그만큼 어려움도 컸다.

역사적으로 거슬러올라가면 이 영주의 북방 지대는 '중국'과 '유연 · 튀르크 등의 유목제국'과 '고구려'의 3세력이 각축을 벌이던 접전 지역으로서, 한때 장수왕 67년에는 서요하(西遼河)의 북방에 살고 있던 지두우(地豆于)족을 고구려가 유연과 분할하는 과정에서 그 남쪽의 키 · 키타이들이 종족 이동의 대파란을 겪기도 했던 곳이다(이 책 '흥안령의 매' 참조).

아무튼 지난날 강대국들의 세력 각축의 장이었던 이곳은 이제 막대한 이익을 노리고 찾아든 호상(胡商 : 특히 소그드 상인)들에 의해 하루가 다르게 상업도시로 변모해갔다. 동쪽의 고구려와 서쪽의 튀르크가 멸망한 이후론 더욱 그랬다.

흔히 초원의 길을 '담비의 길'이라고도 부르는데, 예로부터 사람들은 담비털을 모피의 왕이라 했다. 특히 이 일대에서 나오는 담비는 세계 최상급이어서, 이 상권의 쟁탈은 전쟁과 직결될 만큼 엄청난 이권이었다. 이를테면 후에 칭기스칸도 이 담비 덕분에 목숨을 구했을 정도로 귀하고 값비싼 물건이었다. 여기에 소그드 상인의 발길이 닿지 않을 리 없었다.

영주의 제일 가는 소그드 거상(巨商) 안마타사치는 세계 각국으로 팔려나가는 담비의 대부분의 물량을 거의 독점하다시피 하여 그의 실력을 장안의 황실에까지 떨치고 있었다.

비단과 담비.

이것을 빼놓고는 당시의 세계무역을 이야기할 수 없으니, 비단길의 위러스뒤판(강의라)과 초원길의 안마타사치(안무산)는 적어도 당대 동방무역의 황태자 같은 존재들이었다. 어린 나이의 을천은 이 어마어마한 양대 가문을 배경으로 전혀 뜻밖의 출발을 맞이하게 된 것이다.

그러니까 을천이 주인 집을 떠나 투르판의 강의라에게 보내지기 전날 밤이었다.

— 왜 여태 그 이야길 안 하셨어요?

어머니와 아들은 애써 눈물을 보이지 않으려 서로를 외면했다. 침묵의 강이 두 사람을 사이에 두고 조용히 흐르고 있었다.

— 아직도 때가 아니니, 네 아버지 이야긴 가슴에 묻어두고 절대 입밖에 내지 말아라.

― 언제까지요?

― 그건 나도 몰라. 하지만 고마님께서 언젠가 그때를 가르쳐주시지 않겠니?

― 스님은 이 사실을 아시나요?

― 음, 그래. 그분은 네 아버지의 가장 절친한 친구셨다. 무슨 일이든 그분과 의논하면 틀림없을 게야.

창 사이로 새어들어오는 달빛에 비친 아들의 옆모습에서 여인은 남편의 환영을 쫓고 있었다. '이 아이는 지 애비를 너무나 쏙 빼닮았어. 하는 짓까지도 똑같아.' 이때 별안간 어둠 속에서 인기척이 나는 듯했다. '어머, 여보. 이게 어쩐 일이에요?' 사내는 빙긋이 웃고만 있었다. 깃털이 꽂힌 모자를 조용히 벗어들고 '좀 쉬었다 가려구.' 했다. 부인은 자기도 모르게 머리를 매만지며, 부드럽게 파고드는 사내의 눈동자가 민망스러운 듯 살짝 고개를 숙였다. 두툼한 입술이 소리없이 다가왔다. '을천이란 놈 잘 자랐구만. ……내일부턴 어찌 지내려고?' 아무 말도 할 수 없었다. 온몸이 자꾸만 오그라드는 거였다. '나 좀 보오.' 살포시 닿는 손길에 이끌린 여인의 젖은 눈망울이 애처롭도록 뜨거웠다. '곱던 얼굴이 많이도 상했구려.' 이게 얼마 만인가. 그토록 보이지 않던 남편이 왜 이제야 나타났을까. 야속하기에 앞서 사무친 정이 와락 북받쳤다. '당신은 내가 보고 싶지도 않았나요?' 가눌 수 없는 눈물이 야윈 볼을 타고 흘러내렸다. 따스한 손길이 그게 아니라는 듯 젖은 눈시울을 닦아주었다. '너무 고생이 많으이……. 당신은 그때도 눈물을 보이지 않았었지. 남몰래 짓는 눈물만이 값진 것이라는 우리의 신념을 을천이에게도 가르쳐주구려. 내가 동지들과 함께 저자거리에서 형장의 이슬로 사라져가던 그날, 을천이를 들쳐업은 채 눈물 한 방울 흘리지 않고 소리없이 지켜보던 당신의 모습을 나는 똑똑히 기억하오.' 다시 여인의 삼킨 눈물은 핏속으로 뼛속으로 흘러들었다. 여인은 배시시 눈물 머금은 미소를 지으며 '당신은 어쩜 그렇게 하나도 안 변했수?' 하는 투로 남편을 쳐다보았다. 그리고는 투정부리듯 시작한 말이 어느 새 걷잡을 수 없는 설움이 되어갔다. '……당신한테 한 가지 물어볼 게 있어요. 조국이란 뭔가요? 아들까지 바쳐야만 하는…….'

찬바람이 세차게 여인의 뺨을 때리고 지나간 새, 붙잡을 겨를도 없이 남편의 형체는 어둠 속으로 흩어졌다.

— 그때 일을 좀더 자세히 말씀해주세요, 네?

환영에서 막 벗어난 여인은 외촐하게 아들의 얼굴을 바라보았다.

— 넌 평양성이 항복하던 이듬해 태어났다. 네 아버진 임금님을 숙위하던 막하라수지(莫何邏繡支 : 경호대장직에 해당함)의 부하셨는데, 그날 그러니까 임금께서 항복을 결정하신 날 밤이었지. 아버진 몰래 궁을 빠져나와 막리지의 편으로 들어가셨어. 궁 안에선 두 패로 갈라져 연일 싸워댔는데 막리지는 끝까지 성을 지키자는 거구, 그 동생은 항복하자는 패였지. 다음날 성을 지키던 사람들은 막리지의 동생이 백여 명이나 되는 수령들과 함께 백기를 들고 적진에 들어가는 걸 보고 난리가 났던 거야. 스스로 목숨을 끊는 사람이 부지기수고 여기저기선 대성통곡이 터지고…….

부인은 잠시 말을 끊고 남편이 서 있던 자리를 한참 동안이나 말끄러미 쳐다보았다.

— 그래서요?

어린 을천은 그렇게도 그리던 아버지의 모습이 점차 눈앞에 또렷이 잡혀가자 한시가 급했다.

— 성 밖에는 당나라 군대, 신라 군대가 개미 새끼 한 마리도 얼씬 못하게 성을 완전히 에워싼 채 한 달 이상을 포위하고 있었어. 그러니 막리지 편에서도 성문을 굳게 닫아걸고 지키는 것말고는 별다른 도리가 없었던 게야. 아버지 말씀으로는 압록수 이북에 있는 우리 성들이 아직 반 이상 건재하기 때문에 평양성이 겨울 오기까지 한두 달만 버텨주면 희망이 있다는 거였어. 그런데 막리지가 엄청난 실수를 했단다. 신성이란 중놈이 무슨 잡술인가를 써서 적을 때려부순다는 말에 혹해가지고 그만 군사 지휘권을 맡겼다는구나. 늑대에게 날고기 맡긴 꼴이었지. 글쎄 그놈이 적과 내통해서 성문을 열어준 거야. ……성내는 온통 불바다가 되고 천지가 피로 뒤덮였어.

부인은 창 밖에 펼쳐진 밤하늘을 망연히 바라보았다. 말똥만한 별들과 동무하며 노는 보름달이 어린아이마냥 천진스럽기만 했다.

— 그날 그 아수라장을 뚫고 어떻게 도망쳐나왔는지 도무지 기억조차 나지 않는다. 아버지는 만삭이 된 이 에미를 데리고 몇 번이나 죽을 고비를 넘겼는지 몰라. 낮에는 숨고, 밤을 도와 어딘지 모르는 갯가에 도착했다. 오늘처럼 꽉 찬 보름달이었지. 뱃속에 있는 널 위해 그때 달님에게 얼마나 빌었는지……. 그날 따라 갯바람이 몹시 사나웠는데, 네 아버진 어둠 속을 넘실대는 바다를 쳐다보며, 만약 우리가 죽지 않고 살아서 땅을 밟으면 너에게 이걸 주라셨어…….

부인은 아까부터 매만지고 있던 헝겊을 한 꺼풀씩 벗겨나갔다. 청동으로 된 손바닥만한 새 한 마리가, 부리는 하늘을 향한 채 빛나는 날개를 살짝 치켜세우고 나타났다. 부인의 손끝은 마치 성물(聖物)에 다가가려는 손길처럼 안간힘을 쓰지만 자꾸만 떨렸다. '지금 이 순간 지 애비를 한 번도 본 적이 없는 이 애의 심정은 어떨까?' 차마 아들의 얼굴을 볼 수 없었다. 부인은 찢어지는 마음을 다잡으며 애비의 유품을 아들의 손에 건네주었다.

사실 이날 밤은 어린 을천이를 완벽하게 어른으로 바꾸어놓은 생의 잊을 수 없는 날이었다. 꿈속에서만 그리던 아버지, 그 아버지의 유품을 받아쥔 어린 손은 점점 넘쳐오르는 힘의 전율을 느꼈다. 찬 밤공기를 덥히기라도 하듯 침묵 속에 한참을 뚫어지게 바라보던 그의 눈동자가 붉게 젖어 있던 눈시울을 차츰 단단한 근육질로 바꾸어냈다. 시간은 조용히 흘러갔다. 어머니는 아들의 이 모든 변화를 하나부터 열까지 느끼고 있었다. 태초에 어머니이신 고마가 아들 태양에게 새 한 마리를 주어 악의 세력을 물리치는 걸 도왔다는 고마족의 오랜 전설처럼.

— 어머니, 그래서요?

— 어쨌든 아버지와 난 고마님의 도움으로 안시성의 양 장군님한테까지 갈 수 있었단다. 장군님 곁엔 아버지와 같은 분이 많이 계셨지. 스님도 거기 계셨던 거야. 두 분은 오랜 친구였기 때문에 너무 반가워 밤새 술을 드셨지. 그러다가 네 아버지가 피를 토할 듯이 울부짖자 스님이 업고 어디론가 사라지셨어. 그리곤 그 다음날부터 두 분이 보이지 않으셨는데…….

부인은 뭔가 또 인기척을 느낀 듯 자꾸만 그곳을 쳐다보다가 말을 이었다.

— 그러니까 근 반년 만에야 나타나셨어. 그 사이에 어디서 뭘 하셨는지는 스님말고는 아무도 몰라.

— 지금까지도 모르셔요?

— 그렇단다.

— 그후로 아버지는요?

— 연일 전쟁터에서 보내셨지. 그 다음 얘긴 너에게 한 거고…….

어머니가 사무치게 보고 싶었다. 을천은 날이 밝으면 카라반을 이끌고 쿰탄(장안)으로 떠난다. 여기서 쿰탄까지가 8천1백5십 리에 석 달 반, 쿰탄서 영주까지가 3천7백3십 리면 한 달하고 스무날, 넉넉잡고 다섯 달 반이면 어머니를 뵐 수 있겠지.

을천은 잠이 오지 않았다. 이리저리 뒤척이며, 지난 세월 어머니는 무얼 위해 살아오셨을까, 자꾸만 곱씹어보았다. 을천은 창밖에 짙게 깔린 새까만 어둠을 힐끗 쳐다보았다. 곧 먼동이 터오겠다 싶어 주섬주섬 짐을 챙기기 시작하다가 문득 아버지의 유품인 청동 고마고리를 꺼내들고 깊은 상념에 빠져들었다.

……그래, 새벽이 오기 전 어둠이 가장 짙은 까닭은 뭘까?

쿰탄의 서시(西市)

1

……시꺼먼 어둠에 잠겨 있었다. 하나의 색깔이 아니었다. 움직임은 검푸른 파도처럼 넘실거렸다. 밤을 도와 물밀려오는 소리가 어느 새 땅거죽을 찢어놓을 듯 진동했다. 산맥들을 넘어 강줄기를 따라 혹은 바다를 건너 끝도 없는 행렬이 천지 사방에서 이어졌다. 할힌골을 좇아 대흥안령을 타고, 흑수와 함께 소흥안령을 넘었다. 시라무렌과 라오하를 따라 요하를 건너고, 산동에서 발해만을 끼고 천산을 넘었다. 모든 살아 있는 것들은 놀라서 깨어났다. 저 멀리 웅성거리는 구름들 사이로 빛을 밝히는 샛별이 보였다. 벌써 칠흑의 장막은 한올 한올 야청빛으로 바뀌어가고, 드디어 새 하늘은 막 자신의 자궁을 틀려고 하였다. 붉돌(백두산)의 산마루에는 희읍스름한 박명이 열리고 초빛의 신선함이 맴돌았다. 수탉이 붉은 볏을 세우고 홰를 쳤다. 백마의 울음소리가 골골에 울려퍼졌다. 곰무룩(神山頂의 고대어)에는 신성한 박달나무의 신단이 세워졌다. 하늬쪽 하늘의 지새는 달이 새 생명의 이 장엄한 탄생을 애타게 지켜보았다. 이제 무엇을 더 기다리는가? 동이 터오는 아침이었다. 동방의 뭇 백성들은 떠오르는 해를 향하여 무릎을 꿇었다. 함성이 쏟아지는 햇발을 타고 멧줄기와 골짜기들을 메아리쳐나갔다.

흰 옷을 입은 한 사나이가 대궁의 시위를 당겼다. 검은 깃털을 단 화살은 푸른 하늘을 힘차게 날아올랐다. 퍼드덕퍼드덕, 모든 새들이 순식간에 따라나섰다. 하늘은 새들의 축제였다. 다시 휘익 선회한 화살을 따라 새들은 온갖 곡식을 입에 물고 돌아왔다. 백의의 사나이는 돌아섰다. 이번에는 활을 높이 들고 하늘못(천지)을 향해 힘차게 내리쳤다. 새맑은 쪽빛의 물이 갈라지며 모든 물고기들이 수궁(水宮)의 사자들처럼 곤추섰다. 그때서야 그는 하늘 끝까지 오색의 천을 휘감고 신령스럽게 뻗어 있는 박달나무를 향해 옷깃을 여미더니 마침내 그 앞에 섰다. 소리가 들려왔다. 기치카간을 부르는 하늘의 음성이었다.

— 둥큼(神壇의 고대어) 앞에 나아가라!

사나이는 그 앞에 꿇어 엎드렸다.

— 너는 누구의 이름으로 너의 권능을 행사하느냐?

— 고마와 텡그리(하늘)이옵니다.

— 알겠노라. 나의 어머니 고마는 곧 텡그리이시니라. 너희는 해인 나를 숭배하는 나의 자손들. 나는 빛이요 생명이니, 내가 너희를 만세토록 지키리라. 이제 너희의 일용할 양식은 고마가 거두어줄 것이며, 그분은 다시 너희를 위하여 땅의 신이 되었고 그의 딸은 물의 신이 되었다.

이때 모든 백성들이 눈물을 흘리며 감격하였고, 사나이는 떨리는 손으로 대궁을 받들어 신단 위에 놓았다.

— 너희를 보살피는 은혜가 이러하거늘 이제 무엇이 더 부족하겠느냐? 너희는 한 형제로, 시기하거나 다투지 말라. 이방을 침략하지 말 것이며, 전쟁을 일으키는 모든 쇠붙이는 불구덩이에 집어넣어 가래나 삽을 만들라. 누가 너희를 쇠붙이로 침략해오면 반드시 그 쇠붙이로 망하게 하리라. 이것이 나의 법이요 심판이다.

— 세상 끝날까지 지키겠나이다.

— 이제 나는 너를 들어 쓰겠으니, 너는 너희 형제를 나의 법으로 이끌라.

— 세상 끝까지 당신의 법을 선포하겠나이다.

— 나의 자손들이여 들으라. 나의 법은 곧 하나니, 너희는 멀리 떨어져 있고, 나라가 서로 다르나 여기 세운 내 아들을 위해 나와 같이 충성하라.

이때에 이르러 붉돌에 모인 뭇 백성은 자신의 옷과 살을 찢으며 피로써 맹세하였다.

바야흐로 해의 아들은 형제들로부터 '기치카간'이라 불리워졌고, 그것은 '왕 중 왕'이라는 뜻이었다.

당시 중국은 은나라 말기였다. 그들은 기치카간이 이끄는 동방세계와의 전쟁에서 수없는 참패를 맛보았다. 그 칼과 창은 무수히 불구덩이에 던져졌다. 그리하여 중국인들은 '쇠를 먹는 고마'라는 전설을 만들어냈다. 그것이 곧 '맥(貊)'이요 '불가살(不可殺)'이었다……

스님은 어둠 속의 먼 산을 응시하다 말고, 무엇에 쫓기는 사람처럼 이야기를 서둘렀다.

— 천카간……. 중국의 천자요 오랑캐들의 카간이란 말이지. 당태종을 그렇게 불렀네. 진시황도 정복 못 한 막북(漠北 : 고비사막 이북, 즉 몽골고원)을 최초로 정복했으니 허, 그럴 만도 하지. 한데 내가 왜 이 얘길 꺼내냐면…….

스님은 할 말이 많은 듯 잠시 탁자 위의 찻물을 한 모금 후룩 마셨다.

— 보세, 우리 백성들이 대대로 임금님을 뭐라 하였는가? 기치(*kici)

라 불러왔지? 또 자고로 모든 동방세계의 임금은 카간이었네. 물론 우리도 그랬지. 그런데…….

젊은이는 호기심에 가득 찬 눈으로 스님을 쳐다보았다.

— 먼저 이걸 한번 보자구. 동이(東夷)라고 부르는 동방세계를 예로부터 중국인들은 어떻게 생각했을까? 내가 『후한서(後漢書)』에 나오는 말을 그대로 옮겨봄세. '동방을 이(夷)라 하는데, 이(夷)는 근본이다. 그건 이(夷)가 어질어서 생명을 좋아하므로 만물이 땅에 근본하여 산출하는 것과 같다. 이(夷)에는 군자국과 불사국까지 있어 공자도 여기서 살고 싶어했다.' 글쎄, 물론 이런 얘기가 다 오행사상으로 치장된 건 맞지. 하지만 그냥 나온 말은 아니야. ……그럼 그게 뭘까?

을천은 모두 처음 듣는 얘기였다. 무엇에 취한 사람처럼 한동안 말이 없었다. 스님은 지그시 눈을 감았다. 찰랑이는 물소리가 두 사람 사이로 마치 보일 듯이 밀려왔다.

— 아주 먼 옛날에…….

스님이 마치 꿈을 꾸듯 기치카간의 신화를 이야기하기 시작했다. 밤하늘의 별들은 아름답게 빛났다. 뭇별들은 때로는 한가로이 흘러다니는 구름에 가리기도 하지만 늘 이름도 없이 제 자리를 지키고 있었다. 을천은 문득, 왜 어둠별과 샛별은 한 별일까, 하는 의문이 솟았다. 신화의 영웅은 다시 출현할 것이다. 다시 기치카간은…….

— 고마족의 '기치'이자 동방세계의 '카간'이라는 것. 천카간과는 전연 다른, 그러니까 천카간이 정복의 군주라면, 기치카간은 평화의 군주지…….

스님은 입술을 태우며 말했다.

— 어머니한테서도 간간이 듣긴 했는데……. 지금까지 전 댓구멍으

로 하늘을 봤습니다.

을천은 콧잔등께가 불콰해지더니 이어 말했다.

— 해마다 기치카간님께 제사를 올리고 꿈과 소원을 빌면서도 우린 정작 그분을 모르고 있습니다. 심지어 그분을 중국의 기자(箕子)라고 믿는 사람들도 있잖습니까?

— 얼빠진, 아니, 나라 망쳐먹은 놈들이지.

가파른 대화와는 달리 스님의 목소리는 외려 침중했다.

— 고구려가 옛날 기자 땅이라고 해서 쳐들어오는 판인데, 우리가 그 중국의 현자란 작자를 모셔다가 나라를 지켜달라고 빌고 제사하고 그랬겠나?

— 너무나 오랫동안 꾸며온, 타브가치(중국)의 책략에 넘어가는 거 아니겠어요?

— 문제는 그걸세. 신화나 전설이란 게 일종의 역사인데, 결국은 최종 승자의 전리품이 되고 만다는 거지.

— ……이렇게 가다간 기치와 기자가 부를 때도 엇비슷하고, 정말 기치카간께서 기자(箕子)가 돼버리겠습니다.

— 우린 꼭 지켜내야 하네. 타브가치들은 제 아픈 과거를 부회(附會)하기 위해 우리의 혼까지 그들 것으로 바꿔놓았어…….

스님은 을천의 타오르는 눈동자 속에서 숨쉬고 있는 조국의 미래를 보았다.

주나라 이래, 타브가치의 수도 쿰탄(장안)을 지켜온 위수(渭水)는 흑비단을 두른 듯 엷은 안개에 젖어 검뿌연 갈대숲 사이로 유유히 흘러갔다. 한나라 때는 위성(渭城)이라 불렀던 진시황의 수도 함양도 이젠 저 강을 사이에 두고 영원히 잠들어 있지만, 이 위수를 넘으면서 시작되는 수만 리 비단길을 오가는 수레와 낙타의 방울소리는 오늘도 여느 때와 같이 분주하기만 하다.

어둠에 잠긴 강둑엔 아침이면 떠나가는 사람을 위해 꺾어주는 버들가지가 그리운 여인의 치맛자락처럼 강바람 따라 이리저리 휘어지고, 술잔 부딪는 소리에 밤을 잊은 객사(客舍)의 오색 등불은 그 영화를 뽐내려는 듯 즐비하게 늘어서 있다.

당나라 시인 왕유(王維)는 통행인의 왕래가 이렇듯 끊일 새 없는 위수의 객사에서 안서로 떠나는 벗을 위해 「위성곡(渭城曲)」 한 수에 술 한 잔을 쳤다 한다.

위성의 아침 비에 날리던 먼지 적시니
객사의 푸르고 푸른 버들 빛깔 씻은 듯 새롭네
권하니 그대에게 또 한 잔의 술
서쪽 양관(陽關)을 나서면 친한 벗도 없으리

을천은 이제 헤어지면 언제나 또 뵈올 수 있을까 싶어 스님에게 술을 한 잔 올리고 싶었다. 한데 마침,
— 자네, 오늘 술 한잔 하려나?
하고 스님이 먼저 을천에게 권했다. 애비 잃은 친구의 아들을 안쓰러이 바라보던 스님의 목소리에는 정이 뚝뚝 묻어 있었다.

스님의 마음씀이 더없이 고마웠다. 간소하게 차린 술상을 앞에 두고 을천은 먼저 스님에게 잔을 올렸다.
— 언제쯤 출발하실 예정입니까?
— 한 열흘 뒤에나.

— 아직 가본 사람이 없는 대진국(大秦國, 로마)까지 가신다니 심히 걱정이 됩니다.

— 길이 있는데 무슨 걱정인가?

— 제가 거기서 온 상인들을 만나봤는데, 지금 서쪽이 대단히 위험하다 하던대요.

그악스레 우는 풀벌레 소리가 구슬프게 들려왔다. 두 사람은 애써 허수한 마음을 쫓아내려는 듯 거푸 잔을 비웠다.

— 사실 요즘 같은 세상에 어딘들 위험하지 않은 곳이 있겠나. 인명은 재천이라니 목숨을 하늘에 맡기고 사는 게지.

스님은 잠시 머뭇거리다 다시 말을 이었다.

— 여기서 유학하던 시절에 난 많은 걸 보고 배웠네. 중국이란 거대한 나라를 지탱해온 힘이랄까…… 그리고 유학생들과 만나면서 많은 언어와 풍속과 종교를 알게 되고, 비교할 수 있는 눈도 생겼지. ……부끄러운 얘기지만, 내가 공부하는 동안 조국은 전쟁을 치르고 있었네. 글쎄, 공부가 뭔가? 학문이 뭐고 구도라는 게 다 뭔가? 출세를 위해선가? 대의를 위해선가? 그럼 대의란 뭔가? 도대체 무엇을 위해서 이 짓을 하고 있느냔 말이지. 난 견딜 수가 없어 그날로 자릴 박차고 안시성으로 갔네. 허나 이미 달은 기울었어. 자네 아버지는 평양성의 비보를 가지고 오셨네. 양 장군께선 그때 중요한 결심을……. 그래, 그 얘긴 훗날 하세. 자네 부친 얘기도…….

본디 줄이 얽히듯 얽혀 있는 인연이 얼굴을 만든다고 했던가? 마흔 중반에 접어든 스님의 질긴 동아줄에는 간절히 듣고 싶은 비밀이 매여 있었다. 그러나 을천은 더는 물을 수가 없었다.

— 유학 시절에 만난 친구분들하고는 지금도 왕래가 있습니까?

— 물론 찾아가면 반기겠지.

때마침 박수소리가 요란스레 터져나왔다. 답례를 하던 악사가 다시 자리에 앉으며 첫 음을 켜자 환호가 곧 가라앉았다.

— 그때 내가 만난 사람 중에 튀르크의 유학생 원진(元珍)이라고 있었네. 자네도 들었겠지만 지금 그자의 소문이 얼마나 무성한가.

망한 튀르크를 중국으로부터 해방시킨 명장이 톤유쿠크였는데, 원진이 그 사람이다, 아니다 하여 설이 분분했다.

— 그 톤유쿠크가 맞습니까?

스님은 고개를 끄덕였다. 밤공기를 타고 찰랑이는 강물 소리가 그의 얼굴 위로 회상처럼 흘러갔다.

— 육 년 전, 그가 자기 백성들을 이끌고 타브가치의 손에서 나라를 되찾았을 때, 난 많은 걸 생각했다네. 돌이켜보면 유학생 시절 그는 나와는 달리 이상 때문에 현실을 망각한 적이 없는 아주 냉철한 전략가였지.

귓전을 맴도는 비파의 선율은 다행히도 사람들의 대화를 마른 행주처럼 쫘악 빨아들였다. 혹시 누구 듣는 사람이 없나 하고 잠시 귀를 세웠던 을천은 마음이 조금 놓이는 걸 느꼈다. 그렇잖아도 몇 해 전, 이경업 일당이 '타도 무측천'을 내걸고 거병한 후부터는 밀고 바람이 천지로 개미떼 퍼지듯 했는데, 요사이 또다시 황족들이 들고 일어나니 그 공포가 마침내 극에 달했다.

— 작년에 튀르크가 타브가치와 키타이, 오구즈의 포위망을 격파하고 막북의 외튀켄 산(山)으로 귀환한 건 순전히 톤유쿠크 장군의 공이라는 정봅니다. 그뒤론 막북의 정세가 급변하고 있습니다.

을천은 한층 목소리를 낮추었다.

— 그리고 요즘 우리쪽에 대한 경계도 훨씬 심해졌습니다.

한대중으로 태연히 앉아 있던 스님도 말은 긴장되어 나왔다.

— 빨리 대책을 세워야겠네. 이렇게 하나 둘 잡혀들기 시작하면 끝장이야.

— 그래서 재정비하고 있는 중입니다.

— 으음, 이 이야긴 오늘은 이쯤 해두는 게 좋겠네.

스님은 을천의 잔에 술을 그득 따르면서 말머리를 돌렸다.

— 이것 참, 길 얘기는 어디로 간 건가? 허헛.

이 누각에 들어서면서 처음에 꺼낸 이야기가 길 얘기였는데 그만 중간에서 실종되어버린 것이다.

— 하하, 그리 됐네요. 길에 대한 스님 생각을 듣고 싶습니다.

— 그래? 근데 오늘 내가 왜 이리 장광설인가?

스님의 실소 뒤에는 이놈을 또 언제 보랴 싶은 작정(酌定) 같은 게 느껴졌다. 그리고 거기엔 시대를 빚진 한 채무자의 고뇌가 얹혀 있었다. 스님은 강바람에 흔들거리는 홍등을 말끄러미 쳐다보면서 이야기를 이어나갔다.

— ……모든 살아 있는 것은 길을 만든다네. 길에는 세 가지가 있지. 하나는 자연의 길이고, 둘은 세상의 길이고, 셋은 마음과 하늘의 길이야. 그런데 마음의 길을 구하려면 먼저 자연의 길을 구하고, 나아가 세상의 길을 구해야 하지. 사람은 물을 따라 살고, 물은 산에서 흘러나오고, 산의 물은 나무에서 생겨나고, 나무는 햇빛과 비를 먹고 자라고, 비는 구름과 바람으로 만들어지고, 이것은 하늘의 조화니…….

을천이 빙긋이 웃는다.

— 어째야겠나, 이 자연들에 제사하고 비는 건, 사람이 그속에서 한치도 벗어나 살 수 없기 때문인데, 너무나 당연한 일이지 않겠는가?

애잔한 비파의 선율을 타고 어디선가 막 피어오른 전차(磚茶)의 향이 향긋하게 코끝을 스쳤다.

— 그런데,

스님은 잠시 마른기침을 삼키며 말을 가다듬었다.

— 사람이 제 사는 자리에 따라서 그 의미도 달라지고 차등이 생긴다는 거네. 서로 자기 것이 최고라고 우기니까 전쟁도 일어나고 그래서 이긴 쪽이 자연히 진 쪽을 지배하는 거지. 허허, 우습지만 그 차별은 다 인간이 만든 거야. 우리 고구려도 그렇지 않았나? 서로 골마다 제가 모시는 신이 최고라고 맨날 싸웠지……. 그런데 이걸 하나로 묶어내지 못하면 다 망하는 거야. 그러나 억지로는 안 되네. 자비로 감싸고 교화해야지. 이것이 큰 종교야. 나라가 번영하는 것도, 나라들이 함께 사는 것도 다 이 길이지. 바로 이것이 길이라구.

— 이런 경우는 어떨까요?

을천이 내심 생각해오던 것을 물었다.

— 지금 튀르크는 톤유쿠크가 앞장을 섰다는 소문인데 불교를 배척하고 있다는군요.

노 젓는 소리가 하도 크게 처얼썩 들려서 이야기를 하다 말고 누각 아래를 내려다보았다. 출렁이는 물결에 달무리가 사방팔방으로 흩어져 달아나는 게 보였다. 그는 하던 얘기를 계속했다.

— 그러니까 톤유쿠크는 선대(先代)가 불교를 신봉했기 때문에 대대로 내려온 조상의 법(祖法)을 잊어버리고 전투력도 상실하고 투지도 흐물흐물해져서 결국 나라를 빼앗겼다는 얘깁니다. 또 중국은 어떻습니까? 지금은 온통 불교지만, 이전엔 도교가 판쳤다잖습니까? 이것도 보면, 고조 이연(李淵)이란 자가 당 왕조를 세운 뒤 위대한 조상을 찾다보

니까 노자(老子) 이담(李聃)이 같은 이씨 성이라 그리 된 거라 하더군
요. 그렇담 종교란 결국 통치의 수난이 아니고 뭐겠냐 싶습니다.

― 남색은 쪽풀에서 짜냈지만 쪽보다 더 푸르다는 말이 이를 두고 한
말일세. 정말 송곳보다 날카롭네.

스님은 대견한 듯 빙그레 웃으며 말을 이었다.

― 내 생각도 그래. 종교는 어떤 면에선 통치의 수단이지. 흔히 통치
자들이 그걸 이용하려 하는데, 하지만 결국은 제 꾀에 넘어가고 말지.
보세, 그들은 자신의 권위가 어디에서 온다고 하는가? 하늘에서 온다고
하지? 그렇다네. 그러나 하늘의 힘은 언제나 변함없이 믿고 의지하고
따르는 백성의 것이지. 그러니 통치자가 백성의 뜻을 거역하면 어떻게
되겠나. 그땐 이미 군주가 아니야. 말할 것도 없이 하늘은 그를 대벌(大
伐)하게 되지.

― 스님은 스님 같지가 않아요.

이 말을 하면서 을천은 소리내어 웃었다.

― 그럼 뭐 같나?

스님도 따라 웃었다.

― 글쎄요, 도학자 같기도 하고 여러 종교를 순례하신 분 같기도 하
고…….

― 그런가? 큰일이구만, 중이 돼가지고. 하긴 자네 말도 일리가 있네.
이번에 대진(로마)까지 가려는 목적도 일종의 종교 순례지. 우리 고마족
은 어떤 불교, 더 근본적으로 어떤 종교로 나아가야 하는 건지…….

― 우리는 이미 종교를 가지고 있지 않습니까.

― 그래, 그 얘긴…… 다음에 하세.

길을 찾는 두 사람 앞에 순간과 영원의 세계가 조용히 다가오고 있었

다. 그들은 마치 서로 다른 등불을 들고, 그러나 같은 목적지를 찾아가
는 나그네들 같아 보였다.

2

작금 당나라의 때는 여황제 무측천(武則天)의 시대. 이름하여 사해문
우(四海文友)의 시대라고도 할 수 있었다. 어쩌면 이 네 글자는 일변하
는 사회 분위기를 단적으로 보여주는 새로운 물결의 표상과 같은 것이
었다. 이를테면 경학(經學)의 시대에서 시문(詩文)의 시대로의 대변혁
을 의미했다. 그러나 이것은 단순히 사회풍조나 과거제도상의 변화만을
뜻하는 건 아니었으니, 한 사회의 고대적 계급질서(사대부와 서민층)가
무너지고, 새로운 신분제(양민과 천민)가 형성되는 분명한 역사의 한 진
전을 반영했다. 바야흐로 역사의 거대한 물줄기는 신흥관료인 산동세력
(북문학사)이 구문벌 귀족인 관롱세력(관중과 농우 출신)을 역사의 장 밖
으로 몰아냄으로써 서서히 그 물꼬를 틔워갔던 것이다.
　줄잡아 삼백 척쯤 되는 노폭 위의 백사(白沙)를 따라 끝없이 늘어선
가로수의 농염한 잎새 사이로 이른 아침 중추의 햇살이 행인들의 살갗
을 부드럽게 내리쬐고 있었다. 막 짜낸 우유처럼 신선하게 반짝이는 흰
모래가 장안성 동쪽을 흐르는 산수(滻水)의 백사장까지 끝도 없이 깔려
있고, 걸음나비로 백오십 보나 되는 중앙 차마(車馬)도로 양 옆의 붉고
거대한 돌기둥들은 마치 용이 하늘을 막 차고 날아오를 기세로 서 있었
다. 동서 이십오 리(9.7km), 남북 이십 리(8.2km)의 이 거대한 장안성은

성내의 용수산 지맥을 따라 육효(六爻)에 해당하는 육파(六坡 : 여섯 개의 언덕)를 중심으로 설계되었다. 천자의 자리인 두 번째 언덕 위로 봉황(궁궐문)을 타고 구름 속에 치솟은 제왕의 성은 지고한 상제의 권좌를 방불케 하며 만백성을 굽어보고 있었다.

누런 먼지 바람이 한 차례 휙 불고 지나갔다. 회화나무의 가로수 이파리들이 허공을 깃털처럼 선회하며 길바닥에 어지러이 나뒹군다. 쉴새없이 오가는 차마(車馬)들의 물결로 번잡한 대로에 백마 한 필이 낙엽을 짓밟으며 경쾌하게 언덕을 넘어 달려왔다. 은빛 안장에 올라탄 미소년이 막 헌복사의 소안탑(小雁塔)을 지나쳐가는데, 맞은편에서 화사한 오운거(五雲車) 한 대가 길게 물빛 자국을 남기며 미끄러져왔다.

덜커덩 소리가 나고, 수레 안에서 백옥 같은 손이 살짝 빠져나와 미끈한 손가락을 까딱거리니 금색 비단 자락이 교태스럽게 나팔거린다. 이를 본 미소년은 급히 말고삐를 잡아채며 다가갔다. 붉은 주렴이 살짝 걷어올려지면서 푸른 눈그늘을 그린 여인이 고혹적인 눈길로 뭐라고 나긋하게 속삭여왔다. 소년은 시설시설 웃으며 그 자리서 어쩔 줄 몰라 하고 있었다.

바로 그때였다. 흰 모래알이 반짝이는 도로 위로 모래를 산더미처럼 싣고 선두로 지나가던 관우(官牛 : 관에서 쓰는 소)가 갑자기 그 무게를 견디지 못하고 화려한 이 한 쌍의 남녀 앞에서 맥없이 고꾸라진 것이다. 금방 파열된 소의 머리에서 콸콸 터져나온 새빨간 선혈은 백설기 같은 흰 모래 위로 김을 모락모락 피어올리며 미처 다 스며들지 못한 채 이리저리 낭자하게 흘러넘쳤다. 그러자 기다랗게 줄을 이은 관우차(官牛車)의 행렬이 겁에 질린 노예들마냥 머뭇대더니 이내 연달아 멈추어 섰다.

지나가던 행인들이 이를 보고 봇물 터져나오듯 우르르 몰려들었다.

인도를 따라 걷던 을천은 이 급작스런 광경을 목격하고 자기도 모르게 발걸음을 세웠다. 사람들에 에워싸이긴 쓰러져 있는 소뿐만 아니라 이 두 젊은 남녀도 매한가지였다. 겁을 집어먹은 은장의 백마가 히이잉 거리며 이리저리 날뛰는데, 마상의 소년은 떨어지지 않으려고 안간힘을 쓰며 매달려 있었다.

을천은 함께 서 있던 사람에게 말했다.

— 우린 그만 갑시다.

두 사람은 아무 말 없이 그 자리를 떠나 서시(西市)를 향해 걸어갔다. 도중에 흰 모래둑들이 보이고, 잡부들이 관우차에서 모래를 퍼올리는 모습이 간간이 눈에 띄었다. 을천은 걸으면서 속으로 생각했다.

'쿰탄(장안) 성의 도로 위에 반짝이는 흰 모래는 정말 눈부시도록 아름답긴 해. 바람이 불어도 길바닥에 먼지가 날리지 않고, 비가 와도 진흙이 묻지 않는 구가 십이구(九街十二衢)의 이 호화로운 거리. 허나 저 넓고 긴 대로를 온통 모래로 메우기 위해 하루에도 수없이 실어나르다 결국 그 모래 위에 머리가 터진 채 죽어간 소들. 과연 누굴 위해서일까? ……그럼 우리들의 신세는?'

기실, 장안은 비단길의 종착지인 비잔틴의 콘스탄티노플과 더불어 세계에서 가장 크고 풍요롭고 아름다운 도시였다.

로마와 페르시아 그리고 서역의 온갖 물산이 사막의 배인 낙타에 실려 서쪽의 개원문(開遠門)을 통과해 서시(西市)에 넘쳐흐를 때, 동북 지방의 담비와 해동의 매는 황실 깊숙이까지 동쪽의 춘명문(春明門)을 거쳐서 고고히 들어가고, 또 해운길은 산수(滻水)의 물을 끌어 만든 운하로 해서 양자강 일대의 쌀과 남해의 진품을 가득 실은 범선의 돛이 숲을 이룬 채 동시(東市)의 방생지(放生池)에까지 이르렀다.

당의 시인 왕정백(王貞白)은 이런 성대한 풍경을 시 「장안도(長安道)」
에 담아 노래하였다.

새벽 북소리에 벌써 사람들 다니고
저녁 인경소리엔 아직 사람들 쉬질 않네
이역만리 산 넘고 바다 건너
장안으로 들어오는 만국의 사람들
앞을 다투어 황금과 비단을 바치려 하네

을천은 날콩을 삼킨 듯한 기분이어서 속이 몹시 역겨웠다. 어젯밤 꿈
자리도 사나운데 아까의 끔찍한 장면이 자꾸만 떠오른 것이다. 마침 노
변에 식당들이 보였다.

— 요기나 좀 하고 갈까요?

— 그럽시다.

두 사람은 붉은 바탕에 '태평루'라 쓰여진 간판을 보고 들어갔다. 그
리 크지도 않은 실내는 손님들로 붐볐는데 벌써 맛있는 냄새가 코끝을
자극했다. 식단을 보니 최신 유행하는 호식(胡食 : 페르시아풍 요리)과 장
안 요리가 골고루 갖추어져 있었다.

— 샤오빙(燒餠)이라, 이건 어떤 겁니까?

— 음, 양고기에 파의 흰 부분을 썩썩 썰어넣고…….

아직 앳된 티를 못 벗은 아가씨의 대답이 얼음에 박 밀듯 거침이 없
다. 머리칼을 예쁜 공 모양으로 양쪽에 땡그렇게 감아올려 여간 깜찍하
고 귀엽지가 않았다.

— 이건?

청년은 물어보면서도 아가씨의 애교에 정신이 팔려 연신 빙실빙실 웃기만 했다.

— 아, 비뤄(饆饠)요? 샤오빙과 비슷한 과자죠. 다 요즘에 잘 먹는 호식이에요.

을천은 익히 다 아는 음식이었지만 동행자가 수작하는 대로 내버려두고서 이리저리 식단을 살폈다.

— 뭐, 간단한 요깃거리로 시킵시다.

— 그러세요.

— 이 집 명물이 뭡니까?

— 자오머후(棗沫糊), 이거 한번 드셔보세요.

— 어떤 건데?

— 음, 대추를 깨끗이 씻어 껍질을 얇게 벗긴 뒤 씨를 빼내고 잘 삶죠. 그 다음엔 팥을 붉은 물이 우러나올 때까지 끓여요. 이제부터가 진짜 기술인데요, 찬물에 이긴 밀가루를,

아가씨는 손가락으로 주물주물하면서 실제로 만들어낼 기세다.

— 언제 집어넣어 얼마큼 더 끓이느냐가……

— 하하, 됐네. 그거 안 시켰다간 매맞고 성히 못 가겠다.

다른 식탁에서도 재미있는지 힐끔거리며 피식피식 웃는 소리가 들려왔다.

— 뭐, 그렇게 합시다. 그거 한 그릇씩하고, 아까 이분이 말했던 것도 같이 주세요.

아가씨는 주문을 여물게 받고서 기분이 좋은지 토실토실한 엉덩이를 흔들며 주방 쪽으로 갔다.

잎사귀에 물방울 구르듯 통통 튀는 아가씨의 애교 덕에 을천은 한결 기분이 좋아졌다. 그녀가 따라놓은 차의 향이 시쁘지 않고 그윽해서 무심히 찻잔을 내려다보았다. 멋진 황금색 부리를 한 새가 머리를 뒤로 젖힌 채 포도덩굴이 비꼬여 뻗어나간 무늬 안에 위엄 있게 서 있다.

언젠가 파리후드에게서 들은 얘기가 생각났다. 페르시아의 영조(靈鳥) 시무르그. 이 새는 빛의 신 아후라 마즈다의 심부름꾼인데, 신령한 알부르즈의 산정에 살면서 자신들이 감당할 수 없는 곤경에 부딪힐 때면 늘 그 자비로운 넓은 날개를 펴서 구해준다고 했다. 을천은 자신도 모르게 품속 깊숙이 간직한 청동 고마고리를 더듬었다. 어머니의 얼굴이 떠올랐다. 그리고 다시 그 위로 사에나의 얼굴이 겹쳐왔다.

한 마리가 아니었다. 무수히 많은 새들이 푸른 하늘을 가로질러 날아오는 게 보였다. 길을 인도하는 새가 차츰 하늘을 가득 덮는 거대한 새로 변해갔다. 아마도 동무들이 깃털이 되어주고, 부리가 되어주고, 몸뚱어리가 되어준 모양이었다. 새들이 지나온 하늘에는 금세 아름다운 구름 융단이 길게 깔리었다. 거기 한 여인이 예쁜 꽃을 들고 수줍은 듯 걸어오고 있었다.

먼 하늘을 비상해오던 큰 새는 순식간에 동공(瞳孔) 속으로 너울너울 날아들었다. 을천은 눈을 질끈 감았다. 가슴속이 마구 울렁거리며 빨간 기둥이 정수리까지 솟구쳤다. 그대로 눈을 감은 채 먼 산을 긴 호흡으로 바라보았다. 지금 막 날개를 접은 커다란 새의 숨결이 아직도 고스란히 들려오는데, 저만치에서 고즈넉이 웃고 있는 여인의 체취가 소리없이 밀려왔다. 그녀는 들고 있던 진분홍빛 꽃송이를 수줍은 듯 내밀었다. 향기가 온몸에 가득 퍼지고 심지(心地)에 꽃물이 살포시 물들어오는 거였다……

을천은 잠시 포갠 손을 가슴에 대고 심호흡을 했다. 하긴 그랬다. 어떻게 생각하면 웃음도 나왔다. 옛날 안마타사치의 집에 있을 때, 조로아스터교에서는 영조(靈鳥) 시무르그를 사에나라 부른다는 말을 자주 들었다. 그녀가 떠오른 건 자연스럽고 당연한 일이었는지 모른다. 하지만 그게 아니었다. 이런 적이 없었는데…….

그때 아가씨가 왔다.

두 사람은 우선 김이 모락모락 나는 자오머후를 한 입 가득 물고 호호거리며 한쪽 눈을 찡긋거렸다.

— 야! 정말 그만이야. 아가씨, 맛이 일품인데?

— 히, 고맙습니다.

목소리에 애교가 남실거렸다. 여자아이는 제 임무에 만족한 듯 빈 쟁반을 흔들며 탁자 사이로 빠져나갔다.

— 요즘 분식이 유행하는 건 각기병 때문이라면서요? 제기랄, 그런 호화스런 병도 다 있어요? 옛날엔 강표(江表 : 양자강 이남을 말함) 나으리들이나 걸리던 병이라던데…….

— 그러게 말입니다. 많이 살기 좋아진 모양이죠. 내 들은 말인데, 원래 국수는 황토고원에 살던 사람들이 먹을 게 없어서 귀리로 국수를 만들어 먹었던 게 시작이라구먼. 이젠 그게 점차 퍼져가지고 중원에선 밀국수, 남방에선 쌀국수 하는데, 내 생각이요만 우리 고마족은 예부터 메밀을 먹었으니깐 아마도 메밀국수가 곧 나오지 않을까 합니다……, 허허.

— 참, 듣고 보니 그러네요.

청년은 을천의 말이 딱 들어맞는다고 생각되는지 어지간히 흥분해서 가납사니같이 열을 올렸다. 을천은 평소 심중에 두었던 것이긴 하지만 얘기가 자꾸 꼬리를 물자 얼른 말을 다른 데로 돌렸다.

— 그건 그렇고, 온 길바닥이 모래를 뒤집어썼는데도 웬 먼지가 이리 심한지…….

— 아니, 그래 여기 황토고원 바람이 오죽한지 모르세요? 봄엔 어쩌고요? 이건 유가 아닙니다. 아마 고 모래만 아니면 황사(黃砂) 때문에 난리가 아니라 벌써 끝났을 겁니다.

두 사람은 이곳에 들어오기 전에 거리에서 보았던 그 끔찍한 장면을 떠올리고 있었다.

어쨌거나 마른 장작에 불꾸러미 앵긴 꼴로 이들은 화제를 이리저리 옮겨가며 정신없이 이야기 삼매경에 빠져 있는 중이었다. 시위를 떠난 살처럼 한동안 시간을 놓쳐버린 두 사람은 문밖에서 왁자지껄하며 손님들이 몰려들어오는 소리가 나서야 비로소 정신을 번쩍 깼다. 먼저 있던 손님들은 벌써 거반 빠져나가고 듬성듬성 자리가 비어 있는 상태였다.

청년은 갑자기 똥 마려운 계집 국거리 썰 듯 사발 밑바닥에 괴어 있는 식어빠진 국물을 후루룩 마셔치우고 좌우를 초조히 두리번거렸다. 을천은 청년의 허둥대는 눈길이 막 지나쳐간 자리인 건너편에서 눈이 빼꼼한 사내가 이쪽을 할금할금 보고 있는 게 느껴졌다.

저놈은 누구야, 염알이꾼인가? 만일 그렇담 어디서 따라붙었지? 그건 아냐. 을천은 속으로 고개를 살살 저었다. 아마도 우연히 이 식당에 온 딴꾼인 게지, 하고 대수롭지 않게 불안감을 떨쳐버렸다. 그는 서둘러 동행인과 함께 식당을 빠져나왔다.

당제국의 관시령(關市令)에 따르면, 시(市 : 저자)는 영업 시간이나 장소뿐 아니라 상인의 등록, 판매 가격에까지 관의 엄격한 통제를 받았다.

정오 때 북을 삼백 번 치면 개시하고, 일몰에 징소리가 삼백 번 울리면 문을 닫았다. 매월 십 일만 되면 거래 물품을 품질에 따라 상·중·하 삼등가로 매겨, 시가를 기재한 장부를 항시 시서(市署 : 시장을 관할하는 관청)에 비치했다.

시가지에는 동업종의 점포가 즐비하게 늘어섰는데, 이것을 행(行)이라고 했다. 거리마다 육행(肉行), 철행(鐵行), 견행(絹行), 과자행(菓子行), 의행(衣行), 금은행(金銀行)⋯⋯ 이런 식으로 동업의 간판이 상점들마다 세워졌고, 상업의 독점이 보장되었다. 이를테면 비단은 견행의 상인이, 금과 은은 금은행의 상인이 독점하였다. 지금 황제가 거하는 동도(東都) 낙양의 남시(南市)만 해도 일백이십 개의 행(行)에 삼천여 상점이 있고, 장안의 동시(東市)가 이백 행을 넘으니, 세계 제일의 서시(西市)가 과연 어느 정도일지는, 당시의 국제무역으로 볼 때 가히 상상을 불허하는 것도 아니었다.

서쪽으로 서쪽으로 끝없이 뻗은 국제무역선. 황실과 조정에 만세토록 번영과 사치를 가져다줄 것으로 믿은 이 무역활동을, 그들이 다른 어떤 것보다 철저히 보호하고 규제했던 건 당연한 일이었다. 더욱이 비단길은 거개가 소그드 출신의 상인들에 의해서 장악되었기 때문에, 국가에서는 이들을 귀화한 등적 상호(登籍商胡 : 호적 등록을 한 외국 상인)와 그렇지 않은 외화인(外化人) 상호로 엄격히 구별하고, 형법 및 교역법상에서 확실히 차이 나게 하였다. 이를테면 귀화한 상호는 공험(公驗 : 여행용 신분증)을 가지고 등적 본관(登籍本貫 : 호적 등록을 한 곳)의 동쪽에서는 어디든 자유롭게 무역을 할 수 있는 반면, 외화인은 통과하는 거주지마다 따로 등록수속을 밟아야 했다.

한편, 같은 상호라도 그 성질에 따라 노비를 데리고 다니며 매매할

수 있는 흥호(興胡)와 그렇지 않은 객호(客胡), 행상하는 흥생호(興生
胡)로 세분하여 관리하였다. 특히 수출입이 직접 일어나는 호시(互市 :
국경지대의 교역시장)의 무역은 그 통제가 가장 엄중하여 호시관이나 홍
려사(鴻臚寺 : 외국 사신의 조회를 관장하는 관서)의 특허를 반드시 필하도
록 하였다.

이러한 모든 관문을 통과하여 서방 각지의 물산이 집하하는 서시(西
市). 바로 이 서시의 방문(坊門) 앞에 두 사람이 모습을 드러냈다. 을천
일행은 잰걸음으로 문을 막 통과하여 곧장 시내로 들어가고 있었다. 거
리를 꽉 메운 사람과 차마의 물결을 뚫고 시의 중심 구역으로 꺾어들었
다. 시 전체가 우물 정(井)자로 네모 반듯하게 구획되어 있어 어디로 해
서든 찾아가기는 아주 쉬웠다. 추비행(鞦轡行)이라 쓰여진 입간판이 보
이고 말 안장, 등자, 밀치 같은 마구를 파는 가게들이 나타났다. 두 사람
은 열댓 길 더 걸어가 입구서부터 북새통을 이루고 있는 시서(市署)에
당도했다. 이들은 들어간 지 얼마 되지 않아 재간 좋게 일을 끝내고 나
왔다. 동행인과 헤어진 을천은 해지(海池 : 시의 서북쪽에 있는 연못 이름)
에 있는 책사(冊肆)로 발걸음을 옮겼다.

— 아니, 이게 누구세요?
— 오랜만입니다.
— 언제 오셨어요?
— 네, 며칠 됩니다.
을천은 책사 안을 휘휘 둘러보면서 너부죽이 웃는 얼굴로 말을 잇는다.
— 그간 어떻게 지내셨습니까?

여인은 대답 대신 아미를 살짝 숙이고 상긋 웃는다.

— 실내 분위기가 참 좋습니다.

책사에 은은히 감돌고 있는 고급스런 향취에서 을천은 내심 이 여인의 품격을 느끼고 있었다.

— 근데 가게에서 일하는 아이는 어디 갔습니까?

— 네, 심부름요.

벽 한가운데에 걸려 있는 비취빛 테두리를 두른 액자가 일이 년에 한 번씩 보지만 언제나 정갈하게 시선을 끌었다.

사해문우(四海文友).

커다란 녹유리(綠琉璃)에 비친 글씨는 예리하고도 지적인 여인의 필치였다. 무측천의 여비서 상관완아(上官婉兒)가 책사의 주인인 소 부인에게 선사한 휘호였다.

— 햐, 무식을 언제나 면해 보지요?

손님 두어 명이 힐끗힐끗 쳐다본다. 그러나 을천은 개의치 않고,

— 이거 좀 둘러봐야겠는데요? 헛, 작년보다 책이 꽤 많아졌습니다.

하고는 좀 놀란 시선으로 책사 안을 두루 훑어본다.

— 요즘 부쩍 나오는 책도 많고, 찾는 독서가도 전과는 비교가 안 돼요.

— 주로 어떤 책을 많이 봅니까?

— 『신문풍(新文風)』이란 책을 많이들 찾아요.

— 허, 역시 문(文)의 시대라……

당시는 공거(貢擧 : 당시의 과거)에서 판에 박힌 암기 위주의 경학을 밑으로 하고 풍부한 지식과 참신한 문장을 우대하니, 학관(學館) 대신에 독서가 중시되고 그 결과 서민층에서도 등제하는 사람이 많아졌다.

— 그러니 이곳에 사람이 몰릴 수밖에……

을천은 혼자말처럼 중얼거렸다. 서가에서 역시 가장 돋보이는 책은 황실 간행의 서책들. 무측천의 최근 지술인 『신궤(臣軌 : 신민의 도덕 규범)』와 더불어 『열녀전』, 『이상적인 부인상』, 『부녀의 미덕에 대하여』 따위가 가히 화려하게 진열되어 있었다. 사실 무가 쓴 이 책들은, 새삼 권력의 막강함에 혀를 내두르게 하는 것이지만, 세상에 하늘과 땅이 확 뒤바뀌는 엄청난 파란을 일으키고 있는 중이었다. 이 여황제는 심지어 제사도 남녀가 똑같이, 그리고 여자도 대를 이을 수 있어야 한다고 역설할 뿐 아니라 몸소 실천하고 있었다. 그러니 여자들이 거리를 남자처럼 삼삼오오 활보하고 다니는 건 차치하고, 말을 탈 때에도 옛날처럼 옆으로 조심스럽게 걸터타기는커녕 말 등에 치마 입은 가랑이를 쫙 벌린 채 올라앉아 호호거리며 달리는 것은 이제 전혀 이상한 일이 아니었다.

세인들은 이런 세태를 풍자하여 '여인천하'라 일컬었는데, 이것은 곧잘 꽃과도 비교되었다. 당시 화제가 되었던 장안의 꽃 풍경을 잠시 소개하면,

봄은 …… 장안의 꽃에서 시작된다. 지는 해가 황산에 머물고 산수의 백사장에 흰 버들개지가 날리면, 동서 양가(街) 일백십 방(坊)의 장안성은 안개처럼 자욱이 꽃내음에 젖는다. 이때쯤 절기는 춘분을 맞아, 장안의 사인(士人)들이 최고로 꼽는 홍(紅) · 자(紫)의 두 목단은 절정에 오른 봄의 성감대를 놓치는 듯 관능적인 향기로 뼈까지 취하게 하니 무려 그 값이 수천 냥에 이른다. …… 그러나 적어도 이 시대의 꽃은 이런 꽃은 아니라고 하였다. 이 시대의 꽃은 아마도 성춘(盛春)의 전야에, 경칩에서 시작하여 차분히 무르익는 봄을 알리는 아름답지만 검소한, 어쩌면 복숭아꽃, 황매화꽃, 장미꽃 들 같을 것이라 하였다.

을천은 잠시 생각이 여기에 미치자 여인을 슬며시 쳐다보았다. 그래,

이 여인은 황매화꽃 같아…….

이름은 소청(蘇淸). 소 부인의 딸이다. 일찍 아버지를 여의고 홀어머니 밑에서 자랐지만 어느 구석에도 그늘이라곤 없다. 갸름한 얼굴은 이지적이어서 차가운 느낌마저 감도는데, 그러나 몸놀림은 사람의 기분을 상큼하게 돋울 정도로 쾌활하고 활달하다. 청은 시문이 뛰어나고 특히 그림에 조예가 깊다. 최근에는 서역의 호탄 출신인 울지을승(尉遲乙僧)의 화풍에 깊이 빠져 있다. 울지의 화법은 전통적인 중국의 것과는 전연 달라 독특한 입체감과 강렬한 힘을 느끼게 한다. 명암 대비를 강조하여 채색에 요철(凹凸)법을 사용하고, 필선은 꼬불꼬불한 철사를 물결치듯 흘러내리게 하는 소위 굴철(屈鐵)의 필법을 구사한다. 하지만 청은 거기에 뭔가 빠진 게 있다고 느낀다. 여성적인 것, 철처럼 강한 필선에 부드러운 숨결이 배어나게 할 수 있다면 훨씬 생명감이 넘칠 텐데…….

서가에 을천이 찾는 책은 보이지 않았다. 한역한 불경들이 주로 많고, 경교(景敎 : 네스토리우스파 기독교) 서적도 몇 권 보였다. 을천은 어젯밤 스님한테 했던 말이 떠올랐다. '……종교란 결국 통치의 수단이 아니고 뭐겠냐 싶습니다.' 사실 경교가 푸대접받기 시작한 것도 최근의 일이다. 페르시아 승(僧) 아라본이 한역한 『일신론』, 『세존포시론』이 저렇게 꼴사납게 처박혀 있는 것이 우습다. 재밌는 세상이야, 황실이 바뀌니 이렇게 하루 아침에 찬밥 신세라…….

기실, 전 황제이자 무의 남편인 고종은 예배당을 전국 258주(州)에 전부 하나씩 건립하고 아라본을 진국대법주(鎭國大法主 : 총주교)로 임명할 만큼 선황 태종에 이어 그 지원을 아끼지 않았다고 한다.

— 뭘 그리 골똘히 생각하세요?

— 예엣? 네에.

번쩍 정신이 든 을천은 겸연쩍은 듯 피식 웃었다.

— 책을 찾는데 보이질 않는군요.

— 무슨 책을요?

청은 좀 의외라는 표정이었다.

— 외국말 배우는 책인데요…….

— 어떤?

— 대진어(로마어)나 대식어(아라비아어)입니다.

— 후훗, 참 별난 책만 찾네요?

— 하하, 그렇습니까? 사해가 문우라, 없는 책이 없는 줄 알았습니다.

— 좋아요. 제가 찾아드리면 어떡할 거예요?

— 그……그래요? 아이구, 이거 그러시면 저도 워……원하시는
걸…….

을천은 능청스레 말까지 더듬거렸다.

청은 한쪽 구석으로 가더니 잠시 후 뭔가를 찾아들고 상글거리며 돌
아왔다.

— 이 책 말이에요?

을천은 눈이 번쩍 띄었다.

그때였다. 와당탕탕 발소리가 거칠게 뒤엉키면서 험상궂게 생긴 놈들
이 들이닥쳤다. 책사 안은 한순간에 난장박살이 났다. 손님들은 혼비백
산하여 서가 뒤로 고개를 처박고 숨고, 흉물처럼 생긴 두목이 뒤에서 마
늘모눈을 뜨고 살벌하게 서 있다. 벌써 몇 놈이 사방에서 을천에게 일제
히 시커먼 갈퀴손을 하고 낚아챌 듯이 달려들었다. 순간 을천은 대쪽처
럼 손끝을 세워서 급히 한 놈의 명치를 쑤셨다. 전광석화였다. 놈이 대

번에 고꾸라졌다. 그 틈에 을천은 몸을 바싹 낮춰 잽싸게 팔을 바람개비마냥 휘두르며 뒤꿈치걸음으로 물러났다. 손들이 여지없이 댕강댕강 튕겨나가는 동시에, 균형을 잃은 놈들은 재빨리 어기뚱거리면서 발더듬질을 했다. 을천은 다시 손날을 곧추세우고 울력걸음 동작의 공격 자세를 취했다. '수박'이라는 고구려의 전통 권법이다. 잠시 얼떨하던 놈들도 다시 공격해올 태세였다. 을천은 날카롭게 놈들을 둘러보면서 이 싸움판을 어떻게 끌고 갈지 가늠해보았다. 바로 그때 비수처럼 그 사이를 가르며, 다급하지만 흐트러지지 않은 여인의 목소리가 들려왔다.

— 그만두지 못하겠어욧!

청의 목소리는 정확히 패거리의 두목을 겨냥했다.

— 이게 대관절 무슨 짓이에욧!

그러자 두목은 가래침 뱉듯 말을 툭 내던졌다.

— 흐음, 잠깐이면 되는데, 저 친구를 조사할 게 있어서 그럽니다.

청은 고삐를 늦추지 않고 다그쳤다.

— 대체 당신들은 누구예요?

— 네에, 우금오위(右金吾衛 : 치안국)에서 나왔습니다만.

— 우금오위라니요?

청은 쐐기처럼 쏘아붙였다. 그럴 만한 이유가 있었다. 이들은 본시 금오위에 들러붙은 딴꾼들에 불과한데, 재작년부터 고밀(告密 : 밀고제도)이 장려되고 혹리(酷吏 : 정보경찰)의 위세가 극성하자, 그 끄나풀들인 주제에 '비밀 혹리'를 사칭하고 다녔다.

— 아니, 저런……

두목은 '저런 빌어처먹을 년이 있나'라는 욕이 입밖까지 나왔다가 다시 꿀꺽 삼켰다.

— 홍, 우금오위. 누가 보내서 온 거죠?

— 뭐라구? 거참, 큰일날 아가씨네.

비위짱이 팍 상했던지 기어코 두목의 눈에 번쩍하고 쌍심지가 켜졌다.

— 이런 행패 부리라고 시킨 작자 성명자를 바로 대봐요. 내 가만 두지 않겠어.

— 허허, 이 소저가……. 내 참.

그러나 어찌 된 게 두목은 소금 먹은 고양이 상판대기를 하고서 뭐가 꿀리는지 우끈하던 기세가 조금 눅어들었다. 자연히 을천을 덮치던 자들도 머뭇하면서 눈만 끄먹거리고 있다.

— 특수한 사안이라 그러니 협조를 해주시지요.

두목은 짜증스럽게 말했다.

— 호옷, 아니 이래놓고 협조요?

청의 입가에 비웃음이 확 번진다.

— 여기가 당신들 난장 벌이는 곳인가요?

— 아, 이해하세요. 사실은 고밀이 들어왔습니다.

— 고밀이요?

청은 가소롭다는 듯이 말을 잇는다.

— 그러면 얘길 하고 밖에서 기다리든지 하지, 이렇게 막무가내로. 훗, 우리 집을 어떻게 보고…….

청은 피마처럼 도도하게 갈기를 치며, 잔뜩 구겨진 두목의 얼굴에 침이라도 퉤 뱉어주고 싶은 표정이다.

— 그런 건 아니고요, 우리 하는 일이 고밀 사건이라.

— 그래서 이런 식으로 불한당 치른 집구석을 만들어놓은 건가요?

하긴 그러했다. 무측천이 고밀과 여론을 개혁의 쌍두마차로 끌고 가는 이때, 아무리 성역이 없는 고밀 사건이라 하지만 사해문우는 일종의 황실 선전기관 같은 데여서 건드려봤자 하나도 좋을 게 없었다.

— 아, 그건 죄송합니다. 그런데 저희들 입장도 좀 이해해 주셔야겠습니다. 부탁드립니다.

손님들도 차츰 불안감에서 벗어나고, 이미 밖에서는 구경꾼들이 장을 서기 시작했다. 놈들이 덩치만 컸지 엄부렁한 게 급수가 한참 낮은 애들이라고 본 을천은, 하지만 완력으로 될 성질이 아니라는 생각에서 묘안을 찾고 있었다.

— 근데 우리 책들하고 그 일이 무슨 관계가 있지요?

— 그건 아닙니다. 워낙 일이 급작스럽게 돼놔서…….

청은 어이없다는 듯 실실 웃으며,

— 헌데 금오위에서 나온 건 맞나요?

부러 놈의 꼭뒤를 한 번 더 쿡 눌렀다.

— 이런, 제기랄.

놈도 벌컥 역정이 나서 소리를 꽥 질렀다.

— 그럼 우리가 뭐 하는 사람들이란 겁니까?

그러고 나서 두목은, 시어미한테 역정나서 개 옆구리 찬다고, 뒤에서 부하들 투덜대는 소리에 더 열을 받는지 험악하게 마늘모눈을 빗뜨고 획 돌아보았다. 그 순간 을천의 눈과 부딪쳤다. 그때 이미 속마음을 정한 을천이 놈 앞으로 걸어나왔다.

— 내가 뭘 어쨌다는 겁니까?

— 당신 말이야, 나하고 좀 가줘야겠어.

— 이유가 뭡니까?

— 가보면 알아.

을천이 체념한 듯 말했다.

— 좋습니다.

사태가 일단락 매듭지어지는가 싶은 순간이었다. 한데,

— 아참, 혹시 무슨 일이 생기면 이걸 왕 어른 나으리께 좀 전해주십쇼.

난데없이 팔 하나가 허공에 불쑥 뻗쳐온 것이다. 을천의 손에 예쁘게 생긴 수진(袖珍 : 소매 속에 넣고 다니는 작은 책)이 들려 있다. 순간 모두가 어안이벙벙했다. 워낙 생급스럽게 당한 일이라 처음엔 청도 머뭇댔는데, 이자들이 당황해서 둥개는 틈을 타 태연스레 건네받았다.

— 그게 뭐지?

놈은 눈깔을 뙤록거리며 포달지게 물었다.

— 네, 옥편(玉篇)입니다.

— 옥편?

— 왕 어른 자제분께 선물할 겁니다.

당시는 양(梁)나라의 고야왕(顧野王)이 찬한 옥편을 다시 뽑아 예쁘게 수진으로 만들어 가지고 다니는 게 유행이었다.

— 어디 한 번 봅시다.

부러 놈은 날짱거리며 말했다. 청은 무슨 이따위 경우냐는 표정이다.

— 방금 우리 집에서 산 건데 이걸 꼭 봐야겠어요?

— 글쎄 문제 없으면 돌려드리면 될 거 아닙니까.

여전히 비웃적거리는 말투다.

— 뭐라구요?

청은 해보라는 듯 들고 있던 책을 놈의 코끝에 바싹 들이밀었다. 놈은 좀 꺼림칙했지만 일단 기세 좋게 빼뜯어챘다.

— 그렇다면 나도 데려가세요.

목소리가 분노의 열기 대신 차갑고 써늘했다.

— 뭐요?

의표를 찔린 두목은 좀 당황해한다. 청은 놈이 책장을 채 들추기 전에 욱질렀다.

— 왜요? 내 집 물건을 조사하겠다면 당연히 그 물건을 판 주인도 조사해야 거 아니에요.

외려 청은 제가 놈들을 데려갈 기세라, 기가 막힌 두목은 땡감 먹은 상오다.

— 그……그건 곤란합니다.

— 홋, 곤란하다니. 가보면 알 테니까 어서 가시지요.

'저 주리를 틀 년 봐. 사사건건이 시비네? 제 년이 저놈 새끼 깔치야 뭐야.' 두목은 속으로 이렇게 생각했으나 나온 대답은 그게 아니었다.

— 아아, 아닙니다.

을천은 비루해져가는 두목의 얼굴 속에서 한 고비가 아슬아슬 넘어가는 걸 지켜보고 있었다.

— 뭐가 아니란 말이지요?

— 아, 이게 저희들 일이 그래 놔서 말이죠. 절대 소저를 의심해서가 아니니…….

원래 약은 쥐가 밤눈 어둡고, 왕 어른 하면 천하가 다 아는 거물이라 잠시 으스대다 말련 했는데, 이게 이리 된통 대지르고 나오니 허리춤에서 뱀 집어 던지듯 다 팽개치고 오직 제 앞가림만 하고 싶은 심정이었다.

— 흥!

여인의 결곡한 콧날에 찬바람이 쌩하니 돈다.

— 죄송합니다. 저희도 최소한의…….

놈은 겸연쩍게 빼뜰은 책을 돌려줄 듯한 몸짓을 하면서 말끝을 이었다.

— 조치는 취해야 하지요, 죽을 노릇입니다. 헤헤.

청은 들은 체도 않고 살천스레 앞만 바라보고 있다. 이때 두목은 책을 폈다가 다시 덮고는,

— 자, 여기 있습니다. 어서 받아두시지요.

— 필요없어요. 제가 따라가면 될 거 아니에요.

— 이러시면…… 어디까지나 업무 차원에서…… 이해하세요. 자, 부탁입니다.

수진을 내민 놈의 벌건 손이 민망했다. 그래도 청은 꿈쩍하지 않는다. 몸이 닳은 두목놈이 요 뱀대가리 같은 책에 수작질을 할수록 자꾸만 옭혀들어가니 뒷감당은 못 하겠고 해서, 고놈의 책을 을천에게 내팽개치듯 던져줘버렸다. 바로 그때 보드랍고 녹신한 여인의 손이 을천의 옷자락을 짜긋 잡아당긴다. 을천은 무표정하게 수진을 청에게 건넸다. 끝 부러진 송곳이 돼버린 두목놈은 얼른 못 본 체 외면했다.

— 자아, 가자구.

두목이 을천의 등을 툭 떠미는 사이, 청이 잘 다녀오라는 듯 가볍게 눈인사를 한다.

— 네, 그럼…….

을천은 그 이상 아무 말도 할 수 없었다. 청을 바라보는 그의 눈시울에 여인의 살가운 정이 애틋하게 저며왔다. 수진을 손에 꼬옥 쥔 청의 모습을 뒤로 하고, 패거리들에게 등을 떠밀린 그는 문밖으로 쏠려나왔다.

가게 앞에서 장을 벌였던 구경꾼들도 길을 터주며 여기저기서 수런거렸다.

— 저 친구, 오늘 경을 치겠구만.

— 라이소오한테 걸렸으니 어디 뼈나 추리겠어?

— 아, 글쎄 거기 가면 대가리를 쇠틀에 끼워넣고 으깨지게 틀어쥔다던데? 대꼬챙이로 손톱도 찌르고…….

— 콧구멍에 식초도 처부은다잖아. 또 오금에 각목을 끼워넣고 돌려제끼면…… 아이구야, 그게 살겠어? 죽지.

— 그뿐이야? 거꾸로 매단 놈 모가지에 요만한 돌덩이를 달아놓고 조진다니 어디 꼴깍이나 하겠는감?

세상에는 삼척동자도 다 아는 공포의 '라이소오(來索)!'란 말이 있다. 말뜻인즉 '색출하러 온다'는 것인데, 당시 사람들은 혹리들을 그렇게 불렀다. 워낙은 천하에 악명 높은 '래(來)준신'과 '색(索)원래'의 두 성을 따서 만든 말이었다. 심지어 하늘을 나는 새들도 질겁했고, 우는 아이도 라이소오 하면 울음을 그쳤다.

이태 전부터 이자들은 『라직경』(羅織經 : 밀고와 범인의 일망타진 및 고문 수사의 방법)이란 책을 직접 써서 휘하의 똘마니들 수백 명에게 배우게 하고, 일찍이 듣도 보도 못한 고문기구들을 만들어 악랄한 짓을 일삼았다. 하지만 이 라직의 표적은 우는 아이가 아니라, 하늘을 나는 새(권력자)였다.

사실 이 고밀제도의 발단이 된 것은 '백성의 소리를 직접 듣고 세상에 정의를 구현한다'는 황실의 칙령에 따라 '민의 소리'라는 구리 상자(銅函)를 궁전에 설치하면서부터였다. 하지만 그 주된 목적은 '이경업 반란 사건' 이후 발호하는 이씨 황족과 정적의 척결을 위한 것이 되었다.

그렇다고 해서 고밀의 명분이 순 껍데기뿐인 건 아니었다. 사실 그 정통성은 무(武)가 황후로 있던 고종 상원(上元) 원년, 그러니까 지금에서

십사 년 전으로 거슬러올라간다. 당시 병약한 고종과 그를 둘러싼 원훈 귀족들의 낡은 정치를 혁파하기 위해, 무(武)는 일찍이 「12개 조의 국정 쇄신안」을 낸 바 있는데, 그중의 하나가 바로 '모략 중상의 금지와 언론의 자유'였다. 지금 고밀에 관한 낙양의 칙령들은 바로 여기에 그 명분을 두고 있었다.

　— 당신 첩자지?
　한동안 침묵이 흘렀다. 놈이 요리조리 무슨 증(證)을 만지작거리더니 먼저 입을 열었다.
　— 이것말고 말이야.
　— ‥‥‥.
　— 그래, 그거. 이리 줘봐.
　탁자를 사이에 두고 놈과 마주앉은 을천의 커다란 등판 위로 햇살에 비친 격자무늬 그림자가 굵게 드리웠다.
　— 으음, 고구려 친구만. 당신 아버지는 뭐 하던 사람이지?
　— 돌아가셨습니다.
　— 이봐, 누가 그걸 물었나?
　— 농사지으셨습니다.
　— 허헛, 이 사람 누굴 병신으로 알아? 좋아 그건 나중에 얘기하기로 하고, 거기서 무슨 얘길 했지?
　놈의 발끝이 비좁은 방의 황토 벽면을 간헐적으로 찧어대니 실낱 같은 흙부스러기가 사르르 떨어져나갔다. 놈이 어딘지 불안해한다는 걸 육감적으로 느낄 수 있었다.
　— 네? 무슨 말인지‥‥‥?

을천은 눈만 한두 번 끔벅이며 건성으로 대답했다.

— 별일 없었습니다.

이때 놈이 책상이 부서져라 주먹을 내리쳤다.

— 야아! 너 그렇게밖에 대답 못 하겠어?

— ·······.

놈은 을천을 사납게 노려보았다. 놈의 눈에 서서히 독기가 피어올랐다. 그가 무슨 신호를 보내자, 작달막하고 옴팡눈을 한 치가 눈깔을 희번덕거리며 들어왔다.

— 데리고 가!

이제 등장한 녀석은 깡마른 몸에 살기가 팽팽히 흘렀다. 쪽 빨은 턱주가리를 까닥이며 을천에게 따라오라고 했다.

— 그냥 가면 어떡하나?

— 아, 네.

녀석이 멈칫하더니 차갑게 내뱉었다.

— 눈 감앗!

섬뜩했다. 눈을 감고 서 있는 동안, 발자국 소리가 다시 가까워오며 을천의 눈을 뭔가로 둘둘 감았다. 그러나 이상하리만큼 놈들의 움직임이 선명하게 느껴졌다. 녀석이 끄는 대로 문밖을 나서서 어디론가 꽤 더듬거리며 가는데 퀴퀴한 냄새가 코를 찔렀다. 계단이 나타나 하마터면 발을 헛디뎌 구를 뻔했다. 을씨년스레 삐거덕거리는 소리가 한 걸음씩 아래로 내려갈 때마다 신경을 곤두세웠다. 이어 지하 복도 같은 데를 지나고 또다시 꾸불꾸불 돌아서, 마치 봉사 맴돌이 시켜놓은 것마냥 끌려가는데, 고함치고 절규하는 소리가 한 발짝씩 뗄 때마다 점점 지척처럼 들려왔다. 소름이 오싹 끼쳤다. 을천은 겁 때문에 정신을 놓아선 안 된다고 연신 속마음을 다쳤다. 철커덩, 쇠통을 따고 문이 열리자 뼛속을 후비는 듯한 비명소리가 기다렸다는 듯이 날카롭게 날아들었다.

— 으아아악——

피비린내가 역하게 진동하고 질퍽한 게 발끝에 밟혀왔다. 꼭뒤부터 등줄기를 타고 모골이 왈칵 송연해진다. 공포는 박쥐처럼 상상의 나래를 펼쳐 어데랄 것 없이 컴컴한 심연을 날아다녔다. 이러다간 정말 나락으로 떨어지겠다 싶은 마음에, 차라리 눈앞의 광경을 아무것도 보려 하지 말자고 이빨을 으드득 갈며 다질러댔다. 자신이 지켜내야 할 것이 무엇인가만을, 그것만을 생각하면서 품속의 고마고리를 자꾸만 떠올려보았다…… 자꾸만……. 그러자 놀랍게도 빠른 속도로 마음이 안정되고, 차츰차츰…… 비척거리던 걸음새까지 똑바로 걸어지는 게 아닌가?

— 뭐 하는 거야?

이런 식으로 가다간 자신을 못 지키겠다는 생각에, 을천은 별안간 발걸음을 우뚝 세웠다.

— 지금 어디로 가는 겁니까?

별똥들이 번쩍하면서 머리가 빙빙 돌았다. 예사 솜씨가 아니었다. 을천은 숨을 고르며 녀석의 다음 가격을 기다렸다. 한데 녀석은 말없이 등만 툭 떠밀었다. 을천은 황소처럼 버티었다. 잠시 정적이 흘렀다.

— 안 갈 거야?

— 어……어디로 가는 겁니까?

또다시 통증이 명치끝으로 찌를 듯 파고들었다. 속이 메스껍고 두개골이 빠개지는 듯했다. 을천은 후들후들 떨리는 다리를 간신히 버팅겼다.

— 가자.

— 어……어어……디로…….

말이 채 끝나기도 전에 몸뚱어리가 허공으로 붕 날랐다. 정신이 아뜩해지고 천길 낭떠러지 아래로 한없이 떨어지는 느낌이었다. 허우적거릴수록 새까만 점 속으로 빙글빙글 원을 그리며 무섭게 빨려드는 듯싶은데, 어느 한순간에 모든 걸 놓쳐버리고 말았다.

물 속을 가라앉았다 떴다 할 때처럼, 웅웅 우는 소리들이 한동안 귓가를 진동했다. 그러다가 놈들의 하는 얘기가 어렴풋하게 하나씩 잡혀왔다. 시간이 흐를수록, 마치 소용돌이가 가라앉고 빠진 물 위로 디딤돌이 올라와 앉듯이 점점 말이 되어 들린다.

— ……이 녀석은…… 내가 봐두라…… 왜 시키잖은 일을 하나?

놈의 화난 말투가 계속 이어졌다.

— 그눔은 아직 그 모양인가?

— 네, 그렇습니다.

— 지독한뎁쇼. 손 좀 크게 봐야 할깝습니다.

또 다른 놈의 목소리다.

— 서두르지 마.

이런 말이 을천의 귀를 송곳처럼 파고들었다.

— 다시 한 번 살펴봐.

한 놈이 물건짝 다루듯 을천의 얼굴을 이리저리 흔들어보며 눈까풀을 획획 까뒤집는다.

— 막 깨난 것 같습네요.

하고는 을천의 빰을 철썩철썩 몇 대 후려갈겼다.

— 자리에 앉혀!

놈들이 일으켜세우는 걸 을천은 간신히 뿌리쳤다. 뒤통수 한 구석이

휑 날아가버린 듯했다.

— 정신이 좀 드나?

허파 깊숙이 숨을 들이켜면서 을천은 눈을 부스스 떴다. 그러자 한꺼번에 마치 컴컴한 암실로 빛발이 쏟아져 들어오듯 머리통이 강력한 빛 속으로 삽시간에 하얗게 빨려들어가는 느낌이었다.

— 물 한 잔 마시게 해.

놈은 잠시 후 이어 말했다.

— 자, 지금부터 하나도 빠짐없이 사실대로 대답하도록 해라.

잘 떠지지 않는 부신 눈까풀 사이로 놈의 윤곽이 차츰 자리잡혀왔다. 실내는 처음 들어왔을 때 그 방이었다.

— 알았나!

을천은 머리를 세차게 좌우로 흔들며 거칠게 항의했다.

— 내가 왜 이런 봉변을 당해야 합니까?

— 몰라서 묻나.

놈은 을천의 말 같은 건 신경도 쓰지 않은 채 손가락으로 제 관자놀이를 지그시 누르며 말을 잇는다.

— 네 동무가 먼저 와서 다 불었어. 너희들 말이 조금만 틀려도 곤란해. 무슨 말인지 알겠나?

잠시 침묵이 흘렀다.

— ……그럼 얘기는 끝났습니다.

— 뭐이?

놈은 벌컥 핏대를 올리며 내쏘았다.

— 좋아, 너희들 장안 거점이 어디야?

순간 머리끝이 쭈뼛 섰다. 역시 놈은 노련했다. 을천은 게뚜더기인 놈

의 눈을 똑바로 쳐다보았다. 이제는 놈의 말대로 조금만 말이 어그러져
도 결딴날 판이었다.

을천이 잠시 말없이 있다가 비웃듯이 말했다.

— 바로 이곳이올시다.

놈은 방이 떠나가라고 웃어제꼈다.

— 하하, 그래그래. 하지만 내 눈은 못 속인다. 넌 역시 보통 놈이 아
니야.

— …….

— 자, 첨부터 다시 시작하자.

놈이 왼쪽의 게뚜더기를 징그럽게 짜긋해 보이자 부하들이 구더기처
럼 문 사이로 빠져나갔다.

— 그 여자하곤 어떻게 되나?

놈의 낯바닥이 뱀껍질처럼 느글거렸다.

— 이제 단 둘이니까 말해보라구. 내가 비밀은 보장할 테니.

단단히 겁을 집어먹었군…… 을천은 감추어진 놈의 켯속을 훤히 들
여다보면서 비웃적거리는 투로 대꾸했다.

— 왜 그런 걸 묻소?

놈은 고개를 획 쳐든 독사처럼 아긋이 이를 물고,

— 좋은 말로 할 때 들엇! 묻는 말에 대답만 하란 말얏!

— 내가 왜 그걸 말해야 하오.

을천은 개의치 않고 내뱉었다.

— 헛, 죽고 싶나?

을천은 눈을 감아버렸다.

이 독사 새끼가 어디까지 알고 있을까? 캐려고 하는 게 도대체 뭘까?

동지가 잘 버티고 있을까? 어디서 꼬투리가 잡혔지? 아니, 그보다 무슨 꼬투리라는 건가? 그걸 알아야 대처를 하지, 하긴 이러고 있는 걸 보면 놈들이 잘못 짚은 게 틀림없는데……, 청이 책을 봤을까? 아냐 아냐, 그런 불길한 생각은 집어치워, 천만다행히 여태 아무 일 없으니 아직까진 괜찮은 것 같아……, 무슨 수를 써서라도 조직이 발각되는 것만은 막아야 한다, 난 죽을 때 죽을 수 있어, 흥, 네놈의 말대로 되진 않지, 이 독사 새끼야. ……동지가 걱정이다, 그러나 지금으로선 최고의 희소식은 무소식이다, 제발 아무런 고변도 없길……, 빌고 비나이다, 고마님이시여…….

— 눈 떠.

— …….

— 눈 뜨란 말야, 이 새꺄!

을천은 여전히 눈을 감고 있었다.

— 정말 못 뜨겠나?

을천은 거들떠보지도 않고 피식, 웃음으로 대꾸했다.

— 이런 개자식!

픽! 미간을 정통으로 얻어맞은 을천은 그 자리에서 나무토막처럼 쓰러졌다. 찬물이 그의 얼굴에 확 끼얹어졌다. 섬광이 불꽃치듯 정신이 번쩍하고 들었다.

— 너 그렇게 계속 고집피우면 네 몸만 괴롭다.

놈이 수건을 획 던져준다.

— 자, 닦고서 정신 차려.

이상하게도 을천은 맘이 외려 정밀(靜謐)해지는 걸 느꼈다.

— 더 이상 엉기지 말고 한 점 거짓없이 속히 진술해. 그래야 너도 편

하구 나도 일을 쉽게 해먹지.

　놈은 말하면서 손가락을 모로 세워 딱다구리처럼 연신 탁자를 쪼아 댔다.

　을천은 새앙쥐 발싸개 보듯 하고서,

　— 다시 한 번 묻겠수다. 내가 뭘 잘못했소?

놈한테 늠연히 물었다.

　— 어허. 넌 묻는 말에나 성실하게 답변해. 그건 내가 맨 나중에 결론을 낼 문제고.

　놈은 또다시 시비에 말려들고 싶지 않은지 급히 다음 말을 이었다.

　— 그러니까 식당에 딱 들어선 고 순간부터 나올 때까지 하나도 빠짐없이 모조리 얘기해봐.

　'식당! 그래 맞아. 왜 내가 여태 그 생각을 못 했지? 이런 멍충이, 고놈이 고밀한 거야. 아, 이런……'

　그러면서 을천은 빠르게 머리를 굴려보았다. 사실 식당에서 한 얘긴 아무것도 없었다. 하지만 매사 공교로운 게 일이라, 놈한테 잘못 트집을 잡히면……, 변죽이 복판을 울린다고 하지 않는가. 그는 속으로 고개가 떨어져나가라 내둘렀다. ……그러나 이젠 산 거야, 어쨌든 놈이 잘못 짚고 있는 게 틀림없어, 확실해, 좋아, 이렇게 된 바에야 놈이 원하는 대로 들어주는 게 백 번 낫겠어……. 그는 마침내 마음속의 끌탕을 한 구석으로 쳐내고, 식당에서 나누었던 얘기를 차분하고 또깡또깡하게 이야기하기 시작했다.

　— 잠깐, 그 대목 다시 한 번 말해봐.

　놈이 얘기를 듣다가 중간에서 툭 자르고 들어왔다.

　— 네. 거리에 먼지 바람이 엔간히 심해야죠. 그래서 고약스럽다고 했

습니다. 그러니까 동무가 황토고원에서…….

— 거 무슨 소리야. 똑바로 얘기햇!

— 네?

— 허어, 유사(流沙 : 타클라마칸 사막)가 황토고원보다 세다고 한 게 누구야?

— 아니, 그게 뭐가 문젭니까?

— 어, 너 또 그러기야? 문제고 아니고는 내가 판단한다니까!

놈은 이 철칙만은 신주 모시듯 지킨다.

— 좋아,

일을 쉽게 가자는 건지, 놈이 먼저 매듭을 풀었다.

— 토번(吐蕃, 티벳)과 돌궐(突厥, 튀르크)이 연합해서 내년 봄에 장안을 쓸어엎고, 너희들은 그 틈에 나라를 세울 거라고 했다며?

— 네엣? 그게 무슨 소립니까?

을천은 속으로 외려 사르르 웃음이 새어나왔다. 세상에 이런 일도 다 있는가? 무슨 먼지 바람하고 전쟁하고 그게 어떻게 연관된다는 건가? 도무지 가늠이 되질 않았다. 그때 얼핏, 혹 스님과 한 얘기가……, 하는 생각이 뇌리를 스쳤다. 아니야, 기우야, 그럴 리가 없어, 앞뒤가 전혀 맞질 않아, 거기선 절대로……. 을천은 고개를 잘래잘래 흔들었다.

— 자아, 허튼 수작 그만 하고 이제 끝내자구.

놈은 낚여오는 손맛이 제법 묵직한지 빗뜬 눈을 씽긋하며 칙살스레 눈꼬리를 쳤다. 을천은 잘못 하다간 놈이 믿고 있는 대로 어이없이 끌려가 나중엔 속수무책으로 당할 것 같은지라 당장에 발끈하고 나섰다.

— 어떤 개놈의 새끼가 그런 소릴 해. 누굴 때려잡을 일이 있나? 지금 당장 그놈을 대질시켜!

— 뭐야? 이 자식이 눈에 뵈는 게 없나, 누구한테 반말이야? 그럼 고구려 땅에 '유사' 바람이 불어온단 말은 니놈 새끼가 한 게 아니야?

이건 또 무슨 소린가? 그러나 이미 격앙된 을천은 건성으로 들어넘기고는 보란 듯이 고개를 획 돌려 땅바닥에 침을 퉤 뱉었다.

— 와하, 미치겠네. 똥 뀐 놈이 되려 성질내는 거야 뭐야, 이 개자식아. 무릎 꿇어 임마, 빨릿!

— 못 한다면?

을천은 빳빳하게 받아쳤다.

— 뭐라구? 허허.

놈은 제 정신이 아니었다.

— 좋아, 너 이 새끼 오늘이 제삿날인 줄 알어. 이거 순 악질 새끼 아냐. 좋게 말할 때 들어야지 여기가 어딘 줄 알고. 뼈도 못 추리게 해주마.

을천은 이제 완전히 상죄인으로 낙인찍힌 꼴이라, 순간 황급하기도 하고 해서 저도 모르게 악이 바락 받쳐올랐다. 혈기가 욱 솟구치니 눈에 핏발이 곤두서고 눈앞이 캄캄해왔다.

— 당신 맘대로 해. 죽이든지 살리든지, 삶아먹든지 껍질을 쫙쫙 벗겨내든지, 머리를 뽀개놓든지, 무슨 고문이든지 하고 싶은 대로 다 햇!

그러자 놈이 눈에 불을 뿜으며,

— 으음, 그래. 알았어.

하고는 말이 끝나기가 무섭게 주먹을 날려왔다. 을천이 번개같이 피하며 잽싸게 놈의 멱살을 잡았다. 놈이 분노로 바르르 몸을 떨었다. 을천은 매섭게 놈을 꼬나보면서 침을 꿀꺽 삼켰다. 당장 눈퉁이를 바수고 턱주가리를 날려버릴 참이었다.

찰나, 눈앞의 시커먼 어둠을 가르며 섬광처럼 날아오는 무엇이 있었다. 죽음을 초월한 눈들…… 그중 하나의 눈. 조국의 소년이 빛내던 그 맑고 당당한 눈. 고마고리의 빛나는 날개에 안겨 영원한 아버지 품으로 돌아갈 그 소년의 영혼을 위해, 불꽃을 피우며 전사의 노래를 불러주겠다던 그날의 약속은 어떻게 되었는가…….

그래, 꿇어주마. 천 번 만 번이라도 꿇어주마. 치솟던 분기가 어느 새 가라앉고 정신이 얼음장처럼 차가워졌다. 을천은 곧 털썩 무릎을 꺾었다.

놈은 순식간에, 냉갈령을 놓고 꿇앉아 있는 을천의 턱주가리를 보기 좋게 걷어찼다. 을천은 하늘이 콩짝만하게 보이고 까무러치려는 정신을 이번에는 아금박차게 놓지 않고 있었다. 그런데 이런 혼몽(昏懜) 중에서 어떻게 된 일인지 명징한 생각이 또렷하게 떠올랐다. 왜 놈이 부하들을 부르지 않는가? 왜 자신을 포박하지 않고 놔두는가? 지금 그 이유가 확연해왔다……. 절벽 끝에 서 있는 자신을 보았다. 이판사판으로 놈이 완전히 막가기 전에 무엇보다도 사태를 해결짓는 게 절급했다. 동지가 위태롭다, 그의 목숨만이 아니라 조직 전체가……, 그럼 넌? 넌 이 위험한 선 밖에 있는 거냐, 아냐, 그건 아무도 그럴 수 없어, 고문을 당하면 모두가 선에 걸쳐 있는 거야, 나에겐 어머니가 계신다……, 어머니가, 놈은 아직 부하들을 부르지 않고 있다, 최후의 기회다……. 간신히 몸을 일으킨 을천은 무릎걸음으로 놈의 발 앞까지 기어가 꿇어앉았다.

긴 침묵의 시간이 흘렀다. 실내는 폭풍이 쓸고 간 뒤끝처럼 적요했다. 우두커니 한참을 내려다보고 서 있던 놈은, 발 아래 웅크리고 앉아 있는 이 시커먼 짐승에게서 몇 발짝 뒷걸음으로 물러났다. 그리고는 게뚜더 기눈을 씰룩이며 자못 자비롭게 말하는 것이었다.

— 일어나 앉아.

을천은 시키는 대로 묵묵히 했다.

— 진작에 이렇게 고분고분할 것이지.

돌아와 제 탁자에 걸터앉은 놈은 또다시 손가락으로 탁자 위를 딱딱 쪼아대며,

— 너 그 여자 아니면 벌써 해골도 못 추렸어, 임마. 무슨 말인지 알겠어? 허나 내 미리 얘기하는데, 너 그냥은 못 나가니까 내가 좋게 대해줄 때 잘 해.

찍어맨 듯한 눈두덩 밑으로 간사한 눈깔을 번들거렸다. 사실 놈은 을천을 당장에라도 매달아서 고문대에 올려놓고 싶었지만, 뒤가 쿠려 그 짓도 못하고 있는 터에 을천이 가당찮게 덤벼들자, 에라, 너 이 새끼 한 번 죽어봐라고 앞뒤 분간 않고 눈깔이 막 뒤집히려는 찰나, 을천이 무릎을 꿇고 일단 고분고분 나오니, 일이 다랍게 된 건지 잘 된 건진 몰라도, 하여간 이제 와서는 조금만 더 캐보다가 뒷마감이나 깨끗이 하고 돌려보내자는 생각이었다. 그러나 닳고 닳은 놈이 아닌가. 놈의 동물적인 육감이 실은 을천의 혐의를 아까부터 잘금잘금 부인하고 있는 게 무엇보다 가장 큰 이유였다.

— 알겠습니다.

— 너, 운 하나는 좋은 놈이다.

놈의 말이 계속됐다.

— 아까 얘기 다시 해보자구. 그러니까 그 저의가 뭐야?

— …….

을천은 또다시 어리둥절했다.

— 말 안 할 거야?

— 아……아닙니다. 그게 무슨 뜻인지?

놈은 지금 하는 제 꼬락서니가 한심한 듯 입맛을 쩍쩍 다셨다.

— 그럼 고구려란 말은 왜 나왔나?

순간 을천의 머리를 퍼뜩 스치고 지나간 게 있었다. 장안의 황사(黃砂)가 그 발단이었다. ……이야기인즉 이랬다.

장안은 봄이면 온 천지가 누런 먼지로 뒤덮여 앞도 안 보이고 숨쉬기도 곤란한데, 길바닥에 깔아놓은 모래만 아니면 아마도 큰 난리가 났을 것이다. 고구려 땅도 얼마나 대단하냐? 한데 그 황사의 근원이, 장안은 황토고원이란 데 이의가 없지만, 고구려 땅에 대해선 서로 말이 다르다. 장안 사람은 그것도 황토고원에서 부는 거라 하고, 을천이 사는 서역(西域)에선 유사(流沙 : 타클라마칸 사막)라 하니 과연 어느 것이 옳으냐는 얘기였다. 그런데 여기에 몇 마디가 덧붙여졌다. 타클라마칸의 카라브란(검은 모래폭풍)이 얼마나 엄청난지 겪어본 사람이 아니고는 상상도 못한다. 이건 한 번 불었다 하면 모래산 몇 개가 그냥 새로 생기고 없어지고 하는 것이다. 생각해봐라. 왜 유사(움직이는 사막)라 불렀겠느냐. 어떻게 황토고원하고 상대가 되겠느냐. 그러니 장안에 황사가 아무리 심하다 해도 그건 사치스런 얘기다. 만일 카라브란이 장안을 덮쳐버리면 이건 난리 정도가 아니라 아예 끝나버렸을 것이다. 사실 서역은 말도 못한다. 하지만 잘 살고 있지 않느냐. 완전히 싹 쓸어가버려도 기어코 다시 일어나 이겨내야 거기선 살 수 있다……. 아, 그런데 식당에서 어떤 놈이 이런 얘기들을 잘못 알아듣고 고밀을 한 모양이니, 참으로 억울하고 기가 막힐 일이라는 것이었다.

놈은 속으로 젠장, 하고 소릴 지르면서 실소를 금치 못했다. 그런데 마음 한 구석에선 제 육감이 틀리지 않은 것에 저으기 쾌감마저 느껴졌다.

— 좋아, 하지만…….

놈의 목소리가 밭에서 막 뽑아낸 알타리무우처럼 쌕쌕하고 또렷하다.

— 네 말대로라 해도 이건 보통 심각한 문제가 아니야.

— 무슨 문제……?

을천은 순간 당혹감을 감추지 못했다.

— 아니, 가만 있어라,

놈이 빤히 을천을 들여다보며 불쑥 한번 찔러본다.

— 당신도 알고 있는 것 같은데?

— …….

을천은 얼떨떨했다.

— 좋아,

놈의 입가에 실웃음이 가늘게 피어올랐다.

— 기왕 봐준 김에 내 확실히 하지. 하지만 당신 이건 지켜야 해. 여기
서 있었던 일은 절대 황천에 가서도 얘기하면 안 돼?

놈은 벌써 '너'가 '당신'으로 바뀌고 있었다.

— 네, 고맙습니다.

— 아아, 이 사람아. 아직 끝난 게 아니야. 내 말을 잘 들어. 당신 동
무가 문제야.

을천은 자기도 모르게 고개를 번쩍 쳐들었다.

— 그자는,

놈은 고자리 먹듯이 야금야금 말을 쏟아먹는다.

— 당신에게 달렸어. 만일 그 여자한테 허튼 소릴 하면 당신 동무는
그날로 끝날 줄 알어. 그러니까 우리가 잠시 맡아놓고 있겠다는 말이야.
어때, 알겠어?

118

놈은 을천의 동무를 인질로 잡아놓겠다는 얘기다. 을천은 스르르 눈을 감았다. 정말 질긴 놈이다. 어떻게 해야 하나? 놔두고 가면 동지가 죽을지도 몰라. 놈은 그 여자 때문인데……. 안 돼, 어떻게든 같이 행동해야 한다. 무슨 묘안이 없을까…….

— 안 되겠습니다.

을천이 발끈해서 말했다.

— 그냥 그 친구와 함께 이 자리서 세상 하직하죠 뭐.

— 안 되지, 그건. 당신답지 않아.

놈은 계속했다.

— 그럼 내가 잘못 본 거지. 나도 체면이란 것이 있으니 어떡하겠나?

놈의 게뚜더기에서 마치 노린내가 풍겨나는 듯해, 을천은 구역질을 참으며 말했다.

— 이제 더는……. 내 신분 소재를 알았으니 문제가 생기면 언제라도 잡아들이면 될 거구, 이도 저도 못 믿겠다면 그냥 여기서 끝내지요.

그러자 놈은 히죽 웃으며 탁자에서 엉덩이를 쭉 들어올리더니 손을 탁탁 비벼 쳤다.

— 좋아, 그렇게 하지.

걸어오면서 말한다.

— 한데 당신, 앞으로 꼭 명심할 게 하나 있어. 지금 세상에 반란 고밀이란 게 어떤 건지 알지? 당신 조지는 건 물론이고 당신 가족, 친척, 동네 사람들까지 다 조지는 거야.

— 네, 잘 압니다.

— 쓸데없는 소리 말구 잘 들어봐. 고구려 땅 어쩌구저쩌구 하면 그게 바로 반란죄야, 알겠어?

을천은 진짜 까딱 잘못했으면 아닌 말로 골백번도 더 골로 갈 뻔했다. 요사이 당제국은 온 나라가 국내외 문제로 잔뜩 긴장해 있었다. 작년에 서역에서 당군이 티벳한테 패해 서역(안서 4진)을 모두 내주고, 막북(고비사막 이북)까지 튀르크가 수복한 직후라, 이민족 동태에 대한 통제와 감시가 어느 때보다 살벌했다. 게다가 국내에서는 이씨 황족들이 수일 전 산동에서 군사반란을 일으켜 좌금오위가 이를 토벌하기 위해 총출동한 상태여서 치안 문제가 매우 엄준했다. 이럴 때일수록 라이와 소오처럼 고밀 한 건만 잘 하면 팔자 고치는 판이라 도나캐나 고밀이 마구 쏟아져들어와, 지금 이 우금오위에서 그 전권을 행사하고 있으니, 대다수의 수사가 주마간산식으로 요란스레 생사람 잡을 뿐이라도 그 세도만은 가히 하늘을 찌를 듯했다.

— 네.

— 사람은 말이야, 항상 요놈의 주둥이를 조심해야 해.

우스꽝스럽게도 놈의 말투가 어느 새 자애롭다.

— 그리고 '타클라마칸' 같은 그놈들 말은 쓰지 말라구. '유사(流沙)', 얼마나 좋나? '투르판'도 앞으론 항상 '서주(西州)', '고구려'가 아니라 '안동(安東)'이얏! 명심해!

놈이 뭔가 이제 슬슬 뒷막이를 한다는 느낌을 받으면서, 을천은 동무가 풀려날 걸 예감했다.

— 네에.

— 어쨌든 당신 오늘 운이 기막히게 좋은 날이야. 일단 여기 들어왔다가 두 발 성히 나간 놈은 내 두 눈 뜨고 아직 못 봤어.

놈은 제 뒷일에 을천을 이슬받이쯤 삼을 눈치로 타이르듯 말했다.

— 이제 나가거든 사해문우에 들러서 그 여자한테 고맙다고나 해.

120

― 여부 있습니까. ……내 동무는 어떻게 되는 겁니까?

― 나도 선물을 하나 주는 거지.

을천은 순식간에 희색이 만면했다. 놈은 씨물거리느라고 치켜올라간 왼쪽 입술 끝이 미처 다 내려오기 전에 말을 계속했다.

― 당신 말대로 하지. 문제가 생기면 그땐 모조리 경을 칠 거야.

― 그럼 함께 나가는 겁니까?

― 그렇다니까.

놈이, 믿기지 않는다는 듯이 재차 확인하는 을천을 보고 히죽거리며 말을 계속했다.

― 당신 동무도 천운으로,

을천이 자리에서 벌떡 일어나 고개를 푹 숙이고 고맙다는 인사를 했다.

― 몸뚱이가 성해서 나가니까, 그리 알라구.

저녁 갈바람이 더없이 상쾌했다. 잿빛 하늘 위로 치솟은 느릅나무 가로수의 길둥그런 톱니 이파리들이 황산(黃山)에 길게 누운 노을에 반쯤 파묻혀 산들거렸다. 산 너머에는 위수가 흐르고, 앞으로 두어 점이 지나 발그스름히 물안개 깔리는 해넘이가 되면, 이제 사람들의 어지러운 발걸음도 그만 조용히 서시(西市)를 떠날 터였다.

방금 동무와 헤어진 을천은 들마를 넘기지 않으려고 잰걸음을 치고 있었다. 느릅나무 속에서 한 떼의 잡새가 그의 머리 위로 후루룩후루룩 날아올랐다. 대미처 새뜻한 잎새들이 우수수 떨어지더니, 어지러이 구르는 마른 잎사귀들 틈바귀로 새살거리며 엄불렸다.

문득 정신없이 걷던 걸음을 세우자, 발 아래서 바사악, 가랑잎이 밟히었다. 바짓부리에 뿔긋 드리운 놀빛을 내려다보았다. 가죽 신발 위로 깔

깔한 느릅 이파리 한두 놈이 금세 와서 달라붙는다. 스산스런 마음에 덧
정이 뭉클하게 올라왔다. 왜 이러니? 나하고 동무하자는 거니? 그러나
마음 한가운데서, '……다시 한 번 판단을 해봐야겠어, 아, 시간이 없
다…….'는 절급한 생각이 쉴새없이 괴롭혔다. 을천은 쓰렁한 눈을 들
어 먼 하늘을 쳐다보았다. 여산(驪山) 마루에 걸려 있던 한 떼의 구름이
어느 새 야청빛으로 변한 높새 하늘로 유유히 흘러갔다. ……청이 그걸
보았을까, 안 보았다는 것도 말이 안 돼, 만일 보고도 모른 체하는 거라
면…… 아, 무엇 때문에 그러겠나……, 혹시 제 어머닐 기다리는 중이
아닐까? 그렇다면 더더욱 한시가 급하다…….

산책 나온 중늙은이가 개를 끌고서 비키라는 듯 툭 건드리며 할금거
리고 지나갔다. 깜짝 놀란 을천은 순간 마음이 더 초조해져 동무하자던
잎새들을 뒤로 하고 서둘러 성마른 발걸음을 떼었다.

어인 일인지 뇌리 속은 갈수록 혼란스러워졌지만, 발길은 흔들림없이
한 곳으로 향했다. 바람이 획획 불고 지나가자 낙엽들이 회오리치며 날
아다니다 이리저리 나뒹굴었다. 을천은 그 길을 밟으며 사해문우로 가
고 있었다. 한나절 전, 그 절박한 순간에 통했던 그 여자와의 교감에서
놓여나지 못한 채 그의 몸은 뇌리 속에서 요동치는 수많은 의문투성이
에도 불구하고 아무런 통제도 듣지 않고, 그 연장선상에서 움직이고 있
는 것이다.

'오직 결단만이. 이게 마지막 기회야!'

그러나 망설일 틈도 없이 발길이 향하는 곳은 명확했다.

'지금이라도 솔쿠리(고구려 임시정부가 있는 곳)로 가야 하지 않을까?'

마음 한 갈피에선 계속해서 아직 늦지 않았으니 당장 멈추라고 소리
질렀다.

'멈춰라, 일단 멈춰라.'

그래도 멈춰지지 않는 발걸음은 살차게 항변하고 있었다.

'도망가는 것만이 대순가?'

여기 일을 이대로 방치하고 도망가버리면, 앞으로 조직이 당할 피해는 어떻게 할 것인가? 뒤에 반드시 그 책이 문제가 되어, 잘 넘길 수 있는 실낱 같은 기회까지 놓치게 될 게 뻔했다. 일단 모든 활동이 정지될 것이고, 놈들의 색출 작업이 시작되면 고구마 덩굴이 뿌리째 주렁주렁 뽑혀나오듯 어디까지 엮여나올지 알 수 없는 노릇이었다. 물론 우금오 위의 정문 앞에서 동무가 뒷처리를 맡기로 하고 헤어졌지만, 그건 어디까지나 미봉에 불과했다.

사실 문제의 근본적인 해결은 청이었다. 이때 또 다른 목소리가 새어나왔다.

'너 혹시 그 여자를……? 솔직히 말해봐.'

을천은 고개를 사정없이 내흔들었다. 내가 왜 이러지? 마치 갈고리라도 삼킨 것 같은 상념이 그의 갈팡질팡한 마음속을 헤집고 돌아다녔다. 을천은 이빨을 악문 채 마음의 끝탕에 대고 진땀을 흘리며 도끼질을 해댔다. 촌각도 지체할 수 없는, 당장 결정을 내려야 할 순간이었다.

만일 판단이 잘못되어 을천과 같이 결정적인 인물이 잡히게 되면, 물론 못 당할 고문을 견딘다 해도, 아니 자결을 한다 해도 이미 사건이 터진 이상, 그와 관련된 사람들을 모조리 찾아내어 족치게 되면 어딘가에서 꼬투리가 드러나 결국엔 참혹하게 일망타진 될 게 뻔했다.

하지만 지금까지 을천에게 아무 일이 없다는 이 사실은 결정을 내리는 데 있어 대단히, 아니 참으로 중요한 요소였다. 단 하나의 행운——그 여자가 책 속에 있는 걸 보고도 모른 체하기로 했다면——을 제외

하면 다른 어떤 선택도 피장파장이었다. 이제 을천은 우유부단도 번민
도 아닌 모두의 생명을 건 도박을 해야 할 상황에서 품속의 고마고리를
더듬고 있었다. 그 결정은 다름 아닌 신앙과 예감이었다.

　무언가가 밖에서 아른아른한지 여자는 손톱자리에 일어난 거스러미
를 무심코 매만지며 일쑤 눈길을 문쪽으로 흘렸다. 밖에선 해거름에 차
마(車馬)의 미끄러지는 소리가 슬프도록 새뜻이 들려왔다. 한여름 끝물
에 극성으로 울어대는 매미소리처럼 하루 이때쯤 되면 늘 그러했다.
　한 계집아이가 새맑은 하늘로 무지개를 타고 올라가는 것이 눈에 선
히 보였다. 아이는 맨 꼭대기에 아슬아슬히 서서 물바가지 든 손을 해님
에게 쭉 내밀었다. 뭔가를 연신 종알대는데, 해님은 안 된다며 잡아떼는
눈치였다. 그래도 마구 보채는지 해님이 고개를 갸우뚱하며 문치적댔
다. 땅에서는 아이 엄마가 아스라이 매달려 있는 딸을 향해 정신없이 팔
을 휘두르며 소리질렀다.
　매지구름이 몰려왔다. 이때 아이가 가까스로 팔을 뻗어 구름에서 퍼
올린 물은 시꺼먼 그을음물이었다. 아이는 어쩔 줄 몰랐다. 구름은 이미
갈씬하게 다가왔다. 해님도 보이지 않았다. 질겁한 아이는 버둥질치다
그만 손을 놓고 말았다. 무지개는 벌써 까무댕댕하게 덧칠되었고 흉측
한 괴물로 변해버렸다. 아이는 까무라쳐 천길 낭떠러지 아래로 곤두박
질치고 말았다.
　땡그랑 땡그랑…….
　행길가의 시끌벅적한 소리결에 섞여 우마차 지나가는 소리가 쓰렁하
게 들려왔다. 막 잠에서 깬 계집애의 겁 질린 마음은 못 견디게 허영거
렸다. 그때도 꼭 지금처럼 해거름녘이었다

124

여자는 또다시 문밖을 바라보았다. 혹시 무슨 일이라도 생기면 어떡하지? 품속의 손바닥만한 물체가 여자의 사위스런 생각을 들치고 날치고 했다. 하지만 속으로는 잘 해내겠지 하는 당길심이 자꾸만 일었다. 무슨 걱정이야, 이게 나한테 있는데? 그러면서도 한켠으론 근심이 되었다. 매 앞에 장사 없다는데…….

그 남자의 끌려나가던 뒷모습이 살폿이 떠올랐다. 단단한 어깨가 소리없이 다가왔다. 모를 일이었다. 실없는 웃음이 끌탕 속을 헤집고 자꾸 새어나왔다. 믿음이라는 게 그런가 싶었다. 지금은 휘영한 마음이 이상스럽게도 되려 꽉 채워지는 느낌이었다.

밖은 여전히 소란스러웠다. 소녀 적부터 이맘때가 되면 그 꿈의 뒷끝처럼 늘 마음이 허영허영해서 집에 있기가 싫었다. 가슴이 봉곳이 솟고 꽃이 보이는 나이가 되어 미소년의 유혹에 수줍게 설렐 때도 그 허적함은 묻어 있었다. 언젠가 삼짇날 엄마를 따라 낙유원(樂遊原)에 올랐을 때, 꽃으로 뒤덮인 장안 시내에도, 저 멀리 종남산 자락을 끼고 도는 번천(樊川)의 물안개 위에도 그 허적함은 뿌려져 있었다. 무르녹는 봄날, 꽃나들이 나온 여인들의 인파에도, 또 그속에 섞여 가던 길을 멈추고 날리는 버들개지들을 바라보는 방년이 된 자신의 땀방울에까지 그 허적함은 역연히 스며 있었다.

그것은 마치 벼뿌리를 파먹어 들어가는 놀처럼 언제나 그렇게 한 귀퉁이를 부접히고 숨어 있었다. 아빠가 안 계시니까 그런 걸 거라고 생각했다. 그래서 부러라도 언제나 산뜻하고 쾌활하게 행동했다. 근데 그게 아니었다.

언니가 생각난다. 완아 언니가 세상에 태아나던 그해, 언니의 할아버지와 아버지는 무(武) 황후의 손에 목숨을 잃었다. 기이한 인연인데, 갓

난아이 때부터 후궁에서 죄인처럼 자란 언니는 지금은 무(武) 황제의 비서가 되었다. 여황제는 언니가 열네 살 때 자기를 원망하지 않느냐고 물은 적이 있었다. 완아 언니는 원망하면 불충(不忠)이요, 원망치 않으면 불효(不孝)라고 대답했다. 그뒤로 언니는 되려 황제의 총애를 받게 되었다.

외로운 언니는 우리 엄마를 수양 엄마 삼았다. 언니는 나를 참 좋아했다. 나보다 다섯 살밖에 안 많지만 언니는 세상일을 꿰뚫어보는 능력이 뛰어났다. 그런 언니가 언제나 부러웠고 한편으론 못마땅했다. 그런데 지금 왜 완아 언니 생각이 나는 걸까?

. . . . . .

아빠가 보고 싶다. 늘, 잘 그려지지 않는 아빠의 얼굴이 안타까웠다. 말 배울 때부터인가 아빠의 얼굴은 해님일 거라고 생각했다.

'아빠, 전 지금 그때처럼 무지개를 타고 있나요?'

어린아이 땐 아빠와 걷는 꿈을 자주 꾸었었다. 산길을, 강길을, 꽃길을 끝도 없이 걸어다녔다. 그러다가 무지개를 만나면 헤어져야 했다. 그만 아빠는 하늘나라로, 딸은 집으로 돌아갔다. 청은 그게 싫어서 늘 무지개 타는 법을 배우려고 했다.

지금 이 순간, 옛날에는 보이지 않던 아빠의 발자국이 보인다. 기쁠 때나 슬플 때나 항상 같이했던 발자국. 왜 여태 몰랐을까. 그건 이상하게도 밟고 있을 때는 보이지 않는 그런 것이었다.

잠시 그 발자국을 따라 걸어온 세월들을 돌아보았다.

소녀는 어느 날 갑자기 철이 들어버렸다. 아빠마저도 해거름녘 밀려드는 그 허적함을 해결해줄 수는 없었다. 소녀는 깨달았다. 그건 누가 그래 주는 게 아니었다. 소녀는 그날 이후로 혼자서 그속을 걸어들어가

126

야 했다. 언제나 저만치 있는 아빠의 손길을 느끼며.

그러던 어느 날, 하나의 또렷한 의문이 소리없이 밀어닥쳤다.

'정체불명의 이 허적함은 본디 어디서 오는 걸까?'

끝없이 꼬리를 물고 일어나는 화두에 쫓겨 청은 걷잡을 수 없는 세계로 내몰렸다. 인생 전체로, 죽음의 공포나 생명의 근원적인 외로움, 허무 같은 것으로……. 그러나 그건 무지개와 같은 거였다. 혹은 좇아가면 사라지고 돌아서면 나타나는 신기루였다.

하지만 그걸 좇아 청은 걷고 또 걸었다. 숱한 밤을 지새온 이 여인은 이제 얼마를 더 가야 하는가? ……어느덧 뭇별들은 하늬 하늘의 반짝이는 개밥바라기를 따라 하늘 가득 쏟아져나왔고, 밤 꾀꼬리의 교태로운 목청도 벌써 한풀 꺾이는 시각이었다. 두리번거릴 힘도 없이 한참을 더 갔다. 인적도 없는 산길에서 여인은 이제 곤한 영혼을 쉬일 오두막집의 초롱불 하나를 찾고 있었다. 구름에 반쯤 가린 조각달 아래 아스라이 깜박거리는 불빛 한 점이 멀리서 희미하게 보였다.

허깨비를 본 건 아니겠지? 여인은 수없이 뇌까리며 비척걸음으로 달음박질쳤다. 그런데 이게 웬일인가? 눈 깜짝할 사이의 일이었다. 바작바작 벌불 번질 결도 없이 삽시간에 불똥을 튀기며 시뻘건 불길이 하늘 높이 치솟았다. 오두막집은 금세 여우 꼬리 같은 불보라에 휩쓸리고 사방은 번득이는 섬광으로 휘영청 밝아왔다. 여인은 망연자실할 틈도 없이 그 찬연한 불꽃 속으로 알몸째 뛰어들고 싶다는 충동에 휩싸였다.

그러나 지난 시절과는 달리, 현재 청의 코앞에 닥친 현실은 그 순서가 완전히 뒤바뀌어 있었다. 알몸째 뛰어들고 보니 무시무시한 불길 속이었다.

여인은 을천이 끌려나간 직후, 호기심에서 그 수진을 떠들어보았었다. 그 순간 그녀의 뇌리를 강타한 건 '첩자'라는 두 글자였다. 차마 경악치도 못할 일이었다. 절대로 거기 들어 있어서는 안 될 군사기밀이 아닌가? 그것은 서역(西域)의 실지를 수복하기 위한 당 조정의 동계전쟁 계획이었다.

아주(雅州)에서 산지를 가로지르는 새로운 직통 도로를 만든다. 연후 강(羌)을 공략한다. 최후로 토번을 친다. 시기는 올 겨울로 예정. 지금 낙양에서 논의중임.

어찌해야 할 바를 몰랐다.
'신고. 그래 신고야!'
청은 더 이상 망설일 틈이 없었다.
'이러다간 모두가 결딴난다. 엄마는? 울 엄마는?'
마음이 둥둥 떠다녔다.
'언니네처럼 되면 어떡해?'
'아빠, 어떻게 해? 우리 다 죽는단 말이야.'
'애야, 진정하렴. 네가 무슨 잘못을 했니? 차분하게 마음을 가라앉히고 가서 알리려무나.'
청은 순간 깜짝 놀랐다. 정말 그랬다. 처음부터 신고하려고 했으면서 왜 이렇게 허둥댔나 싶었다. 겨우 마음을 다잡고 나니 이런저런 여유가 생겼다.
'참 바보 같다아.'
피식 웃음이 새어나왔다. 당장 책사를 나설 채비를 했다. 건들바람이 서늘하게 불어왔다. 바람결에 떨어진 잎사귀들이 가게 앞을 다투어 지나갔다. 머지않아 끝물이 될 건들장마가 건너올 모양이었다.

청은 마음이 심산한 탓에 날씨 궂을 걸 더 느꼈는지 몰랐다. 자신도 알 수 없는 불안감이 점점 엄습해왔다. 막상 걸음발을 떼려 하니 마음이 언뜻, 아니 도무지 내키지 않았다. 이상한 일이었다. 아무리 탈탈 털어버리려 해도 을천의 신변이 자꾸만 걱정되었다.

'내가 왜 이럴까?'

연민인가, 사랑인가, 아니면 모성애? 물론 호감을 갖긴 했지. 몇 년 동안 보아온 이 사람이 마음에 드는 남자라고는 생각했다. 하지만 결코 그런 문제가 아니었다.

'그럼 도대체 뭐야?'

발걸음은 여전히 떨어지지 않았다. 그 경황 중에 완아 언니 생각이 났다. 언니라면 어땠을까? 뒤미처 생각이 꼬리에 꼬리를 물었다. 난 왜 언니처럼 분명하지 못할까? 언닌 이런 일이 아예 생기게 하지도 않았을 거야. 그러니까 저렇게 큰일을 하고 있지. 그런데 며칠 전에 언니가 내게 보여준 시(詩)는 너무나 애틋하고 애련했어. 언니도 속마음은 나처럼 여릴까? 그래도 언니는 사랑에도 명확한 선이 있을 거야. 뭐? 사랑이라니……? 아니, 미쳤어? 근데, 혹시…… 혹시 만일 내가 고밀하지 않은 걸 엄마가 알면? 순간 소스라치게 놀라며 고개를 세차게 흔들었다. 귀밑을 가린 두 가닥의 둥근 머리칼(丫鬟)이 번갈아 그녀의 결곡한 이마를 타타타 때렸다. 그러나 이때 모든 부정을 뚫고 별안간 오달진 생각이 찌릿 뻗쳐들었다.

그렇다, 그거였다.

'나에게 모든 걸 맡긴 남자!'

지금 그녀는 한 남자의 목숨을 자신의 숫접은 손으로 더듬고 있는 거였다.

'나의 뭘 믿고 그랬을까?'

그녀는 여우 뒤웅박 쓰고 삼밭에 든 것처럼 제 맘의 갈피를 잡지 못했다.

'아마 막다른 골목이라 이판사판이었겠지. 그랬을 거야. 그 사람이 무슨 정신이 있었겠어? 그 순간에……'

하지만 그러면서도 떨궈버릴 수 없는 의구심이 솟구쳤다.

'아니야. 그래도 그럴 사람이 아니야.'

그때 여인은 불현듯 그 남자의 마지막 눈길이 떠올랐다. 처음부터 그 눈길은 그녀의 마음 바닥에 닻이 되어 박혀 있었다. 이제 거대한 폭풍의 격랑을 만나 뽑혀나갈 듯이 닻줄이 팽팽하게 잡아당겨지자, 그 눈길의 의미가 굵은 동아줄이 되어 손거죽에 단단히 잡혀오는 것이었다. 언제라도 닻을 걷어버리면 이 배는 그 즉시 흔적도 없이 난파당해버릴 운명이 아닌가?

'되려 나한테 준 게 더 위험한 일일 수 있어. 내가 그 사람 주변을 혹리들보다 알면 더 알았지……'

여인의 마음 밑바닥에서 출렁이는 상념의 파편들은 격렬히 무리지어 움직이기 시작했다. 그리고 꿈틀꿈틀 생명체로 다시 살아나 그것의 실체를 드러내려 했다. 어느덧 여인 앞에는 어린 시절부터 좇아온 그 허적함의 화두가, 한가닥 한가닥 그 남자의 실톳에서 풀려나 지금 '믿음'의 연을 타고, 마치 놀치는 바다 위로 치솟는 해처럼 그렇게 서서히 떠오르려 하고 있었다. 그건 분명히 이제 그 남자의 것이 아닌 바로 자신의 것이었다.

'그런데 왜 이런 엄청난 짓을 하려는 거냐, 넌?'

그녀는 원점에서 다시 묻고 있었다.

'네 하는 짓이 무슨 짓인지 알기나 하니? 네 나라를 배반하려는 거야. 만일 들통나면 일족이 멸하고 부관참시를 당하는 거란 말야.'

여인의 눈에 가득 고인 눈물이 고운 뺨을 타고 주르륵 흘러내린다. 그러나 어느 순간부터인가 그녀는 이 무시무시한 공포에서 빠져나갈 구멍이 따들싹하니 보였다. 비쳐든 빛살을 타고 유혹이 손짓했다. ……모른 체하면 그냥 끝나는 거라구. 모른 체하면…….

자신이 그 사람을 '남자'로서 느끼지 않았다면, 이런 해괴망측한 망상을 할 필요도 괴로워할 까닭도 없었을 것이다. 그녀가 지금 참으로 알 수 없고 궁금한 건, 그 남자에 대한 동정이나 애련을 버리려 하면 할수록, 그러니까 자신이 선택하고 결정하고 책임질 문제로 마음을 다그치면 칠수록 오히려 한층 더 을천을 점점 '남자'로서 느끼게 된다는 사실이었다.

'그래, 나는 그 사람을 고밀할 수가 없어.'

청은 몹시 마음이 무거웠다. 하지만 그녀는 이제 놀랍도록 다른 사람이 되어 있었다. 여인이 금방 눈뜬 세계는 여인의 가슴에 수많은 포말을 일으켰다.

그녀가 오랫동안 좇아온 허무의 화두는, 지금 장안에 차고 넘치는 풍요한 물자들, 무료할 정도로 안락한 삶……, 그 위에 부표하고 있는, 땅의 진실을 외면한 한 사녀(士女)의 한갓 넋두리나 꼭두에 불과한 것이었는지 모른다.

그리고 이 모든 건 한 마디로 약탈자의 전리품 위에 떠 있는 당(唐)이라고 하는 거대한 군함 속의 영화(榮華)의 그림자 같은 거였을 것이다.

어쩌면 여기까지 온 여인의 미망(迷妄)이 고작 이 그림자 속에서 한갓되이 전리품의 의미나 뒤척이는 그런 거였는지도……. 물론 여기에도 인생과 예술과 종교는 있었다. 하지만 생명이 보이지 않는 죽음, 허무의 화두는 애초부터 하늘의 뜻, 땅의 진실을 거역하는 망상의 구도(求道)였다.

사실 이 거대한 군함도 바야흐로 자신의 내부로부터 서서히 침몰하는 중이었다. 수많은 백성들이 집을 떠나 도망자가 되고 있는 현실은 역설적이게도 너무 많은 침략을 했기 때문에 자초한 결과가 아닌가. 지금 당나라의 농민들이 가장 두려워하는 것은 부병(府兵)이다. 제국의 초기에는 전쟁에 나가면 출세도 했고, 잘만 하면 평생 먹을 걸 챙길 수 있었다. 이젠 그것도 옛말이 되어버렸다. 수많은 백성들이 부역 때문에 가정과 부락을 잃었고, 이 틈을 노린 탐욕스럽고 영악한 자들에게 땅과 식솔들을 무참히 빼앗겼다.

무는 일찍이 이 위기를 직시하고 남편인 고종에게 「12개 조의 국정쇄신안」을 상표해 전쟁의 중지를 간했다. 그때는 고구려를 정복한 직후였다. 작금에 자신의 시대를 맞은 무는, 제국의 토대(균전제)를 근저에서 뒤흔드는, 해마다 늘어나는 이 도망농민의 대책(括戶정책)에 전력하지 않을 수 없었다. 하지만 어디까지나 제국의 본질을 은폐한 미봉책에 불과했던 까닭에, 비록 전쟁은 자제되었으나 매가 비둘기의 가면을 쓴 그런 형국이었다.

'일단 이 책을 안 본 걸로 하자.'
시간이 흐를수록 감탕밭을 곤죽이 되어 헤쳐나온 기분이었다. 더 이상 아무것도 생각하고 싶지 않았다. 엄마만 떠올리면 모든 게 뒤죽박죽

되고 도로아미타불이 될 것 같았다.

청은 숨을 크게 한 번 들이켰다. 상큼한 가을 공기가 허파꽈리를 거쳐 정수리 끝까지 솟구쳐올랐다. 시야가 탁 트이고 주변의 것들이 풍경처럼 밀려들어왔다. 책, 사람, 거리, 뒹구는 낙엽······.

그리고 그 저편에, 뭉글한 물안개에 젖은 인생의 강이 아득히 흐르고 있었다. 조각배 한 척이 소리없이 다가온다. 자욱한 안개결 사이로 검실검실한 사나이의 턱이 잠시 가려지다 이내 또 보인다. 여인은 강의 이편에 서서 자꾸만 애타는 눈을 끔뻑거린다. 벌써 물살을 헤치는 소리가 들려오고, 어느 새 그 작은 가슴속으로 바위처럼 그 남자의 턱이 들어와 앉는다.

청은 배시시 웃으며 푸른 하늘 위로 높이 날아오르는 연을 쳐다보았다.

'아가야, 너의 이름을 무어라 부를까······?'

이제는 그 어느 것으로 불러도 좋았다. 하지만 아마도 그것의 정확한 이름이 있다면 사랑일 것이었다. 그리고 그것은 믿음의 힘이었다.

서가의 책들 위로 뽈그스름한 석양의 그림자가 길게 드리웠다. 이제 해가 한 발만 더 떨어지면 그 위로 곧 땅거미가 내려앉을 참이었다. 벌써 징소리가 울려오는 것 같은 환청이 들렸다.

청이 조급한 마음에 막 나가려고 발걸음을 떼려는 참이었다. 그런데 거무끄름한 그림자가 문틈으로 길게 들어오는 것이었다.

—······.

—······.

그녀는 뭔가를 얼른 집어들었다.

—······.

― 찾는 책이 이 책이죠?

― 아하, 네……

긴장한 채 아무 말 없이 한참을 마주 보고 서 있던 두 사람은, 갑자기 분수물이 사방으로 꽉 터지면서 솟구치듯이 온몸을 흔들며 흐드러지게 웃었다.

― 어쩨 괜찮네요?

청은 해사한 웃음을 입가에 물고 을천을 위아래로 애교스럽게 훑어보며 말을 잇는다.

― 별일 없었어요?

― 네에.

을천은 얼떨떨한 기분에서 아직 완전히 벗어나지 못하고 있었다.

― 저기,

청은 상큼 다그쳤다.

― 했던 말 기억나나요?

― 네?

― 이 책을 찾아주면 내가 원하는 걸 들어……

말이 채 끝나기 전에 을천이 청의 말을 얼른 가로챘다.

― 아, 네. 그럼요.

― 좋아요. 그럼 우리 가무(歌舞) 보러 가요.

― 허허, 좋습니다.

을천은 함박웃음이 그의 시원한 이마를 타고 흐드러지는 동안 받아든 대진어 말본책을 쭈욱 넘기면서, 왜 수진은 안 돌려주는 걸까, 아무것도 모르는 눈친데……, 하고 생각했다. 속은 아까부터 말할 수 없이 바짝 바짝 타고 있었다. 그럼 진짜 못 봤단 말인가, 아니 그럴 수는 없어……. 그는 잠시 놈들과 우당탕했던 곳을 바라보았다. 이상하다, 어떻게 된 걸까…….

그 잠깐의 침묵 사이로 청의 움직임이 절쑥절쑥하는 버들가지처럼 밀려왔다.

— 이걸 어떻게 하나요? 내가 왕씨…….

을천은 저도 모르게 팔을 홱 휘둘러서 빼뜰여챘다. 곧 한두 걸음 주춤주춤 뒤로 물러선 그는 순간 돌처럼 서 있었다.

— 어머머, 세상에.

얼굴이 하얗게 된 청은 여직 허공에 팔을 올린 채로였다.

— 아아, 죄송합니다. 정말 이렇게…….

그는 당황하고 어색해서 몸둘 바를 몰랐다.

— 저기 혹시……?

청은 을천의 물어오는 시선을 피하지 않고 되물었다.

— 그속에 뭐가 들어 있나요? 난 보지도 않았네에?

— 아, 아닙니다. 괜히 폐만 끼쳐드리고…….

— 훗, 이상하다. 그러지 말고 좀 보여주세요, 네?

— 아니, 됐습니다. 아무것도 없습니다.

— 그 안에 동심결(同心結 : 연애 편지)이라도 들어 있나요?

을천은 피식 웃으며 얼버무렸다.

— 허, 전 그런 거 없습니다.

징소리가 벌써 몇 번째 가게문 닫으라는 재촉을 하고 있었다.

백옥의 야광배(夜光杯)가 그 안에 담긴 붉은색 포도주를 투명하게 비치며 탁자 위에 교태롭게 놓여 있었다.

— 여긴 자주 와보셨습니까?

— 아뇨.

청은 아까부터 실내를 두리번거렸다.

— 저도 처음입니다.

— 그래요? 대상(隊商)을 하시면 기회가 많으실 텐데.

— 사실 그렇지도 않습니다. 허, 이것 좀 드시겠어요?

을천은 제가 먼저 석류 몇 알을 깨물며 눈살을 찌뿌렸다.

— 셔요?

청도 은행껍질 같은 눈시울을 찌긋거렸다.

— 네헤, 근데 끝맛은 참 달콤한데요?

— 그렇네요.

청은 몇 알을 입에 넣고 깨문다. 여간 시지 않은지 후후 불며 말을 계속했다.

— 역시 최고급 페르시아 산이니까요.

— 자——

을천이 너부죽한 입술을 달싹이며 잔을 들었다.

— 오늘 정말 고맙습니다.

— 무얼요.

그녀는 수줍은 듯 볼을 붉히며 뱅싯이 웃는다.

— 그러고 나서 기분이 어떠셨습니까?

— 어머, 누가 누구한테 물어보는 거예요?

청은 귀여운 아이를 꼬집듯이 아프지 않게 눈을 흘겼다.

— 허허.

을천의 마음이 달근달근해왔다.

— 많이 당하셨나요?

— 뭐, 별로. 괜찮습니다, 덕분에.

— 그런 말이 어딨어요?

청의 눈빛이 촉촉히 젖어 있었다.

— 어디 보아요. 아까부터 얼굴이 많이 안 좋아 보이던데…….

을천을 찬찬히 들여다보는 청의 홀보들한 옷 속에 숨어 있는 여체가 싱그럽게 출렁였다.

— 아, 아닙니다. 정말 아무 일 없었습니다.

을천은 팔을 휘휘 내저으며 민망스러운 듯 얼른 말을 바꾸었다.

— 자, 어서 한 잔 드시지요.

술잔을 비운 청은 싱싱한 포도 한 알을 입안에 넣고 톡 깨물면서 무름한 손등을 토닥거렸다.

— 그림을 잘 그리신다면서요.

— 어머, 그걸 어떻게……?

— 허허. 다 아는 수가 있습니다.

— 호, 부끄럽네요.

피식 웃는 청의 눈에 꽃이 피었다. 을천은 순간 이 사랑스러운 여자가 제 여자인 듯한 착각에 사로잡혔다.

황매화 같은 여자, 참 향그럽다……. 더욱 감미롭게 을천의 마음을 흔들어놓은 건 안개처럼 감도는 그녀의 향기였다. 원래 꽃이란 자태보다 향내에 취하는 것이니, 마음이 어찌할 수 없이 자꾸만 봄눈처럼 스러지고 있었다. 그는 억지로 의문의 두레박을 퍼올렸다. ……정말 알고 있는 거야 모르고 있는 거야. 알면서 모른 체해? 그럼…… 날 사랑하기 때문에? 대체 언제 사랑이 자랐을까? 설령 그렇다고 저처럼……. 그는 자욱한 안개 속을 헤매고 있는 기분이었다. 혹 내가 어떤 음모에 말려들고 있는 건 아닐까? 하지만 저토록 맑고 순수한 여자가? 이 여자의 속을 어떻게 더 파고드나. 이제는 짜증이 솟았다.

실내는 취흥이 돋아 열기로 가득 찼다. 낯설지 않은 외국말들이 시끌벅적한 술잔 오가는 소리에 섞여 여기저기서 툭툭 튀어나왔다. 을천은 알알한 기분으로 자리들을 빙 둘러보았다. 그런데 공교롭게도 왁자한 패거리들 속에서, 아침에 관우가 쓰러지는 소동이 일어났을 때 날뛰는 백마 위에서 혼쭐이 났던 그 소년이 뭐라고 손짓 팔짓을 하면서 거드럭거리는 게 눈에 확 띄었다. 아마도 오능(五陵)의 협객들 ——오능은 한나라 역대 황제의 능묘 지역으로 당시 노는 패거리(遊人)들의 주무대였다 —— 인 성싶은데, 오늘 일어났던 그 얘기를 대단하게 하고 있는 모양이었다.

그때 무대 위로 비파를 든 여인이 올라오는 게 보였다. 사뿐히 걸어가 한가운데 놓여 있는 좁고 높다란 의자 위로 앉는 듯 만 듯 걸터앉는다. 몽클몽클한 젖무덤 사이로 깊이 파인 꽃무늬 적삼이 야드르하게 흘러내려 신발 끝쯤에서 찰랑찰랑 물결쳤다. 그녀의 길고 짙은 눈썹 위로 그린 불꽃 화장(化粧)이 수평선 너머 갈매기를 타고 떠오르는 붉은 해처럼 좌중의 시선을 일시에 매료시켰다. 띠딩띵디띵, 서서히 울려퍼지기 시작하는 선율은 카브다나(曹國) 출신인 그 유명한 조바라문(曹婆羅門)이 지은 곡이었다. 청은 한 폭의 시화(詩畵)를 떠올렸다.

몇 발짝만 나가면 작은 시내가 흐른다. 풀숲 사이로 염소떼가 목을 축이고, 새들은 날개를 적시며 종잘거린다. 한 처녀가 손끝에 젖은 물을 뿌리며 황갈색의 길을 따라 걸어간다. 집에 온 그녀는 넝쿨이 뻗은 창을 열고 석양의 노을이 발갛게 드리운 남빛 하늘을 쳐다본다. 그녀의 손 안에는 방금 주워온 하얀 조약돌 두 개가 꼭 쥐어 있다. 먼눈을 한 그녀의 상념은 절절히 시가 되어 입술을 타고 흐른다.

뭇별이 쏟아지는 밤이 오면
나의 돌은 두 개의 별이 되어
향내 나는 내 침상에 눕는다
엄마가 나를 낳아
젖꼭지 무는 법을 가르쳐주셨듯
님은 아무도 모르게 다가와
석류 속처럼 달콤한 사랑을 가르쳐주었지
내 떨리는 손으로
님의 넓은 가슴을
눈먼 소경처럼 더듬거리면
님은 나를 품에 안고
영원히 깨어나지 않은 악기를 연주하리
눈물과 미소는 사랑의 숙명
사랑은 쓴맛을 달게 하고
다시금 달콤한 포도주가 되면
쓴 갈등의 경지(境地)라네

처녀는 땅거미 내릴 밤하늘을 애타게 기다리며 기도했다. 님이여, 부디 나와 함께 별이 되어주오. 작은 시냇가 조약돌 두 개로 영원히 남아주오⋯⋯.
박수소리가 우레와 같이 터져나왔다. 잠시 후 악사들이 완함(阮咸)과

북과 비파를 들고 다시 자리를 잡았다. 한 여인이 관중들에게 호등무(胡騰舞)를 추겠다고 말했다. 또다시 실내가 들끓었다. 아마 오늘의 절정인 모양이었다.

따당다 삐삐비 따당따당 타타타르릇 두둥…….

빠른 선율은 급기야 파르르 떨리며 마구 가팔라갔다.

……급히 동작을 멈추자, 펄럭거리는 얇은 오동 적삼이 야릇하게 앞뒤로 휘말렸다. 무아경 같은 정적이 감돌았다. 무희의 얼굴에는 구슬땀이 비 오듯 흘렀다. 장내를 흐르는 긴장이 요염한 불빛 속에서 여인의 가쁜 숨을 독수리처럼 낚아챘다. 그녀는 다시 격렬한 역동작으로 바닥에 깔린 꽃무늬 융단 위를 회오리바람마냥 선회했다. 무희의 교묘하게 지어낸 손가락은 자유를 갈구하는 파도의 호소 같았다. 다시금 여인은 휘몰아치는 폭풍 속으로 그대로 주저앉았다. ……두 번째 정지가 비지땀에 젖은 그녀의 여린 어깨 위로 조용히 내려앉았다. 순간 무희는 뭐라고 말을 하고 있었다. 고향의 말을, 아니 그대를 위한 주문 같은 것을 뇌까렸다. 허리 위를 휘감고 땅바닥에 드리운 여인의 허리띠에는 마음을 붙잡힌 사랑의 포로처럼 포도넝쿨 무늬가 곱게 수놓여 있었다. 이제 무희는 서서히 몸을 비틀며 최후의 동작을 준비하려는 듯했다. 누구에게, 무엇을 위하여…… 스스로 자문하는 고갯짓을 따라 쓰고 있던 구슬 모자가 방황하는 불꽃처럼 이리저리 흔들거렸다. 마침내 녹색·황색·청색의 씨줄 날줄이 번갈아 짜여지고, 코가 뾰쪽한 신발만이 베틀의 북처럼 바쁘게 돌아갈 뿐이었다.

박수소리와 환호가 잇달아 터져나왔다. 치맛자락이라도 붙잡으려는 사람, 눈물을 흘리는 사람, 무슨 쪽지를 전해주려는 사람으로 장내는 완전히 흥분의 도가니에 빠져들었다.

— 대단하죠?

— 네, 보러오길 잘 했습니다.

을천은 아직 그 여운을 채 삭이지 못하고 있었다.

— 근데, 뭐 하나 물어보아도 되나요?

— 네?

— 기생방에 출입해본 적 있으세요?

— 아……아니, 무슨?

오리 홰 탄 것같이 을천은 어리둥절해한다.

— 아니에요. 평강방(平康坊) 기녀의 말인데, 장안에 화제가 되고 있어서…….

당시 평강방 북쪽엔 유명한 기생집(妓館)들이 있었다.

— 무슨 말인데요?

— 사녀(士女)는 시(詩)를 가두어놓지만 기녀는 시를 풀어준다나요?

을천은 잠시 무슨 소린가 하다가 퍼뜩 생각이 미치는 모양이었다.

— 허허, 그거 재미있는 얘깁니다.

— 궁금하면 한번 찾아가보셔요.

둘은 터져나오는 웃음을 참지 못하고 흐드러지게 웃었다. 어느덧 두 사람이 뿜어내는 열기도 점점 뜨거워가고 있었다.

어둠이 내린 밤하늘에는 말똥만한 별들이 반짝이고, 풀벌레 소리 들리는 오솔한 사잇길로 두 개의 그림자가 퍽이나 다정히 걷고 있었다.

종남산의 대화

우디아나 파드마—— 우디아나에 핀 연꽃. 히말라야의 어느 산간 마을
에 해의 빛을 숭배하는 백성들이 살고 있었다. 그들은 우주의 신비를 온
몸으로 체감하며, 입으로는 비밀스런 주문을 외우고, 마음은 빛을 관
(觀)하고, 몸은 손가락을 반지 모양으로 만들어 수행하였다. 빛으로 가
득 찬 비로자나(해)의 세계. 아비야(無明)를 벗고 비디야(明)를 찾아가
면 열반이 있고, 반야의 지혜가 온 누리를 자비로써 구제한다고 하였다.
그대가 걷는 길은 어디인가? 수많은 구법승들이 지나간 이 길에 신라
승 혜초가 다녀갔고, 그뒤를 이은 승 오진(悟眞)은 병마로 불귀의 객이
되었다. ……이 우디아나 왕국은 불교가 인도에서 그 막을 내릴 무렵,
새로운 불교 신앙을 막 꽃피우려는 참이었다. 탄트라—— 붓다의 비밀
스런 가르침, 즉 밀교(密敎)라 불리는 불교였다. 티벳에서는 이 우디아
나가 더없이 성스러운 땅이었고, 여기서 핀 연꽃은 항마(降魔)의 기적을
일으킨다고 믿었다. 밀교는 훗날 라마교로 발전했고, 라마교를 믿는 몽
골인들은 이 꽃을 우루진 바담이라 부르며 신성시하고 사랑했는데, 이
때 우루진은 우디아나, 바담은 파드마의 몽골말이다. 그런데 바로 이 기
적이 몽골보다 훨씬 이전에 해동의 신라에서 실제로 수없이 일어났다.
당나라와의 바다싸움에서 명랑(明朗) 법사는 이 밀법(密法 : 그중 문두루

비법)을 사용해 마귀인 당군을 모조리 침몰시켜 마침내 나당전쟁을 승리로 이끌었다. 백성들은 그가 행한 이적을 '해'의 힘이라 믿었고, 이 새로운 종교가 조상들의 신앙에 위배되지 않음을 보았다.

귀뚜라미의 울음소리가 풀숲에서 간간이 들려왔다. 누렇게 물결치는 천변의 밀밭길을 나귀들이 저보다 몇 배는 되는 밀단을 싣고서 기우뚱거리며 지나갔다. 농부들은 태질한 밀이삭이 황금가루처럼 분분히 날리는 가을 하늘을 쳐다볼 결도 없는지 손이 바쁘게 자리개질로 부산했다.

이 번천(樊川)의 들길을 지나, 삿갓을 쓴 한 중년의 사나이가 장안성을 등진 채 호젓한 산길로 접어들고 있었다. 그의 걸음이 종남산의 안골을 파고들수록 밤나무, 측백나무, 상수리나무 따위가 삐죽히 하늘을 가리었고, 벌써 겨우살이 준비에 바쁜 듯 낙엽들은 양지 쪽에 수북이 쌓여 있었다.

기실, 위수의 지는 놀과 함께 봄이면 형형색색의 꽃들로 뒤덮이는 종남산(終南山)은 천하가 손꼽는 희세의 절경이다. 하지만 계절의 변화란 무상한 것. 지금 조석으로 찬 이슬이 내리는 이 산 중턱의 운제사(雲際寺)엔 함초롬히 피었던 꽃들도 흔적없이 사라지고, 오늘은 늦깎이 행자가 떨어진 낙엽을 빗질하기에 바쁠 뿐이다.

시인 이백은 「종남산을 바라보며……」에서 이렇게 노래했다.

문을 나서 종남산을 바라보다가
목을 빼고 저절로 무한의 경지에 빠져
빼어난 경색 무어라 이름하지 못하고
푸르른 산빛만 날마다 눈에 머무네

어떤 땐 흰 구름이 일어나
하늘 끝에서 스스로 펼쳤다 말리는데
내 마음속도 저와 같으니
더불어 이는 흥취, 때로 얕지 않구나
나도 언제 숨어 사는 저 사람 찾아가
깊은 산속에 자취없이 살아볼꼬

— 말씀 좀 묻겠습니다.

삿갓 쓴 사나이는 합장을 하였다.

— 원측 법사님을 뵈오러 왔는데요.

행자는 빗질을 하다 말고 멀리 손짓해 보인다.

— 저쪽으로…….

그가 일러준 대로 산속을 약 삼십여 리쯤 더 걸어들어가니 아름드리 나무들 사이로 조그만 암자가 한 채 나타났다. 개똥지빠귀가 아직 볕이 조금 남아 있는 지붕 위에서 포로롱 날아올랐다. 녀석이 자유로이 비상하면서 여기저기 예쁜 울음을 터뜨리니 이 고적한 산중에 청아한 파문이 호수에 물수제비 뜨듯 통통 퍼져나갔다.

사나이는 묵묵히 이 산수화 같은 정경을 바라보면서 잠시 숨을 가다듬었다. 깊은 산속이라 어느새 젖은 땀이 서늘하게 말라왔다. 조금 긴장이 되는 탓으로 살갗에 좁쌀 이는 게 느껴졌다. 버석버석……. 그는 나뭇잎 밟는 제 발자국 소리로 인기척을 만들며 조용히 문 앞까지 다가갔다. 아직 안에서는 아무 소리도 들리지 않았다.

원측 법사는 신라 사람으로 열다섯에 장안으로 건너왔다. 일찍이 유

식학(唯識學)을 공부했고, 후에 『대당 서역기』로 고명한 현장의 사사를
받았다. 한때 현장의 적통인 기(基)와 대립하여 이단 취급을 받기도 했
으나, 당시 신라학파 혹은 서명학파라 불리는 불학(佛學)의 신기원을
열었다.

— 수행중인 법사님을 이렇게 불쑥 찾아뵈어서…….
작은 방에는 바리때와 가사, 불경들이 정갈하게 놓여 있었다.
— 무슨 일인지요?
— 소승은 본디 고구려 승이올습니다. 제가 미망중에 있는 터여서 법
사님의 높은 가르침을 받고 싶습니다.
— …….
고희를 넘긴 노법사의 몸은 금강처럼 단단해 보였고, 이마에는 지혜
의 서기가 감돌았다.
— 법사님의 유식학은 미망을 깨뜨리는 방편이라 알고 있지요.
산방의 적요가 새벽 안개에 싸인 계곡처럼 흘렀다.
— ……모든 사람에게 물이 맑으면 달빛이 비치는 것과 같은 이치지요.
사나이는 한동안 망설이다가 입을 열었다.
— 내 나라가 망한 걸 마음속의 미망으로만 돌려버릴 수 없기에 그렇
습니다.
참으로 한참 만에 법사가 묻는다.
— 인왕반야경(仁王般若經)을 보셨겠지요?
— 네에. 소승은 반야의 공(空)이 일체의 평등을 말하는 것이라 봅니
다. 삼라만상이 가설(假設)이고 나 또한 가설이면 진리의 실체는 생명
의 동일성이 아닐까요?

사나이가 말했다.

— 그 동일성이 무엇이라고 생각합니까?

— 불심(佛心)이지요.

— 반야로써 불심에 이르니, 반야야말로 무엇으로도 깨뜨릴 수 없는 금강이며, 나라 또한 그리 하여야 지켜집니다.

— 이미 잃어버린 국토는 누가 어떻게 반야를 가지고서 지킬 것인지요?

— 불심의 본체는 빛이며, 빛의 연원을 아는 건 반야입니다. 어둠 속에서 빛을 가려내는 방편이 유식이니, 바로 이것을 통해서 반야를 얻고 빛을 봅니다.

— 소승의 미욱한 생각으로는, 오히려 빛이 어둠을 뚫고 나오는 것이 아닌가 합니다. 그래서 행함이 무분별(無分別)의 분별 앞에 있는 게 아닐까요?

— 그러면 무엇을 행할 것인지요.

— 이를테면 배고픈 사람은 밥을 먹어야 하고, 아픈 사람은 병을 고쳐야 하고, 도둑맞은 사람은 그 물건을 찾아야 하고, 나라 잃은 백성은 나라를 되찾아야 합니다. 이러하지 않고는 가설(假設) 속에 숨어 있는 실재(實在)까지도 가설이 되는 허무로 빠져버린다는 것이지요. 허무 속에는 행함도 빛도 없는 까닭입니다.

두 사람의 대화는 마침내 연기, 유식과 미륵, 반야와 문수로 이어졌다. 한동안의 침묵이 흐른 뒤 사나이가 먼저 입을 열었다.

— 감히 망령된 생각을 하나 하고 있어서……. 사실 그 때문에 법사님을 찾아뵌 것입니다.

— …….

— …….

— 말씀해 보십시오.

— 우리 고마족은 해신(日神)을 믿어왔습니다. 그런데 우리의 불자들이 고마를 비로자나불로 바꾸어왔지요. 그게 자꾸만 맘에 걸립니다. ……소승은 비로자나불이 고마의 현신이라 믿고 싶습니다.

— 대단히 위험한 생각이군요. 그건 이미 불제자의 도리가 아닙니다.

사나이는 곤혹스럽게 법사를 쳐다보았다.

— 소승은 신라 유학생들이, 신라는 고마족이 아니라 원래가 중국족이었다고 말하는 데 놀랐습니다. 왜냐고 물었더니, 신라는 옛날의 진한(辰韓)인데, 그게 본시 중국 진(秦)나라에서 망명온 사람들이라서 사실상 진한(秦韓)이 맞다는 거지요. 법사님께선 잘 알고 계시지 않습니까.

법사는 고개를 끄덕였다.

— 불법은 하나인데, 불법으로 나라를 찾는 일을 신라나 중국의 승이 불법으로 반대하면 소승 같은 불제자는 어떻게 해야 합니까?

— 모든 부처님의 가르침은 스님 말씀대로 하나지요. 그러니…… 스님의 번뇌도 거기 있고 저의 부끄러움도 거기에 있습니다.

사실, 당시 원측 법사는 기(基)와의 논쟁에서, 부처님의 가르침은 더 높고 낮은 것이 없다는 일음교설(一音敎說), 국토수호를 위한 인왕반야경의 중심 사상, 그리고 극악 우치한 사람도 성불할 수 있다는 일승사상(一乘思想)들로 대립하였었다.

— 법사님, 소승은 반야나 화엄이나 밀법이 모두 한가지로 빛의 가르침이라 봅니다. 해의 광명불인 비로자나불은 화엄교나 밀교의 중심불이니까요. 결국 이 세 가지는 백성의 평안과 국토의 수호를 위한 부처님의 한 본체가 아니겠습니까?

— 그렇습니다.

— 신라는 지금 삼국이라기보다는 삼한을 통일했다고 합니다. 그것은 본시 하나의 한(韓)이 셋으로 나뉘었다가 다시 하나가 되었다는 얘기가 아니겠는지요. 그런데 듣자 하니 신라는 산천의 이름까지도 모조리 중국식으로 바꾼다고 합니다. 그렇게 하면 이미 고마족의 한(韓)을 지켜주는 부처님은 안 계십니다. 실제 밀교와 화엄교는 신라의 양대 종파인데 이 불자들은 지금 무얼 하고 있는 겁니까? 법사님, 고마를 버린 불법은 이렇게 부처님의 뜻까지 무명 속에 빠뜨리지 않습니까.

— 그러나 고마는 부처일 수 없습니다. 부처의 빛은 고마보다 훨씬 광활하고 심원합니다.

……티벳에도 고마와 비슷한 본(Bon)교가 있었다. 오랫동안 티벳인들은 중국 불교를 거부하고 자신들의 고유신앙을 지켜왔다. 당시 이 본(밀어라는 뜻)을 살리면서 정착한 불교가 밀교였고, 이 고구려 스님은 그것에 적지 않은 관심을 가지고 있었다.

— 어찌 된 게 삼한의 밀교는 고마를 이용하려고만 드는지요.

— 그보다 우리 밀법에는 도술 같은 게 많아 오히려 도교에 가까워지지 않을까 싶습니다.

— 그게 큰 걱정이자 고통입니다.

— 그러니 유식을 통하지 않고서는 미혹되는 게 많을 수밖에요.

— …….

두 사람의 이야기는 또다시 불학의 세계로 되돌아갔다.

먼동이 터오는 이튿날 아침이었다. 법사는 객승을 멀리 운제사까지 배웅해주었다. 법사 역시 머잖아 어디론가 곧 떠날 사람처럼 보였다.

― 나라에서 받아준다면 나도 이젠 고향에 돌아가고 싶습니다.

객승은 다름 아닌 을천과 헤어졌던 바로 그 스님이었다.

초원의 이리

음산(陰山) 아래
칙륵(튀르크의 옛 이름)의 초원
하늘은 궁려같이
사방 벌판을 뒤덮어라
하늘 푸르디푸르구나
들 넓디넓구나
바람이 불어 풀이 누우니
소와 양이 보이네

「칙륵가(勅勒歌)」, 곡율금(488~567)

1

북의 바이칼 호수, 동의 대흥안령산맥, 남의 고비사막, 서의 알타이 산
맥, 그 어느 쪽을 넘어도 몽골고원은 망망대해처럼 펼쳐진다. 달리고 또

달리고…… 눈보라 속을 밀려드는 잿빛 이리처럼 이 광활한 땅에서 문명의 사슬을 걷어차버리고, 문명이 소위 야만이라 불렸던 '자유'를 구가해온 한 유목 기마 국가가 있었다. 검은 밤에 숫늑대, 밝은 날에 검은 까마귀인 듯, 그들은 도시도 성곽도 갖지 않은 채 풀이 밟혀 쓰러진 자취를 따라 온 유라시아 대륙을 말발굽으로 진동시켰다. 해 뜨는 곳에서 해 지는 데까지 (한반도와 로마를 잇는) 동서 대동맥의 한가운데 알타이 산맥이 높이 솟아 있고, 바로 이곳에 이들이 처음으로 세운 국가가 있었다. 이름하여 튀르크(돌궐突厥). 이 알타이의 남과 북은 이들의 선조가 참으로 오랫동안 살아왔던 삶의 터전이었다. 남으로 시조(始祖)의 신화가 전해내려오는 천산산맥의 보그다 올라가 투르판 오아시스를 신령스럽게 굽어보고 있으며, 북으로는 항가이 산맥의 한 준봉(峻峯)인 외튀켄 산——이들의 오랜 성지(聖地)로 부흥 튀르크제국의 수도가 된다——아래로 풍요한 초원을 적시며 어머니의 젖줄 같은 오르혼 강이 눈부시게 흐르고 있다.

　간혹 어디선가 바람이 불어오면 고개 숙인 풀들 사이로 말과 양떼들이 한가롭게 풀을 뜯는 모습만 보일 뿐, 위로는 푸르디푸른 하늘이 마치 거대한 천막이라도 친 듯 오르혼의 대평원을 뒤덮고 있는 '호쇼 차이담'. 바로 거기에 외로운 석비(石碑)가 하나 서 있으니, 멸망한 튀르크를 부흥시킨 위대한 일테리쉬 카간(튀르크 제2제국의 창건자)의 아들 퀼테긴의 민족사적 기념물이다. 피로써 기록한 해방전쟁의 역사는 이러하였다.

　…… 위에 푸른 하늘이, 아래에 검은 땅이 창조되었을 때, 이 둘 사이

에서 사람이 생겨났다. 사람의 위에, 나의 조상 부민 카간(튀르크 제1제국의 창건자)과 이스태미 카간이 권좌에 앉았다. ……동쪽으로는 카디리한 이쉬(흥안령산맥)에서 서쪽으로는 태미르 카피그(鐵門 : 알렉산더가 페르시아 침공 때 세운 철문)까지 푸른 튀르크의 백성들을 묶어세웠다. …… 이 영명한 군주들의 장례식에 애도하는 자, 통곡하는 자들이 멀리 동쪽에서는 해 뜨는 곳 뵈클리(고구려), 쵀뤼그(실위?), 타브가치(중국), 튀퓌트(티벳), 파르(페르시아), 푸룸(비잔틴), 키르기즈, 윅 쿠르한, 오투즈 타타르(몽골), 키탄(거란), 타타비(지두우?)…… 이만한 사람들이 와서 울고 애도하였다.

그들은 이렇게 위대한 군주였으나, 뒤에 그들의 동생과 아들들은 형과 아버지들처럼 창조되지 못했다. 분명 어리석은 카간들이 즉위하였고, 분명 나쁜 카간들이 즉위하였다. 대신들도 그러하였다. 결국 수령들과 백성들은 순종하지 않았고, 중국 사람들은 교활하고 잘 속였기 때문에, 형제들을 서로 반목하게 했기 때문에, 수령들과 백성들을 서로 이간시켰기 때문에 튀르크 백성들은 자기들이 세운 나라를 잃어버렸고, 권좌에 앉힌 카간을 잃어버렸다.

이 때문에 중국 사람들에게, 수령이 될 만한 너희들의 아들은 사내종이 되고, 귀부인이 될 만한 너희들의 딸은 계집종이 되었다. 튀르크 수령들은 튀르크 칭호를 버렸다. 중국 사람들에게 봉사하는 튀르크 수령들은 중국의 칭호를 받아들여 중국 황제에게 예속되었다. 그렇게 오십년 동안 봉사했다. 동쪽으로는 해 뜨는 곳의 뵈클리(고구려) 카간을 정벌하고(645년 당태종의 고구려 침략시 執失思力, 阿思那思摩 등이 거느린 튀르크 병사가 대거 용병으로 참전했으며, 반면 연개소문은 당시 당과 적대하고 있던 또 다른 튀르크계 부족 설연타薛延陀와 연합전선을 시도했으나 성사되지 못했다), 서쪽으로는 태미르 카피그(철문)까지 출정하였다. 중국 황제를 위해 이렇게 정복하고 나라를 빼앗았다.

그러나 튀르크 백성들은 말했다 : "나는 나라가 있는 백성이었다. 그런데 내 나라는 지금 어디 있는가? 나는 누구를 위해 여러 나라를 정복하는가?"라고 말했다. "나는 카간이 있는 백성이었다. 그런데 나의 카간은 어디 있는가? 나는 어느 카간에게 봉사하고 있는가?"라고 말했다. 이렇게 말하고는 중국 황제에게 적이 되었다. 적이 되었으나 이념과 조직이 따르지 못하여 또다시 중국 사람들에게 예속되었다. 중국 사람들은 이만큼 봉사한 것은 생각지도 않고 "튀르크 백성들을 죽여야겠어, 그들의 씨를 말려야겠어."라고 말했다. 튀르크 백성들은 전멸될 지경이었다.

이때 위에 있는 튀르크의 하늘(텡그리) 그리고 튀르크의 신성한 땅과 물이 튀르크 백성을 붙들매, "너희들은 없어지지 말라, 나라 있는 백성이 되라." 하여, 내 아버지 일테리쉬 카간과 내 어머니 일빌게 카툰을 하늘 꼭대기에서 잡아 더 높은 곳으로 들어올리셨다. 내 아버지 카간은 열일곱 명의 군사와 함께 반란을 일으켰다. 일테리쉬가 반란을 일으킨다는 소식을 듣고, 도시에 있는 사람은 산으로 올라가고, 산에 있는 사람은 내려와 모여서 칠십 명이 되었다. 텡그리가 힘을 주었으므로 내 아버지 카간의 군사는 늑대 같았고, 적들은 양 같았다. 동으로 서로 출정하여 사람들을 모으니 드디어 모두 칠백 명이 되었다. 이렇게 하여 나라 잃은 백성을, 계집종과 사내종이 된 백성을, 튀르크의 풍습을 버린 백성을 내 조상의 법에 따라 또다시 조직하고 교화시켰다. ……

해가 뉘엿뉘엿 지평선에 걸려 하늘과 맞닿은 초원의 풀잎 끝이 노라발갛게 타들어가고 있는 게 보였다. 꼬리가 구릿빛으로 파묻혀드는 강줄기를 거슬러 노을은 마치 빗질이라도 하듯 성큼성큼 한달음으로 어룹 쓸어와 초원의 언덕들 아래 모여 있는 수많은 유르트(천막)들 위로 저문 빛을 선연히 드리웠다.

말, 산양, 독수리 따위가 그려진 각 씨족의 깃발들이 족장의 유르트 앞에서 보기에도 장엄하게 노을 속을 펄럭펄럭 물결치고 있었다.

동편의 반공(半空)에는 해보다 더 크고 벌건 보름달이 덩두렷이 솟아 올랐다. 차츰 땅거미 속으로 검실검실 잠겨드는 강물이 무릎까지 자란 풀숲을 적시며 출렁거리었다.

강가에서 주사위놀이를 하고 있는 두 아이의 모습이 보인다.

— 형.

— 응?

— 재미없어.

— 그럼 뭘 할까?

다섯 살짜리 소년은 숫노루 발목뼈로 만든 주사위를 공중으로 휙 던지며 말했다.

— 다음엔 매사냥 가자.

— 하하, 매들이 네 올가미에는 걸려들지 않을걸?

— 뭐? 난 잡을 수 있어.

— 좋아. 하지만 제사가 시작되는 내일부턴 안 돼.

한 살 위인 형은 빙그레 웃으며 동생을 툭 쳤다.

— 그만 가자.

— 그런데 형, 우린 언제부터 싸우러나갈 수 있어?

— 나도 몰라. 어쩌면 내년부터는…….

형과 동생은 등이 검푸른 황갈색 말과 이마에 흰 점이 박힌 잿빛 말을 타고 땅거미가 내리는 동산을 질주해갔다.

주먹만큼이나 크고 아름다운 밤하늘의 별들이 유르트의 천창(天窓)을 통해 금방이라도 쏟아져들어올 듯했다. 음력 오월인데도 밤바람은 세차서 유르트의 펠트가 자주 윙윙 소리를 내며 풀럭거린다. 실내의 중앙에 놓인 황금 이리의 아가리에서 뿜어져나오는 시뻘건 불꽃이 온 방안을 대낮처럼 밝혔다. 너울거리는 불길 아래 금으로 만든 술병과 잔, 은제 그릇들이 벌겋게 달아올라 금방이라도 살아 움직일 것만 같았다. 앞쪽에 쳐진 아름다운 비단 휘장들이 마치 환상의 거울마냥 불빛에 비친 물체들을 기묘한 형상으로 투영해낸다. 이리저리 흔들리는 환영 같은 그림자들……. 그속에 머리를 길게 땋은 두 아이의 모습이 알른거린다.

— 내일이 무슨 날인지 알고 있느냐?

— 네.

두 아이가 함께 대답한다.

— 토이(국가의회)에 모인 추장들의 얼굴을 똑똑히 기억해두어라.

— 아바마마, 모두 몇 명이나 되옵니까?

큰아이 빌게가 물었다.

— 우리 튀르크 족장 열하나와 토쿠즈 오구즈(9姓 철륵)의 족장 아홉 명 그리고 뵈클리(고구려)의 족장 한 명이니라.

일테리쉬 카간은 높은 황금제 의자에 앉아 약간 상기된 얼굴로 부인인 카툰(왕비)을 돌아보았다. 그러자 카툰이 말했다.

— 자랑스럽사옵니다. 이 테긴(왕자)들 얼굴엔 빛이 있고 눈에는 불이 있지 않습니까?

카간은 잠시 눈을 감은 채로 고개를 끄덕였다.

— 나는 이 테긴들이 산양의 두 뿔처럼 언제나 나라를 단단히 붙들어

매기를 바라오.

― 형은 마음이 넓고 동생은 용맹하니, 이 둘이 힘을 합치면 이루지 못할 게 무에 있겠사옵니까?

― 그런데 좀 걱정이 되오. 테긴들이 아직 어려서…….

― 카간께서 이렇게 건강하신데 무슨 걱정이시옵니까.

― 전장의 일은 아무도 알 수 없는 일이오.

잠시 동안 침묵이 흘렀다.

― 혹시 무슨 안 좋은 일이라도 있으신지요.

― 어젯밤 꿈자리가…….

― 네?

― 아니, 그만 됐소.

카간은 나쁜 생각을 털어버리려는 듯 고개를 좌우로 흔들었다. 후계에 대한 염려가 꼬리를 물고서 그를 놓아주지 않았다.

― 내일을 위해서 이제 좀 쉬시는 게 어떨런지요.

멀리서 이리떼들의 울음소리가 취침을 알리는 듯 간헐적으로 들려왔다.

이튿날, 맑은 타미르 강(오르혼 강의 상류로, 중국인들은 他人水라 불렀다)에는 동영지(冬營地)에서 겨울을 난 튀르크 백성들이 수천 수백 리를 이동하여, 마치 도래지로 찾아든 철새들처럼 사방에서 총집결하였다. 외튀켄 산에서 대평원으로 흘러드는 이 강의 초입부터 피발(변발의 일종)을 한 사람들로 초원은 바글바글 들끓었다. 거족적인 제천의식과 이제 막 시작된 그들의 하영(夏營) 생활을 위해서였다.

이른 아침의 타미르 강물은 아직 차가웠다. 부드럽긴 하지만 쌀쌀한 대기가 광활한 초원을 가득 덮었다. 강가의 풀밭에는 무려 백 척을 넘는 거대한 바윗돌이 깎아지른 듯 솟아 있고, 거기서 지척을 두고 편평한 거석으로 만든 제단이 세워졌다.

둥 — 둥 — 둥 — 둥…….

북소리가 초원의 풀잎을 타고 나지막이 울려퍼졌다. 갑자기 일정하던 음조가 삐꾸러지면서 빨라지기 시작했다. 그것은 마치 대지의 모든 것을 살려낼 듯이 신비스러운 약동을 일으켰다. 순간순간 끼어드는 캄(사제)의 중얼대는 주문은 도약과 비상의 욕구를 자극했다. 드디어 긴 옷에 오색 천을 주렁주렁 단 캄이 자리를 박차고 일어났다.

둥둥둥둥둥…….

캄은 맨발로 풀이 무성한 땅을 밟기 시작했다. 점점 빨라진 발놀림은 격렬한 몸동작으로 이어졌다. 두 팔을 해를 향해 날아오를 듯이 벌리고 너울거렸다. 알아들을 수 없는 주문도 더욱 빨라지고 커졌다. 수많은 사람들의 시선이 모두 그에게 집중되었다. 그는 순식간에 몸을 획 돌려 앞으로 돌진해갔다. 그러고는 맹수처럼 강물 속으로 뛰어들었다. 물 속에 잠긴 그는 거품만 남긴 채 흔적도 없이 사라졌다. 수면엔 팽팽한 긴장이 감돌았다.

투투투투투투…….

우박을 퍼붓는 듯 북소리도 맹렬해졌다. 사위의 사람들은 쥐죽은듯 조용하다 못해 차라리 숙연했다. 이때 물 위로 캄이 솟구쳐올랐다. 주문을 외는 입술에서 격하게 물이 뿜어져나왔다. 다시 내려앉은 캄은 하늘 높이 물을 차올렸다. 공중으로 흩어지는 물방울이 보석처럼 영롱하게 빛났다. 그렇게 몇 번을 반복한 캄은 제자리로 돌아와 다시 해를 향해 우뚝 섰다. 손에는 커다랗고 둥근 은빛 거울이 들려 있었다. 물이 뚝뚝 떨어지는 캄의 몸은 빛의 화신 그것이었다. 온몸을 부들부들 떨며 거울에 반사된 태양빛을 희생 제물에 비추었다. 이때 한 사내가 번쩍이는 칼로 섬광처럼 백마의 목을 찔렀다. 또 다른 캄(사제)이 김이 무럭무럭 나는 첫 선혈을 은잔에 하나 가득 받은 뒤, 한 방울도 흘리지 않게 고스란히 통에 담았다. 성스러운 피가 제단 위에 놓였다. 캄의 인도로 카간이 걸어나왔다. 카간이 해를 따라 아홉 바퀴를 도는 동안, 또 다른 캄은 하늘과 땅에 희생의 피를 뿌렸다. 그가 한 번 돌 때마다 백성들은 엎드려 절을 했다. 다시 카간이 말 위에 태워졌다. 햇살이 눈부시게 쏟아졌다. 캄이 외쳤다.

> 텡그리여!
> 만물의 생사화복을 주관하고
> 나라와 백성이 있게 하고
> 당신의 아들을 하늘 높이 들어올려
> 앞으로 해 뜨는 곳에서
> 뒤로 해 지는 데까지
> 그 모든 땅을 다스릴 쿠트(신령)를 내리고
> 황금을
> 아름다운 은을
> 향기로운 비단을
> 종자 보리를
> 살찐 말과 종마를
> 검은 담비털을
> 푸른 쥐털을
> 그의 백성에게 주게 하고

일테리쉬 카간을
태생부터
무한한 퀴치(힘)를 받은 자
텡그리 쿠투(天子)된 자로
생겨나게 한
영원한 튀르크의 텡그리여!

캄의 축원이 끝나자, 카간은 말 위에서 두 팔을 번쩍 들고 하늘 높이 뛰어올랐다. 거대한 해일이 일듯 우레와 같은 함성이 피발한 머리들 위를 맹속력으로 덮치며 지나갔다. 카간은 허공에서 잎이 무성한 코르코낙 나뭇가지를 단번에 낚아챘다. 땅 위에 내려선 카간의 손아귀에는 꺾인 나뭇가지째 발톱이 묶인 매 한 마리가 들려 있었다. 카간이 가지에서 끈을 풀어주자, 회색 매가 거침없이 하늘로 날아올랐다. 그러자 백성들의 함성이 또다시 터져나와 중천에 떠 있는 해를 찌를 듯했다. 이때 눈부신 이리 머리 모양의 황금 깃봉과 산양 문장의 깃발이 찬란히 나부끼는 아사나(阿史那)씨 가문의 기가 앞으로 한걸음 한걸음 들려나왔다. 암이리는 튀르크 시조의 상징이고, 산양은 카간 가문인 아사나씨의 표지였다.

다시 카간이 신성한 제단 앞에 책상다리를 하고 앉았다. 북소리도 함성도 서서히 잦아들었다. 잔에 술이 가득 따라지고 카간은 경건히 잔을 비웠다. 다음 잔을 카간이 신하와 족장들에게 돌렸다.

외튀켄 산의 봉우리가 쪽빛 하늘에 신령스럽게 솟아 있었다. 보송보송한 흰 구름이 버들개지 날리듯 사뿐사뿐 떠간다. 마치 허파꽈리를 씻어낸 듯 상크름하고 신선한 공기가 눈이 부시도록 아름다운 초원과 강과 산을 휘휘 쓸고 다닌다. 천제(天祭)를 마친 카간과 수령들의 행렬이 외튀켄 산의 등성이를 넘어 어느 새 산마루에 이르렀다.

산정에는 초록의 드넓은 평지가 완만한 곡선을 그리며 눈앞에 시원스레 펼쳐졌다. 노란 원추리꽃과 붉은 산이스랏이 마치 수라도 놓은 듯 색색이 풀 속에 박혀 있다. 해 뜨는 쪽으로 확 트인 지평선, 그 위로 아득한 언덕들의 능선이 마치 파도처럼 늠실늠실 일렁이고 있었다.

바야흐로 토이가 시작되었다. 연중 가장 중대한 국가의회였다. 풀잎이 포릇포릇 돋은 산달에 빙 둘러앉은 이들의 모습은 해를 빼닮은 형상이었고, 푸른 풀밭은 가히 하늘에 비유할 만했다.

의례적인 회의의 선포가 끝나고, 한 사람이 열정에 찬 연설을 시작했다.

— 여러분, 이태 전만 해도 적들은 사방에서 시뻘건 이빨을 하고 덤벼드는 승냥이었습니다. 우린 그들에게 포위된 먹이 같았습니다. 그러나 우리의 전사들은 전투의 날에, 흰 돌이 부서져라 검은 돌이 가루되라 적들을 쳐부수었고, 이곳 외튀켄에 다시 드높은 카간의 오르다(아정 牙庭 : 카간의 궁성)를 세운 것입니다. 텡그리(하늘, 신), 우마이(여신), 신성한 야르(땅)와 숩(물)이 적들을 눌러주었기 때문입니다. 구름이 개여 태양을 본 듯, 얼음이 풀려 강물을 얻은 듯 우리 겨레의 앞날이 온 천지에 열리고 있습니다. 보십시오. 약한 것은 구부리기 쉽고, 얇은 것은 찢기 쉬운 것 아니겠습니까? 하늘이 카간을 우리의 깃으로 세우셨고, 있을 자리에 있게 한 때문에, 우리는 강철처럼 단단합니다. 지금 우리는 그 옛날, 우리가 깃을 잃었을 때 떨어져나갔던 우리의 땅과 백성들을 다시 찾아야 합니다.

그는 말을 잠시 멈추고 좌중을 둘러보았다. 그리고 이어 말했다.

— 나는 오늘 이 자리에서 우리가 총력을 기울여야 할 일 하나를 제안

160

하겠습니다. 그것은 타브가치(중국)에 농락당해 넘어간 우리의 형제 온 오크(十姓 : 서튀르크를 말함)를 시급히 구제하는 일입니다. 그들은 잘못된 카간에 이끌려 지금 우리에게 적대하고 있으나 우리의 푸른 튀르크 군대가 쳐들어가 통일시키면 온 오크 형제들의 마음도 곧 다시 하나의 튀르크로 되돌아올 것입니다.

이 아파타르칸(군사령관) 톤유쿠크는 조국광복 전쟁의 최고 영웅이었다. 그의 신망은 이루 말할 수 없이 높았다. 중국과 주변 나라들에서도 명성과 악명이 동시에 자자했다.

바람결에 절쑥대는 풀들이 스으스으 하며 마치 창포물에 머리를 감듯 산들거렸다. 좌중은 숙연하였다. 타르두쉬 샤드(서부 총리)인 백 초르(默啜)가 말을 받았다.

— 나도 같은 생각입니다. 지금 온 오크는 지리멸렬해 있어요. 돌륙(咄陸 : 서튀르크의 동부 5姓 부락)의 카간은 티벳군의 포로가 되어서 이미 그 땅은 무주공처이고, 그리고 누시피(弩失畢 : 서튀르크의 서부 5姓 부락)의 카간은 워낙 무능 포학하니 백성들의 이반이 잇따르고 있습니다. 지금은 타브가치들도 여력이 없는 차라 이 절호의 기회를 놓쳐서는 안 될 줄 압니다.

— ……타브가치의 동향은 어떻소?

일테리쉬 카간이 돌실복(咄悉匐)을 향해 물었다. 그는 튈리스 야브구(동부 총리)로서 특히 중국의 정보를 관할하고 있기 때문에 그의 정세판단은 대단히 큰 비중을 차지했다. (이들 동·서부의 총리가 모두 카간의 동생들이었다.)

— 무(武)는 종실의 정적을 숙청하는 데 혈안이 되어 있어, 전쟁에 소극적입니다. 더욱이 티벳과의 전쟁에서 계속 패배한 터라, 신하들이 서

역에서 철군해야 한다는 주장도 대단히 거셉니다. 현재로서는 만일 저들이 침략해온다 해도 모든 정황이 우리에게 유리합니다.

보고는 계속되었고, 해는 일중(日中)을 훨씬 비켜가고 있었다. 바람에 서걱대는 키 큰 나래새풀 사이로 카툰(왕비)과 어린 두 테긴(왕자) 빌게와 퀼의 모습이 나란히 보였다.

이번에는 뵈클리(고구려)의 족장인 고문간(高文簡)의 차례였다.

— 키(해)와 키타이(거란)는 지난번 전쟁에서 우리한테 패한 뒤로 아직 전력을 회복하지 못했습니다. 또 이들은 여전히 타브가치의 꼭두각시라서 타브가치의 동향에 따라 대처하는 것이 우선적으로 중요할 것입니다.

고문간은 요서 방면을 관할하는 바가투르(수장師長)였다.

— ……그리고 타타르(흥안령 이서의 몽골족)들 역시 별다른 기미가 없고, 또 이들은 뵈클리(고구려)의 세력하에 있으니 일단은 안전하다 봐야겠습니다.

고문간은 튀르크로 이주해온 고구려 유민들 중 가장 규모가 크고 전투력이 강한 집단을 이끌고 있었다. 그는 스스로를 막리지라 칭하고, 튀르크에서 관직을 받아 충성을 다하면서 '고구려 임시정부'와는 크고 작은 마찰을 수없이 일으켜왔다. (후에 그는 제2대 카간에 오른 서부 총리 백 초르 ——등극해서는 카파간 카간이라 칭함—— 의 사위가 되었는데, 아마도 그 당시 계승분쟁에 참여한 공인 듯하다.)

다음으로, 최북방 전선을 관할하는 돌쿤의 보고가 시작되었다. 그는 오구즈(철륵) 연맹의 위구르족을 이끄는 일테베르(대족장)였다.

— ……물론 타브가치의 공작 없인 키르기즈(예니세이 강 상류의 오구즈계 종족)가 스스로 기병하지 못할 것은 분명하지만 결코 방심할 상태

는 아닌 게 확실합니다. 요사이 그들 사이에 카간을 세우려는 움직임도 부쩍 심해지고 있습니다.

토이는 점점 열을 더해갔다. 예상 외로 가장 까다로운 대외 문제는 순조롭게 진행되어 결국 톤유쿠크의 제안대로 온 오크(서튀르크)를 통일하자는 데 의견이 모아졌다. 그러나 다음날 속개된 토이에서는 부족간의 분쟁이라든가, 세금 징수, 병사의 조달, 전리품의 분배 같은 대내 현안들이 그렇게 간단히 해결되지가 않았다. 심지어 퇴레(법)에 따라 카간이 내린 처분에도 크게 반발하는 경우가 생겨서, 카간은 그때마다 고도의 정치력으로 분쟁들을 조정했다.

이렇게 하여 삼 일 간의 토이가 끝나고, 관례대로 카간은 술과 음식을 백성들에게 크게 베풀었다.

……덩두렷이 뜬 보름달 아래서 도랑이 갈비뼈까지 패이도록, 무릎까지 흙먼지가 되도록 뛰고 노는 성대한 백성들의 축제가 이제 막 시작되려는 참이었다.

희부연 어둠 속을 한 물체가 살같이 빠른 속도로 움직이고 있었다. 풀잎 스치는 소리만 간간이 들릴 뿐 무언가가 달빛에 번쩍거리다 사라지곤 했다. 횃불들이 불야성을 이룬 강을 뒤로 하고 그 물체는 동산을 넘어 질주해가고 있었다.

왁자한 환성이 차츰 멀어지면서 괴괴한 정적을 뚫고 이따금 들짐승들의 울음소리가 지척에서처럼 들려왔다. 키를 풀 높이로 바싹 낮춘 시꺼먼 몸뚱이가 언덕 위에 담상담상 모여 있는 유르트들을 검은 바람처럼 비켜 지나쳤다. 개 짖는 소리도 나지 않았다.

한참 후 물 흐르는 소리가 들렸다. 냇가에서 누군가 손을 입에 모으고

발정한 암이리의 울음소리를 내었다. 풀숲에서 두리번거리던 사나이는 이를 발견하고 마치 암내에 이끌린 숫이리처럼 쏜살같이 달려갔다. 이윽고 두 물체는 하나가 되어 내를 건너기 시작했다.

— 어서 들어와.

주인인 텁석부리가 문을 열어주자 두 사람은 유르트 안으로 들어갔다. 한 사람은 이곳 튀르크에서 활동하는 공식 고구려 연락원이고, 아직 어린 소년은 텁석부리가 데리고 있는 아이였다.

— 아하, 어찌 잘 지냈나.

유르트 안에서 한 중년의 남자가 헝겊게 마주 나오며 공손히 절하는 연락원의 손을 반색을 하고 붙든다.

— 네, 장 대인님. 정말 오랜만에 뵙습니다.

— 그래 말이네, 이거 얼마 만인가.

문을 열어준 텁석부리를 사이에 두고 들어온 사람과 안에서 맞은 사람은 한참 동안이나 인사를 나누었다.

— 아참, 자네들도 회포를 풀어야지…….

아까부터 연락원은 중년 뒤에 서 있는 청년 양울력과 반가운 눈빛을 주고받는다. 양울력은 중년을 모시고 어제 막 도착한 고구려 임시정부의 밀사였다. 중년은 허허 웃으며 자리를 비켜준다. 이때 텁석부리 집주인이 빙글거리며 쿠미즈(마유주 : 말 젖으로 만든 유목민들의 술) 한 통을 가지고 왔다.

— 우선 목부터 축이시고…….

잔 하나에 남실남실하게 가득 채워 손님들에게 돌린다.

— 원, 어제도 마셔봤지만 소그드 사람이 이런 맛을 다 내나? 허, 거참. 솜씨가 기막히구려.

164

먼저 한 잔 쭈욱 들이켠 중년이 입술을 닦으며 말했다.

— 괜찮소이까? 여기선 그래도 알아주는 솜씨입니다.

이 일대는 소그드 사람들이 사는 특수 지구였다.

— 정말 맛좋소 그래.

— 그럼 어서어서 드시고 한 잔씩 더 하시구려.

— 물론이지요. 한데 난 니단처럼 저렇게 우리말 잘 하는 사람도 못
봤어요.

양울력이라는 청년이 텁석부리를 보고 말했다.

— 글쎄 말소리만 듣고는 누가 어디 구별이나 하겠소?

— 이거 쿠미즈 한 잔에 왜들 이러시오? 양이라도 한 마리 잡을까요?

니단은 정말 벌떡 일어나서 밖으로 나가려 했다. 사람들이 웃고 말리
고 하는 사이, 벌써 먹은 것보다 마음이 몇 배나 불러왔다. 원래 텁석부
리 니단은 고구려와 오랫동안 모피 거래를 해온 무역상이었다.

텁석부리 옆에서 소년은 덜컹덜컹 쿠미즈 통을 흔들며 빈 잔을 받아
들고는, 단 한 방울도 흘리지 않고 따라 돌린다.

— 연락은 됐습니다만…….

입술에 묻은 하얀 쿠미즈 자국을 쓱 훔쳐내고는 자못 긴장한 눈으로
연락원이 말했다.

— 그쪽 응답은?

— 지금 뵙자고 합니다.

순간 중년은 의외라는 듯 움찔했다.

— 지금……?

말 속에 신음이 묻어나왔다.

— 네, 그렇습니다.

— 누가 눈치챈 건 아니겠지…….

중년이 혼자말처럼 중얼거렸다.

— 고문간 패들은 어떻소?

니단이 끼어들었다.

— 그야 물론 그들을 제일 경계했지요.

— 허허, 이 사람이 어떤 사람인가요? 귀신도 모르게 해냈겠지요.

중년은 연락원을 두둔하면서 협상에 임할 기분을 스스로 가다듬고 있었다.

— 아, 그렇긴 하지요. 하지만 워낙 고문간쪽 사람들이 우리쪽 정보에 대해서는 빨라서 하는 말입니다.

니단의 우리쪽이란 말이 묘한 여운을 남긴다.

— 그럼 나가실까요?

— 가만 있어라, 울력이는?

— 장 대인님만 모시고 가기로 했습니다.

— 으흠, 그럴까?

긴 신음소리를 내며 중년은 연락원과 양울력을 번갈아보았다.

— 저쪽도 아파타르칸(군사령관)만 나온다고 했나?

양울력이 연락원에게 물었다.

— 물론, 단독회담이니까.

— 알았네. 자, 가세.

중년이 연락원의 등을 툭 치며 말했다.

— 그럼 잘 다녀오세요.

양울력이 중년에게 인사를 하고 나서 연락원과 뜨거운 눈빛을 주고받는다.

비밀 회합이 열리는 곳은 깊은 산속의 유르트였다. 두 사람의 회담이 벌써 몇 점째 지나고 있었다.

— 튀르크에서 왜 자꾸 분쟁을 일으키는지 이해할 수 없군요. 이러다간 양국의 우의에 금이 갈까봐 염려됩니다.

장 대인이 말했다.

— 그건 뵈클리(고구려)쪽에서도 문제가 있지요.

이어지는 아파타르칸 톤유쿠크의 말이다.

— 초지(草地)를 자꾸만 우리 땅으로 넓혀오니, 피차 마찰을 피할 수 없는 것 아니겠습니까?

— 내 말은 백성들 일에 무력을 동원하면 되느냐는 것이지요.

장 대인의 말이 계속되었다.

— 앞으로 이걸 방지하지 못하면 심각한 사태가 일어날지도 모르는 일 아니겠습니까?

두 나라의 분쟁지는 훌룬·부이르 호가 있는 초지였다. 이곳에서 고구려 유민들은 실위족의 몽올부(蒙兀部 : 뒤에 몽골이 됨)와 어울려 살았는데, 유목의 특성상 계절 이동을 하게 되어 이들이 튀르크 지역인 케룰렌 강과 오논 강 유역으로 깊숙이 들어가는 반면, 튀르크족은 계절이 바뀌면 그 반대로 두 호수를 건너 할흰골(할하 강)과 하이라르 강으로 넘어와 분쟁이 잦았다. 그때마다 특히 튀르크로 귀화한 고문간 집단이 무력으로 유민들을 핍박하곤 했다.

— 그럼 대인은 차제에 국경 문제를 확정하자는 겁니까?

장 대인은 아무 말 없이 고개만 끄덕였다.

— 지금은 시기가 아닌 줄 압니다.

— 그럴까요?

— 물론이지요.

상대는 단호했다.

— 그렇다면 최소한 무력 사용을 금지하는 협정이라도 맺어야 합니다.

장 대인의 목소리도 점점 가팔라갔다.

— 이 시기를 놓치면 피차 감당키 어려운 곤경에 봉착할지 모릅니다.

— 대인, 구태여 지금 이런 예민한 문제를 건드려 적전 분열할 필요가 무에 있겠소?

사실 튀르크로서는 국경 아닌 이런 애매한 경계를 유지하는 게 최상이었다. 언제든 때가 오면 고구려 임시정부가 들어앉은 땅을 차지할 야심이 있기 때문이었다.

— 내 얘긴 분열이 아니라 조정하자는 거올습니다. 안 그러면 연합전선에 금이 가게 될 테니 말입니다.

— 아, 보십시오. 대인이 말하는 무력 사용도 실은 우리한테 귀화한 뵈클리가 나서서 하는 일 아니겠소?

장 대인은 뜨끔했다. 고문간 집단을 두고 한 말이었다. 같은 민족끼리 티격태격하면서 연합전선에 금이 간다고 따지냐는 것이었으니…….

— 그러면 우리가 고문간을 응징해도 되겠습니까?

장 대인은 그 배후의 책임을 묻고 있었다.

— 물론 그럴 문제는 아니지요.

톤유쿠크는 한 발 빼며 말을 잇는다.

— 하지만 협정으로 해결될 건 아니고 서로 조심시키는 수밖에…….
난 그게 지금으로선 제일 무난하다고 봅니다.

— 누구보다 아파타르칸께서 잘 알다시피 타브가치가 노리는 게 이이제이(以夷制夷) 아니겠습니까? 무릇 대의는 사소한 일에서 그르치기 쉬

운 법이라 하니 부디 이 점을 중시해주시기 바랍니다.

— 맞는 말씀이오. 타브가치들이 요즘 맥을 못 추는 것도 전같이 이이제이가 통하지 않은 까닭 아니겠소? 그러나 대인께서 뒤에 하신 말씀은 나보고 소탐대실하지 말라는 충고 같은데 그건 좀 어폐가 있는 것 같소이다.

— 허허, 충고라니요…….

장 대인이 웃으며 말을 이었다.

— 천만에, 황송한 말씀입니다. 나는 다만 적의 계략에 말려들지 않도록 양국이 분란을 없애자는 얘깁니다. 일이란 원래 사소한 것일수록 감정을 건드리니까요.

— 그러니 내 하는 말 아니오. 긁어 부스럼 내지 말고 그냥저냥 지내다가 적당한 때가 오면 처리를 하자는 것이지요. 만일 정 공식적인 처리를 원하시면 못 할 바도 아니겠지만, 그뒤 문제가 생기면 훨씬 더 심각하게 발전될 수 있는데 그땐 어떡하시겠습니까?

— 우리가 타브가치를 상대로 연합전선을 펴고 있는 이상, 공식적인 해결이 훨씬 안전하고 후유증이 없을 줄로 압니다.

— 허허, 이러다가는 이야기가 끝이 안 나겠소.

톤유쿠크는 화제를 다른 데로 돌리고 싶어하는 눈치였다.

— 자, 내 대인의 뜻을 잘 새겨들었고, 또 이 얘긴 간단치 않은 문제니 뒤에 다시 말씀 나누기로 하지요.

— 하여튼 좋습니다.

장 대인도 연연해하지 않고 말머리를 돌렸다.

— 그럼 처음 시작한 얘기나 끝내도록 합시다.

이 회담은 본시 아파타르칸 톤유쿠크의 요청에 의해서 이루어졌다.

사실 이 전에 하나의 정보가 아파타르칸에게 전달됐었다. 그것은 타브가치(중국)의 승(僧) 설회의가 신평군대총관으로 임명되어 오늘(689년 5월 18일) 낙양을 출발, 자하(紫河 : 이 장의 첫 시에 나오는 음산 陰山에서 발원하는 황하의 지류로서 현재는 내몽골 渾河임) 방면으로 진공해올 계획이라 했다. 이 정보는 솔쿠리(고구려 임시정부)가 극비리에 입수해 전한 것으로 아파타르칸으로서는 공동의 대책을 숙의할 필요가 있었던 것이다.

(솔쿠리는 솔 = 高, 쿠루〉쿠리 = 句麗 = 城으로 '고구려'라는 당시의 고구려말. 여기서는 '고구려 임시정부'를 지칭하였다. 튀르크인이 고구려를 뵈클리라 한 것도 맥＋쿠리의 전음으로 맥의 나라인 貊句麗를 그리 부른 것이다.)

— 으흠, 그 문젠 말이지요, 아까도 말씀드렸지만 일단 적의 침략을 미리 알아낸 것만으로도 대성공입니다.

아파타르칸은 이어 말했다.

— 중놈(설회의)이 군사를 지휘한다니, 허허. 우선 안심은 되올시다.

— 적군의 병력 규모를 아직 알아내지 못해서…….

— 네. 하지만 그다지 큰 규모는 아닐 거라 예상되는데요.

— 그러면 이번엔 우리쪽에서 합세하지 않아도 되겠습니까?

장 대인이 떠보듯 연이어 물었다.

— 하기야 귀국에서는 병력을 분산해도 큰 무리는 없으시겠지요?

톤유쿠크는 가슴이 철렁했다. 이자가 벌써 '온 오크 작전'을 알고 있는 걸까? 도저히 그럴 수는 없는데, 그럼 무슨 얘기야…….

— 그게 무슨 뜻인지요.

— 온 오크에 출정할 계획이 아니십니까?

톤유쿠크는 순간 말문이 막혔다. 도대체 이들 첩자조직이 어디까지

뻗쳐 있는 거야……? 뭐라고 대답해야 할지 잠시 우두망찰하다가,

— 아직 계획이랄 건 없소이다.

하고 말한 뒤 톤유쿠크는 이어 물었다.

— 그건 그렇고 어떻게 할 생각이십니까?

— 우리야 튀르크의 요청이 있으면 그때 결정을 내려야 할 일인 것 같습니다.

잠시 침묵이 흘렀다. 밖에는 밤바람에 나뭇잎 부서지는 소리가 요란했다. 계곡물도 가끔씩 퉁탕거리며 흘러갔다. 부스럭거리는 작은 짐승들의 움직임까지 바로 곁에서처럼 들려왔다. 그러나 침묵을 깬 두 사람의 대화는 밤의 자연을 다시금 장막 밖으로 내몰았다.

— 내 생각에 이번 전쟁은 뵈클리에서 처리해줬으면 어떨지…….

아파타르칸은 좀 곤혹스런 표정이다.

— 그렇게 할 수는 있겠지만…….

장 대인이 깊이 생각한 끝에 말한다.

— 그러려면 우선 장애요인을 제거해야 하지 않겠습니까? 백성들한테서 마음이 일어나도록 말입니다.

— 아까 그 문젠 대인 말씀대로 무력 사용은 절대 없을 거라는 걸 약속드리겠습니다만, 공식적인 협정은 다음 차제에 토의하도록 합시다.

— 그러면 내가 가지고 돌아갈 것은 무엇인지요.

— 송구한 말씀입니다만, 나를 한 번 믿어주시면 좋겠습니다.

— 그야 아파타르칸을 믿지만…… 오늘밤 일은 없었던 걸로 하지요.

장 대인은 좀 불쾌한 낯빛으로 말을 끝냈다.

아름다운 초원의 밤하늘. 긴 띠를 이루며 창공을 눈부시게 가로지르는 은한별. 광주리만한 달은 먼 여로의 순례자나 된 듯 피로함도 잊은

채 초원 가득히 어머니 같은 포근한 빛을 뿌리고 있었다. 부드러운 풀 위로 장 대인과 연락원의 그림자가 다시 어른거린다.

2

　소그드 상인 디와쉬티치는 다음날 아침 오르다(아정 牙庭 : 카간의 궁성에 해당하는 천막)를 찾았다. 뵈리(카간의 친위대)들이 몸수색을 끝낸 뒤, 그의 일행을 카간정 안으로 들여보냈다. 입구서부터 날개 달린 사자 문양의 융단이 카간의 옥좌에까지 긴 주랑처럼 위엄 있게 깔려 있다. 그들은 조심조심 걸어서 색색으로 엇걸리게 늘어뜨린 비단 휘장 아래 멈추어 섰다. 이 능라가 나울거릴 때마다 현란한 자수가 만화경을 펼쳐놓은 듯 오만가지로 눈을 현혹시켰다. 카간은 높은 바퀴가 달린 황금 옥좌에 앉아서 그들의 알현을 받았다.

　― 대카간이시여, 신 디와쉬티치 삼가 문안드리옵니다.

　그는 한쪽 무릎을 꿇고 땅에 닿을 정도로 고개를 숙였다.

　― 자, 어서 일어나시오. 오시느라고 얼마나 수고가 많았소?

　― 아니옵니다. 카간의 휘광이 이역만리까지 미치니 아무 어려움이 없었나이다. 저마다 길을 내주고 노자를 보탰사옵니다. 그러하온 중에 다만 하나……

　그는 말을 하다 말고 머뭇머뭇했다.

　― 그게 무어요?

　― 온 오크가 조금 방해를……

— 으음, 알았소.

카간은 약간 굳은 목소리로 그의 말을 잘랐다. 그렇지 않아도 바로 이 골치 아픈 문제로 엊그제 토이에서 결정까지 보았던 것 아닌가.

— 황공하옵니다. 감히 신은 카간의 황금띠 쥠쇠라도 붙잡고 있는 덕에 이렇게 무사한 줄 아옵니다.

그의 말은 비단결처럼 부드럽고 정중했으나, 기실 요구하는 것은 명확했다. 요컨대 비잔틴이나 이슬람으로 가는 서방 무역길에 장애가 되는 온 오크를 평정해달라는 것이었다. 그렇지 않으면 당신네들의 무역 수익을 보장하기 힘들다는 은근한 암시도 깔려 있었다.

— 허허……. 과인은 그대의 찬사에 귀가 기쁘고 마음이 즐겁지 않은 바 아니로되, 그렇다고 대상(大商)인 그대의 말이 이유가 없진 않을 것으로 아오.

카간은 참으로 교묘히 무역로를 보호해준 자신의 힘과 은혜를 새삼 환기시키는 것이었다.

— 대카간님의 그 은덕에 보답코자 여기 얼마 안 되는 진상물이나마 가져왔나이다.

눈짓을 하기가 무섭게 목석처럼 서 있던 시종이 손에 들고 있는 물건을 황급히 바쳐올렸다. 디와쉬티치가 손수 보석상자를 열어 보였다. 금, 은, 진주, 수정 잔, 마노 병들이 그 안에서 휘황찬란하게 빛나고 있었다.

— 어머, 이렇게 굉장한 것들을 어디서 다 구하셨어요?

카간 옆에서 조용히 미소만 짓고 앉아 있던 카툰(왕비)이 자신도 모르게 화들짝 반색을 하였다. 디와쉬티치는 빙그레 웃으며 다음 선물을 열어 보였다. 작은 미늘로 엮어 만든 쇄갑(鎖甲)이 모습을 드러냈다.

— 그것은 또 무엇이오?

카간 역시 만면에 웃음을 감추지 못한 채 호기심 동한 눈을 하고 물었다.

— 갑옷 속에 받쳐 입는 일종의 속갑옷인데, 소그드 왕께서 특별히 만들어 보내신 것이옵니다. 아직 아무도 입어본 적이 없는 참으로 진귀한 물건입지요.

— 그분이 나에게 선물한 것이라고?

— 네, 그러하옵니다.

— 그럼 무슨 전언이라도 있었던 게요?

카간은 전혀 생각지도 않은 선물을 받고, 기쁨 반 의심 반 하여 물었다.

— 아니옵니다. 카간의 만수무강과 함께 더 많은 기회를, 그걸 원할 뿐이었습니다.

카간은 고개를 끄덕이며 그게 무슨 뜻인지를 어렵지 않게 짐작했다. (온 오크의 방해없이 직통으로 무역할 수 있으면, 안전도 확보되고 중간에서 수차례 뜯기는 통과세를 내지 않아도 되니 그렇게 되길 바란다는 뜻이었다.)

디와쉬티치는 이어 대단과 능라를 위시해 각종 비단을 풀어 보이더니, 최고급 백분이 담긴 옥분합과 푸른 물빛이 감도는 오이 모양의 연지합을 카툰에게 헌상했다. 그녀가 둥둥 달려 있는 사람처럼 좋아하는 걸 바라보면서 디와쉬티치는 스스로도 만족스러운지 손바닥을 마주 비비며 헤실거렸다.

— 남은 헌상품이 하나 더 있사옵니다. 이 존귀한 곳에 들여올 수 없어 밖에다 그냥 두고 왔습니다.

— 허허, 그게 무엇이오?

— 낙타같이 생긴 새인데 타조라고 하옵니다.

디와쉬티치는 회심의 미소를 지으며 말했다.

— 무어요? 세상에 그런 새가 다 있단 말이오?

— 그러하옵니다. 타브가치 황제도 그 알이 신기하게 생긴 것을 보고 천하에 없이 귀히 여겼다고 하옵니다.

— 하하, 어디 한 번 구경이나 해봅시다.

카간은 매우 흡족해하며 옥좌에서 일어섰다.

한바탕 떠들썩한 것도 지나고, 카간의 오르다에는 깊은 침묵의 강이 흘렀다. 카간을 독대하고 있는 톤유쿠크의 표정이 대단히 침통했다.

— 안색이 좋지 않아 보이는데…….

카간이 물었다.

— 혹 디와쉬티치한테 무슨 언짢은 일이라도 있소?

그가 다녀간 직후라 달리 짐작할 데가 없었다.

— 그자 때문이 아니오라…….

톤유쿠크가 말문을 열었다.

— 아니, 그럼 누구 때문이오?

카간이 무심코 자신을 가리켰다.

— 혹시 나 때문이오?

— 네, 그러하옵니다.

카간이 흠칫했다. 천만뜻밖이었다. 그러나 톤유쿠크는 아랑곳하지 않고 직언을 쏘았다.

— 황공하옵니다만, 지금이 어느 때인가를 통촉해주소서.

— 아니, 그게 무슨 말이오?

카간은 깜짝 놀라며 발끈했다.

— 감히 말씀드리옵건대, 신은 카간과 더불어 수없이 많은 밤을 전장 터에서 지샜고 붉은 피와 검은 땀을 흘렸습니다. 적들은 튀르크에 용감한 카간과 현명한 참모가 있다며 자기들을 죽일 것이라고 두려워했습니다. 그 이유가 무엇이었겠습니까? 그것은 카간께서 밤에 눕지 않고 낮에 앉지 않고 오로지 쾩(푸른) 튀르크만을 위해 힘과 노력을 바치셨기 때문이옵니다.

카간이 눈을 감았다. 톤유쿠크의 말은 거침없이 계속되었다.

— 옛날, 흉노의 선우(카간과 같은 칭호)에게 투항한 중국 사신 중항열이란 사람이 있었습니다. 그는 선우가 중국의 비단과 음식을 좋아하는 것을 보고 이렇게 진언했다 합니다. "……흉노의 인구는 한(漢)나라의 군(郡) 하나만도 못합니다. 그러나 흉노가 강한 것은 입고 먹는 것이 한나라와 다르고, 또 그것을 한나라에 의존하지 않기 때문입니다. 지금 선우께서 풍습을 바꾸어 한나라 물자를 좋아하시게 되면, 그 물자의 십분의 이도 채 쓰기 전에 흉노는 모두 한나라에 복속되고 말 것입니다. 선우시여, 이제 한나라의 비단과 무명을 얻으시면, 그것을 입고 풀과 가시밭 사이를 헤치며 돌아다니십시오. 옷과 바지가 모두 찢어져 못 쓰게 될 터이니, 비단과 무명이 털로 짠 옷이나 가죽옷만큼 튼튼하고 좋지 못하다는 것을 백성들에게 보여주십시오. 또 한나라의 음식을 진상받게 되시거든 이를 모두 버리십시오. 그리하여 그것들이 젖과 유제품의 편리하고 맛있는 것에 도저히 따를 수 없다는 걸 보여주십시오……." 신은 이것을 중국에서 배웠습니다. 타브가치들은 이 모든 걸 알고 있습니다. 제가 중국을 두려워하는 것은 바로 이 점 때문입니다. 이렇게 자신들의 적을 너무도 잘 알고 있는 것이옵니다.

사람들은 그를 '빌게(현명한)' 톤유쿠크라 불렀다. 카간도 독립전쟁

때, 이 톤유쿠크를 얻고서 얼마나 기뻤던지 자기 이름까지도 '하늘의 행운을 잡은 자'란 뜻의 '쿠틀룩'으로 바꾸었던 것이다.

— 고맙소. 참으로 그대는 충신이오. 공은 내가 잠시 잊고 있었던 걸 일깨워주었소.

카간이 고개를 주억거리며 말했다. 카간은 다시 눈을 감고 가만히 생각에 잠겼다. 그러더니 괴로운 표정으로 말을 이었다.

— 흐음, 헌데 나라의 흥망이 달린 교역을 하면서 오늘과 같은 일을 한사코 마다할 수만은 없는 일 아니겠소?

— 그렇사옵니다.

— 그렇다면 무슨 좋은 방도라도 있소?

— 신의 소견으로는, 들어온 헌상물들을 모두 국고에 넣고 교역이나 공납(貢納)에만 사용하셔야 할 줄 아옵니다.

마치 두 사람이 약속이나 한 듯 한동안 말이 없었다. 카간은 애써 상한 마음을 보이지 않으려 했다. 사실 톤유쿠크의 말은 카간의 헌상물에 국한된 것이 아니었다. 뭐랄까, 이를 통해 더 근본적인 문제, 국고가 국부로만 쓰여야 한다는 지상 과제를 암시하는 것이었다. 그러나 단지 카간 한 사람의 뜻만으로 되는 게 아니었으니……

먼저 카간이 침묵을 깼다.

— 그게 지나치면 수령들의 불만이 마구 커져갈 터인데…….

— 불만은 항상 전리품에서 생기는 것 아니옵니까? 지금처럼 카간께서 전리품의 분배를 공정하게 하시면 일단 그들이 명분을 세울 수 없을 줄 압니다.

— 그야 물론……. 하지만 문제는 전리품만으로 만족들 하겠는가 하는 것이오.

카간은 뇌까리듯 말을 이었다.

― 나라의 대계를 위해선 공(功)을 오직 전쟁터에서만 다투어야 할 터인데…….

― 탐욕스런 자들의 불평은 끝이 없는 법입니다. 강한 뵈리(카간의 친위대, 원뜻은 이리)가 있어야만 정작 이들을 통제하고 엄단할 수 있지 않겠사옵니까?

― 우리의 뵈리는 어떻다고 생각하오?

카간의 심기가 편치 않아 보였다. 카간이 이어 물었다.

― 아직은 그만한 힘이 없으니 어찌하겠소?

톤유쿠크는 영민한 눈을 반짝거리며 말했다.

― 무릇 초원의 영웅들은, 주군을 위해서라면 남자의 고통은 하나라며, 찬 이슬을 먹고 광야에서 독수리의 밥이 되는 것도 두려워하지 않는, 목숨을 초개처럼 내던지는 이리들을 데리고 대업을 이루었다고 들었습니다. 이들은 영웅을 따라 어디든 갑니다. 긴 것의 끝, 깊은 곳의 바닥까지, 떠오르는 태양에서 지는 해까지 달려들고 정복합니다. 이것이 우리 초원의 뵈리(이리)이옵니다.

그의 열정에 찬 말은 계속되었다.

― 신은, 비록 적이지만 타브가치의 여황제가 중국 천하를 어떻게 바꾸는가를 보아왔습니다. 무는 과거(科擧)라는 것을 통해 천자의 분신을 만들어내고, 그들에게 힘을 주어서 썩은 것을 모조리 도려내고 있사옵니다.

그는 말하면서 자신의 속마음을 읽고 있는 카간의 뜨거운 눈길을 느꼈다.

― 신은 바로 이것이라고 생각합니다. 어떻게 하면 강한 뵈리를 만들

수 있을까? 타브가치의 과거(科擧)와 같은 것이 우리에겐 무엇일까? 신은 밤낮으로 생각해보았습니다. 결론은 뵈리를 뽑는 방법과 어떻게 처우하느냐는 것이었사옵니다.

카간의 얼굴은 물이 다 빠져나간 갯벌처럼 속내가 속속들이 드러나 있었다. 꺼림칙했던 것, 속으로만 삭혔던 것, 분노했던 것, 안타까워했던 것, 척결하고 싶었던 것, 이루고 싶었던 것……. 그는 신하에게 간언을 듣기보다는 동무에게 조언을 듣는 마음이었다.

톤유쿠크는 계속했다.

— 그건 지금보다 훨씬 폭넓게 신분이나 씨족을 전혀 문제 삼지 말고, 누구든 카사르 개처럼 충성심 있고, 입 가득히 기개가 서려 있고, 재주가 참으로 비상한 자들을 골라서 그들의 헌신과 재능을 마음껏 펼치도록, 그렇게 해야만 하옵니다. 뿐만 아니라 이들을 튀멘(萬戶長)보다도 더 큰 권한을 주어 우대하면서, 백성들이 가장 부러워하고 또 가장 되고 싶어하는 그러한 집단이 되도록 만들어야 합니다.

튀멘은 십진 편제에 따른 유목민의 행정·군사 조직의 최대 단위였다. 그 휘하에 천호·백호·십호장 따위의 족장들이 있었는데, 이들은 세금 징수나 병사의 차출 같은 실질적인 권력을 행사하는 세력가들이었다. (萬을 뜻하는 튀멘은, 원래는 '활 잘 쏘는 사람'이라는 고대 몽골어로, 고구려어 '주몽'과 같은 어원이라 한다.)

— 흠, 참으로 생각을 깊이 한 것 같소.

카간이 고무된 마음을 억누르려는 듯 긴 신음을 흘리며 아주 느릿느릿하게 똑같은 말을 되풀이했다.

— 하지만 서둘러서는 안 되오. ……음, 서둘러서는 아니 되오.

— 하오나, 때로 말하면 지금은 아침이니 서서히 큰일을 도모할 시기

라고 보옵니다.

　— 보다시피 족장들의 세력이 대단히 강력하지 않소? 지금은 오히려 적절히 무마하는 게 필요하오.

　— 지당하신 분부이옵니다. 다만 준비만큼은 늦추어선 안 되겠기에 드리는 소견이옵니다.

　— 어떻게 준비를 해야 하겠소?

　— 대법(大法)을 세우는 게 시급할 줄 아옵니다.

　— 대법이라…….

　— 초원에서는 사람과 가축보다 더 귀한 것이 없습니다. 나머지는 방편에 불과합니다. 이것이 뱃속부터 배우고 태어나는 우리 초원의 대법이 아니옵니까? 이들을 업신여기고 살상과 약탈을 일삼으면 반드시 하늘이 재앙을 내립니다. 족장들 중에 탐학하고 무도한 자들을 처단하고 제압하지 못하면, 텡그리의 진노로 나라가 없어져버릴 것이옵니다. 백성들의 이 뿌리 깊은 신앙 위에서 대법을 하늘까지 곧추 닿도록 세우고, 이 대법에 의해서 다스리시어야 퀵 튀르크가 영원할 것이라 믿사옵니다.

　— 오호, 고맙소. 오늘 그대의 충심 어린 간언은 닫혀 있던 나의 눈과 귀를 환히 열어주었소.

　카간의 눈가는 초원의 푸른 풀들이 쏴악쏴악 물결치고 있는 것처럼 보였다.

　— 허나 이 문제는 그대도 잘 알다시피 시간을 두고 참으로 극비리에 논할 일이 아니겠소? 오늘은 이쯤 해두는 게 좋겠구려…….

　두 사람은 이 일을 섣불리 건드렸을 경우에 어떤 사태로 번져갈지 누구보다도 잘 알고 있었다. 물론 국가의 붕괴로까지도 이어질 수 있는, 불꾸러미를 가지고 마른 풀숲에 들어가는 사안이었다. 또다시 깊은 침묵의 강이 흘렀다.

그리고 나서 이야기는 자연스레 현안 문제로 옮겨갔다.

— 온 오크에 대한 공격은 언제쯤이 좋겠소?

— 지금부터 준비하면 명년 초 겨울이 적기라고 사료되옵니다.

카간이 물었다.

— 타브가치가 벌써 우리를 치러 선발대를 출발시켰다면서?

— 신의 소견으로는 무시해도 좋을 듯싶습니다.

카간은 순간 머쓱했다.

— 으흠, 왜 그렇소?

— 그들이 여름에 출군(出軍)하는 건 전쟁할 의사가 없는 걸로 보입
니다.

유목민들은 특히 하기(夏期)에 전투력이 가장 강했기 때문이다.

— 단순히 그렇게만 볼 일은 아니지 않소?

— 사실 이번 일은 확연히 짐작되는 바가 있사옵니다.

— 말씀해보시오.

— 카간께 아뢰온 대로, 타브가치의 대규모 군대가 열사흘 전 티벳군
을 치러 안서에 파병되었습니다. 이것만으로도 당은 무리한 출군이옵
니다.

당시 당제국이 가장 치중한 대외정책은 티벳에게 빼앗긴 안서 4진(비
단길 상의 주요 오아씨스 국가인 쿠차 · 카쉬가르 · 호탄 · 수이얍)을 회복하는
일이었다.

톤유쿠크의 말이 계속되었다.

— 그런 까닭에 지금 우리가 타브가치를 치면 백전백승할 것이옵니
다. 감히 아뢰옵거니와, 신의 소견으로는 그들이 어쩔 수 없어서 수비를

위한 공격을 해오는 게 아닌가 하옵니다.

— 수비를 위한 공격이라…….

카간이 머리를 주억거렸다.

— 네. 적은 결코 백도(白道)를 넘지 않을 것이며, 아마도 하투(河套)에서 군세를 잠시 과시하다 말고 퇴각할 것으로, 그리 사료되옵니다.

지난날 튀르크인들이 나라를 잃고 강제 이주된 곳이 바로 황하의 물줄기가 투구 모양으로 꺾이는 이 '하투' 지역이었다. 백도는, 이곳의 북쪽에 병풍처럼 가로막고 있는 거대한 음산산맥을 남북으로 관통하는 유일한 두 개의 통로 중 하나였다. (다른 한 통로는 中道라 했는데, 장안과 연결되는 직선 도로로서 진시황 때에는 흉노 정벌에 사용되어 진직도秦直道라 불렸고, 당태종 때에는 막북의 튀르크를 지배하기 위한 최단 도로로서 참천카간도參天可汗道라 불렸다.) 그리고 바로 이 지역에 튀르크가 독립전쟁을 일으킨 카라쿰(黑沙) 성이 위치해 있었는데, 이곳은 이 년 전 도읍을 외튀켄으로 옮길 때까지 그들의 수도였다.

— 흐음, 하지만 우리가 그곳을 방치한다면, 성지를 내팽개쳤다는 비난을 어떻게 감당하겠소?

카간은 힘든 말을 하면서도 표정은 대조적으로 평안했다.

— 아니, 그보다도 만약 잘못되었을 땐 나라의 앞 대문을 활짝 열어준 꼴이 될 터인데, 부러 이런 위험한 일을 할 필요가 무에 있겠소?

— 아뢰옵기 황공하오나, 지금 정작 우리한테 필요한 건 정상적인 무역이나 공납 따위인 까닭에…….

톤유쿠크는, 예측에는 항상 많은 위험이 따르는 것이어서 자신이 하는 말에 상당한 부담을 느끼고 있었다. 그는 한 차례 숨을 갈아쉬며 말했다.

— 신은, 이젠 어쨌든 타브가치와는 전쟁이 아니라 화친을 해야 할 때
라는 소견이옵니다. 일전에 카간께서도 언명이 계셨듯이, 우리가 이미
나라를 부흥시킨 이상 전쟁은 화친의 수단에 불과할 뿐입니다. 적이 약
할 땐 목을 죄어가면서 협상을 하는 것이라 하는데, 카간께서 통철하시
고 계신 바처럼 실상 타브가치는 겉보기와는 전연 다릅니다. 지금 타브
가치가 전쟁에 연일 패하는 것은 결코 그들의 힘이 약해졌기 때문이 아
니옵니다.

카간은 본질을 꿰뚫어보는 톤유쿠크의 탁월한 식견에 이미 오래 전부
터 마음속 깊이 감복하고 있었다. (톤유쿠크의 '톤'은 시초란 뜻의 원
元, '유쿠크'는 귀중하다는 뜻의 진珍, 그리하여 중국에선 원진이라 불
리기도 했다고 한다. 이 책 '쿰탄의 서시' 참조.)

— 계속하시오.

그건 알고 있다는 뜻이었다.

— 화친을 하려면 먼저 적들한테 싸울 의사가 없음을 보여주는 게 선
결할 일이 아닌가 하옵니다.

— 지당한 말이오.

카간이 이어 말했다.

— 화친이 이루어지면 우선 교역부터 활발해지겠지…….

— 그러하옵니다.

— 하긴 일거이득일 수 있겠소.

— 잘 하면 일거삼득도 될 수 있사옵니다.

— 흐음, 가만 보니 비상한 계책일 듯싶소.

사실 튀르크의 가장 큰 관심은 동서무역의 중계를 통한 최대한의 상
리(商利)를 확보하는 데 있었다. 첫째는 온 오크를 정벌하여 소그드 국

가들을 직접 보호함으로써 서방교역의 이익을 급증시키고, 둘째는 중국과 화친을 통해 공납이나 교역을 확대하고, 셋째는 하투 지역에 상설 호시(互市 : 국경지대의 교역시장)를 설치하는 것이었다.

— 황공하옵니다. 이번에 무대응으로 나가는 작전이 설령 소기의 성과를 보지 못하더라도 최소한 우리쪽의 피해는 극소할 것으로 사료되옵니다.

카간은 웃는 둥 마는 둥 하며 물었다.

— 싸울 상대가 없는 무인지경이면 그 중놈(설회의)도 배울 게 있지 않겠소?

— 된 중이라면, 지금은 욕심을 부릴 때가 아니라는 걸 알겠지요.

두 사람은 한숨 돌린 기분이었다.

— 그래, 타브가치가 전과 달리 전쟁에서 고전하는 것은 필시 이웃나라들이 몰라보게 달라졌기…… 아니, 강해졌기 때문이 아니겠소?

— 신이 보기에도 자업자득입니다. 타브가치에 침략당한 모든 나라들이 이젠 이이제이가 너나없이 모두를 다 죽이는 가장 악랄한 기미(羈縻) 술책이란 걸 깨닫게 된 거지요.

기미란, 중국이 주변 나라들에 대해 이른바 오랑캐 땅은 오랑캐가 다스리게 하되 마소에 굴레를 씌우듯 각국의 추장들의 고삐를 황제가 잡고서 교묘히 조종하는 유서 깊은 제국의 식민지 경영 전략이었는데, 당대(唐代)에는 안동·안서·안북 따위의 6도호부 체계로 운영되었다.

— 흠, 결국 타브가치의 기미 지배를 받고 죽을 지경이 돼서야…… 아니야, 죽은 뒤에서야 다시들 새롭게 깨어난 것이지…….

카간은 긴 신음을 흘리며 씁쓸한 미소를 지었다. 이때,

— 저어…….

하며 톤유쿠크가 평소의 그답지 않게 무슨 말인가 할 듯 말 듯 주뼛거리는 걸 보고 카간은 무척 놀랐다.

— 왜 그러오……?

거듭 묻는다.

— 무슨 할 말이 있소?

— 네. 사실은…….

— 어서 말해보시오.

— 제가 우리…….

톤유쿠크는 머뭇거리면서 말했다.

— 문자를 고안해보았사옵니다.

— 뭐, 뭐라구?

— 아직은 시험단계이옵니다.

— 아니, 어서 다시 말해보오.

— 우리 튀르크 문자를…… 만들었사옵니다.

-- 오호…….

카간은 말을 더 잇지 못했다. 이어 톤유쿠크는 타브가치의 이간질에 더 이상 농락당하지 않고, 동족이 동족을 죽이는 치욕의 역사에 종지부를 찍기 위해서는 '모든 튀르크인은 하나'라는 의식을 공유할 튀르크인들의 문자가 절실히 필요해서였다고 말했다.

— 그런데 왜 여태 말 한 마디 없었소?

카간의 떨리는 목소리가 혼자말처럼 이어졌다.

— 그래, 우리가 지금까지 소그드인의 글자를 빌어다 쓴 것도 부끄러운 일이었지……. 이런 기쁜 일이 있나. 이 사실을 푸른 돌에 새기어 영원히 남기도록 할 것이오. 푸른 돌에…….

― 황공하옵니다. 하오나 이 일은 큰 자랑이 아닌 줄 아옵니다. 티벳
사람들도 벌써부터 제 문자를 쓰기 시작했고, 뵈클리도…….

카간은 급히 말을 가로막았다.

― 무슨 겸손의 말씀을.

카간의 불콰한 얼굴 속에는 수액 같은 흰 희열이 오르락내리락 흐르
고 있었다.

― 자, 아무튼 하루라도 빨리 보고 싶소.

― 네. 곧…….

톤유쿠크가 머뭇거리다 말을 이었다.

― 내일이면 보여드릴 수 있을 것 같사옵니다.

― 호, 대단하오…… 대단해. 전쟁의 와중에서 언제 그런 일을…….

두 사람은 가슴 위로부터 풀무로 불길이 치올려지듯 정수리 꼭대기까
지 뜨거운 열기로 들떠 있었다. 톤유쿠크가 먼저 깨어나오려 애를 쓰며
말했다.

― 뵈클리와의 국경 문제는 한사코 미룰 수만은 없을 것 같사옵니다.

카간은 별 생각없이 고개만 끄덕였다. 이 순간, 이 가슴 벅찬 충격을
아무런 방해없이 고스란히 간직하고 싶은 그런 열망 속에 카간 자신은
흠씬 젖어 있었다.

홍안령의 매

태고에 검은 산들이
꿈틀거리며
초원의 광야 위로
암곰의 등골뼈처럼
연이어 수천 리를 내리벋은
대흥안령
구름 안개 자욱이 찬
멧줄기와 골마다
하늘을 가린 원시림이
누만대를 두고
뭇 생명을 잉태시켜온 여신의 자궁
아득히 먼 옛날
인류가 신으로 믿었던
아침의 해를 향해
거대한 종족 이동의 파도가
몇 차례나 지나간 후
이곳은

언젠가부터
사람의 무리가
곰과 호랑이 속에 섞여 살면서
아직 선사(先史)의 암흑에
깊이 잠겨 있었다
그러나 어둠이 서서히 역사의 빛에
장막을 벗기우고
빛나는 눈강(嫩江)을 따라
마침내 새로운 시대가 열리는 순간
산맥의 허리를 가르며 흐르는
시르비 강(지금의 綽爾河)에는
일찍이 고구려의 철(鐵)과 함께
동방에서 찾아온 문명의 새 빛이 있었다
훗날에
칭기스칸의 황금 가계가
혹은 시베리아란 말이
이들 시르비족(室韋族)에서 나왔다고
인구에 회자되기도 한
그러나
되돌릴 수 없는 역사의 수레바퀴는
서력 668년을
고구려 멸망의 연대로 기록하였으니
우리의 겨레가 고국을 떠나 이곳에 온 지도
어언 이십여 성상이 흐른 터였다

예전에 원주민은
"튀르크는 잔악한 침략자다
창칼로
우리의 아들과 딸
기름진 것과 값진 물건을
해마다 수없이 빼앗아갔다
하지만
솔쿠루(고구려의 원명)는
침략자와 싸워 이길
쇠붙이
가래나 삽을 만들 철을
우리에게 보내주었다"고 말했다
그후
그들은 자기 땅을 찾아온
고구려의 유민을
은혜를 입었으면 이제 갚아야 한다며
진심으로 환대하였다
다시 세월은 흘렀다
흥안령의 산등성이
구름의 바다 위로 신비롭게 떠올랐다
서서히 구름이 걷히고
모습을 드러낸 대붉산(貸勃山)의
어느 멧부리에
빛무리가 서린 허공을

검은 매 한 마리가
유유히 활공하고 있었다
활짝 편 날개는
빛을 뿜어내는 산의 웅자를
온 누리에
알리려는 듯 보였다
천지 사방으로 뻗어나간
생명의 강줄기가
북으로 이민수를 거쳐 홀룬 호(湖)
서로 할힌골을 지나 부이르 호(湖)
동으로 시르비 강을 통해 눈강으로 들어가는
빛의 대붉산
지난날 요동의 땅에
안시의 전설을 남기고
초원의 어둠 속으로
밤 부엉이를 길동무 삼아
떠나왔던 무리들이
여기 대붉산에
다시 안시의 깃발을 올렸다
일어서라, 조국이여!
싸우라, 백성이여!
말하라, 역사여!
하늘도 땅도 산도 강도 바람도 구름도
나무도 풀도 짐승도 새도 물고기도

굴러다니는 돌멩이도
태동하는 부활을 지켜보았다
그후
수많은 도망 유민들이
희망을 찾아
광복을 위해
모여들고 또 모여들었다
시르비족도 보았다
그들은 안시를
솔쿠루의 매(슝코르 〉슝골 〉송골매)라고 불렀다
흥안령의 푸른 하늘은
마침내 고구려의 힘으로 가득 찼고
바야흐로 아시아의 새로운 문명이
꿈틀거리기 시작하였다

1

맴맴맴맴…….
매미 울음소리가 한낮의 씨름판 위를 밀물, 썰물처럼 터져나오는 함
성과 교대하고 있었다.
두 사람이 목을 서로 어긋매끼어 죽을둥살둥 힘을 쓰는데 우끈 불거
진 목줄의 핏대를 타고 비지땀이 줄줄 흘러내렸다. 뙤약볕에 검붉게 그

을린 등판의 근육에선 꿈트럭댈 때마다 핏발이 터져나올 듯이 곤두섰다. 한 장사가 순식간에 상대방의 허리를 와락 끌어당기며 안다리를 거니, 그 장사는 쓰러질 듯 말 듯 하다가 가까스로 발더듬질을 하며 균형을 잡았다.

— 야, 오뚜기구만.

— 끈질기다, 끈질겨.

서로의 허리에 둘러맨 띠를 움켜쥐고, 두 장사는 틈을 엿보며 이리저리 힘을 놀려본다. 그러더니 이들은 한동안 동작을 멈추고 숨만 씩씩거리면서 가만히 정지한 채 있었다. 구경꾼들이 조마조마 손에 땀을 쥐었다. 삽시간에 매미소리가 시끄럽게 덮쳤다. 어느 순간,

— 으랏차!

— 와와——

하는 소리와 함께 한 사람이 상대방을 번쩍 들어올렸다. 그런데 땅에 박히려나 싶은 찰나, 되려 상대 장사가 어느 새 어깨 너머로 뒤넘기기를 시도했다. 그러자 그 장사가 가까스로 다시 바깥다리를 걸며 딱 엉겨붙어서는 재반격을 하였다. 두 장사는 온몸을 땀으로 목욕하고 있었다. 그늘에 빙 둘러 숨을 죽이고 구경하는 사람들 속에서 상대편 선수의 기세를 꺾어놓으려는 고함소리들이 맹렬하게 쏟아졌다.

— 시르비 사람들도 이젠 제법이지요?

무리에서 빠져나온 두 사람이 길을 내려가며 말했다.

— 그러게 말입니다. 하는 것 좀 보세요.

— 우리 씨름이 이렇게 인기라니……. 허허.

— 그러게 말입니다. 그리고 내 보니 잘 가르칩디다. 양 사범이 대단히 요령이 있어요.

양울력을 두고 한 이야기였다. 사 년 전 장 대인을 수행하고 튀르크의 외튀켄에 다녀온 그 젊은이다.

— 아, 말씀이 나왔으니 말인데, 이번 임무를 맡기는 게 어떻겠습니까?

— 양 사범에게?

— 네.

와와—— 하는 소리가 뒷전에서 들려왔다. 두 사람은 서로 쳐다보며 허허 웃었다.

— 그런데 어떨지…….

— 제 보기론 그 사람 빈틈없이 잘 해낼 겁니다.

묵묵히 고개를 끄덕이는 것으로, 양 대인은 의중을 표현했다. 자신의 조카에 대한 얘기라 매우 조심스러웠던 것이다.

— 생각해보셨소? 화전(和戰)을 함께 쓰는 게……?

양 대인은 묻는 말끝을 흐리며 장 대인을 잠시 쳐다보았다.

— 그러지 않으면 안 되겠드만요.

장 대인이 이어 말했다.

— 그리고 마침 그 말씀을 드리려던 참이었는데…… 그렇다면 양 사범을 어느 쪽으로 파견하실 생각이신지요.

이에 양 대인은 화(和)쪽이 어떻겠느냐고 되물었다. 좋겠다는 장 대인의 대답이었는데, 두 사람은 벌써 산중에 있는 통나무집 앞에 당도했다. 이들은 약속이나 한 듯이 눈을 맞추었다. 먼저 양 대인이 안으로 들어갔다.

이 통나무집이 바로 고구려 임시정부의 본부였다.

최고 의결기관은 중앙 1본부, 지방 4지구의 총 열세 명의 대인들로 구성되어 있는 의회이고, 일 년에 한 차례씩 정기적으로 열렸다. 그리고 중앙정부는 본부에 있는 네 명의 대인에 의해 합의제로 운영되었는데, 양 대인이 그 최고 의장직을 맡고 있었다. 그는 양만춘 장군의 아들로 공식 직함은 대수령이었으나, 사람들은 그를 그냥 친근하게 대인이라고만 불렀다. 어디까지나 그것은 권력 장악이 아직은 매우 미흡하다는 반증이기도 했다.

그리고 거슬러올라가 이곳에 고구려 임시정부가 자리잡게 된 연원은 양만춘 장군이 안시성에서 최후의 항당전쟁을 벌이던 때, 부흥운동마저 완전히 패해 조국이 자취도 없이 사라져버릴 것에 대비해서 자신의 아들 양 대인을 이곳에 보내 임시정부의 터를 잡도록 했던 것이 그 시초였다. 다음으로 요동 땅에서 있었던 '안시의 전설'과 함께 초원을 가로질러온 장 대인과 안 대인 들의 제2파(波)인데, 그중 안 대인은 당시 호송대장의 목에 비수를 들이댔던 그 사내였다(이 책 '어머니의 고마고리와 구름이야기' 참조). 본부의 네 대인 중 남은 한 사람인 왕 대인은, 보장왕이 거사하려던 반당 부흥운동(677년)에 참여했다가 사전에 발각되어 고구려, 말갈민 들과 함께 가장 늦게 들어온 제3파(波)의 유민 물결이었다.

이렇게 하여 홍안령 허리에 우뚝 솟은 대붉산(지금의 太平嶺) 자락의 골골을 타고 대략 호(戶) 2만5천, 병(兵) 5만, 인구 13만여 명의 고구려 유민이 살게 되었다. (이것은 본부가 직접 관할한 대붉산 지역의 현황인데, 지방 4지구에 관한 것은 후술.)

오뉴월 햇살이 무섭게 내리쬐고 있는데도 통나무집은 울창한 나무들이 알맞게 그늘을 만들어 준 덕에 무척 시원하게 보였다. 정문에는 안시, 지금은 솔쿠루의 매라 일컬어지는 송골매의 깃발이 펄럭거리고 있었다.

— 키타이(거란)를 공격해서 간단히 쳐부숴버린다고 칩시다. 그 다음엔 어떡할 겁니까, 바로 중국과 맞닥뜨릴 건데 말이지요.

왕 대인은 다시금 시기상조라는 자신의 주장을 굽히지 않았다.

— 허참, 그게 아니라니까 답답도 하십니다.

장 대인이 좀 볼먹은 소리로 말을 잇는다. 그는 중국이 힘쓸 겨를이 없는 이 틈을 타서, 영주 북방에 붙살이하는 우리 겨레들을 하루 빨리 키타이 놈들 등살에서 구해내야 한다는 거였다.

— ……그래서 난 지금이 적시라고 보는 것입니다.

'적시'라고 말할 때 장 대인은 고리눈을 더욱 부릅떴다.

논쟁하는 걸 들으면서 양 대인은 을천이 보내온 정보를 머릿속에서 이리저리 뒤적여보고 있었다. 을천의 암호는 벋밀(벋은 별, 밀은 셋)이었다.

'중국이 고구려 임시정부를 직접 공략하기 위해 전쟁 준비에 들어갔는데, 대체로 시기는 금년(693년) 말에서 명년 정초, 총지휘관은 말갈 출신 이다조(李多祚)가 될 것이다'는 정보였다.

양 대인으로서는 지금 이것을 공개해서는 안 된다는 것이 가슴아팠고, 그렇기 때문에 쓸데없는 논쟁을 계속해야 한다는 것이 답답했을 뿐만 아니라 결론을 목적지까지 잘 끌어나갈 수 있을지가 심난했다.

— 우리가 그렇다고 키타이를 정복할 의사가 있는 것도 아니지 않습니까?

부러 양 대인은 얼핏 들으면 왕 대인을 두둔하는 듯한 말을 던졌다.

— 맞는 말씀이외다.

마침 안 대인이 말을 받았다.

— 지금은 우리의 힘을 길러야 할 때이니, 아무쪼록 전쟁은 삼가야 한다고 봅니다.

언제나처럼 안 대인의 말투에는 권위가 묻어 있었다.

양 대인은 근 이십 년 넘게 안 대인을 지켜보면서, 지난날 한때의 명성이란 게 참 사람을 잘못되게도 만드는구나, 하는 생각을 해왔다. 안 대인은 임시정부 내에서 가장 막강한 세력을 형성하고 있었다. 임시정부 내의 독립운동 노선은 대략 세 가지로 구분되는데, 그의 세력은 가장 이율배반적인 행태를 보이고 있었다(이에 대해서는 후술). 그래서 양 대인은 을천으로부터 온 극비 정보를 공개하지 못하고 있는 것이다. 가장 '고구려, 고구려'라고 고고히 외치면서도, 사실은 가장 반고구려, 친중국적인 이 사람은 한때의 일시 얻은 명성을 계속 높이고 넓혀나가기 위해서 유민들의 원초적인 감정에만 호소하는 이념을 계속 만들어왔다.

— 내 생각도 그렇소이다. 그렇게 되면 키타이는 끊임없이 우리에게 저항할 것이고 중국은 어부지리를 얻겠지요.

양 대인은 안 대인을 보면서 말을 이었다.

— 허나, 그렇다고 키타이를 저대로 내버려둘 순 없지 않습니까?

계속해서 그는 키타이가 중국의 용병 노릇을 하고 있으니 이걸 놔두면 고구려 부흥운동에 이중의 장애가 될 뿐더러, 특히 걸걸 대인이 요청을 해온 것인만큼 당연히 받아들여야 한다고 했다. 걸걸 대인은 현재 영주 지구의 대인으로 '안시의 전설' 때 사리(지도자)라고 불렸던 걸걸중상이었다(이 책 '어머니의 고마고리와 구름이야기' 참조).

---

* 걸걸(乞乞)이란 성의 유래는 아마도 중세 국어의 거울을 뜻하는 '거우루'에서 찾아야 할 것 같다. 거우루는 '빛'을 뜻하는 솔롱어 게렐(gerel)~게릴(geril) 따

위에서 왔다고 한다. 그런데 이 솔롱족의 칭호는 현 몽골에서 고〔구〕려를 지칭하는 솔롱고스에서 기원했다는 설이 유력하다. 이밖에 고려를 여진어에서 '소고', 만주어로는 '솔호'라 지칭하는 것 및 선학들의 연구를 수용하여 이 책에서는 고구려를 솔쿠루〔리〕로 재구하였다. 더욱이 현 솔룬(索倫)의 위치가 대붉산 근처라는 것도 크게 참고하여 '걸걸'이 빛의 고대어를 한자음으로 표기한 것이 아닐까 억측해보는 바다. 그래서 민족의식이 강한 걸걸중상이 자신의 성을 고구려음으로 지켰을 것이란 생각이며, 그의 아들 대조영이 성을 대씨로 바꾼 것에 대하여는, 이를테면 붉돌의 '달'이 고구려말로 산(山)과 높음(高)을 뜻하는데, 이 '달'이 '달이' 혹은 '다이'로 변하여 중국어의 같은 음, 대(大)로 차용되지 않았을까 하는 것이다. 이는 대조영이 발해라는 새로운 나라를 세움에 있어, 고구려 고씨의 법통을 이으면서도 새 나라 성(國姓)에 적합한 것으로, 임시정부의 본부가 '대붉산(높은 빛의 산)'인 데서, 조상의 성 걸걸을 버리고 '달〉다이(大)' 성을 택하였으리라 보는 바다.

걸걸과 관련하여 또 다른 해석을 해보면, 윷판의 도·개·걸·윷·모가 옛 부여의 사출도에서 나왔는데, 그때 걸은 말(馬)을 뜻한다고 한다. 특히 『삼국사기』 '고구려기' 대무신왕 五년 三월 조에 '신마거루(神馬駏驤)'란 말이 나오는데, 이때 '거루'는 일반적으로 '걸'로서 해석하는 것이기 때문에 걸걸은 말의 뜻을 갖는, 즉 馬씨의 순 고구려어라 볼 수도 있겠다. 그러나 발해 성씨 중에 마씨가 따로 있는 것으로 보아 앞의 설이 더 타당할 듯하다.

— 그럼 대수령님께선 어떻게 하자는 이야기십니까?

왕 대인은 종종 양 대인을 공격할 때에는 그의 공식 직함을 부르곤 했다.

— 허허, 그러니 내 고민인 게요. 왕 대인, 내 말이 혹 두 마리 토끼를 쫓겠다는 의미로 들리시오?

양 대인이 말했다.

— 아니, 왕 대인은 그게 아니라 한 마리도 잡지 말자는 주장이겠지요.

장 대인이 왕 대인의 성미를 툭 건드렸다.

— 네? 허참……. 어떻게 장 대인은 내 속을 그리도 잘 아시오? 언제 들어갔다 나와봤소?

— 뭐 그만한 일로 역정을 다 내시고…….

— 아……아니, 내 말은…….

— 험험. 아, 알겠습니다. 잠시 진정들 하시고……. 자, 안 대인 생각은 어떻습니까?

승강이를 잠재우려는 듯 기침을 두어 번 하고서 양 대인이 물었다.

— 전 그래요. 지금은 시기상조라는 것이지요.

— 그럼 그냥 방치해두자는 건지요.

양 대인이 재차 물었다.

— 아니지요. 물론 최고의 방책이라면 키타이를 우리 편으로 끌어들이는 거지만, 어디 그게 말처럼 쉽겠습니까?

안 대인의 대답이었다. 이때를 놓치지 않고 장 대인이 불쑥 끼어들었다.

— 맞습니다. 바로 그겁니다.

안 대인이 잠시 움찔했다.

— 허허. 거 오랜만에 장 대인께서 맘에 드는 말씀 한 번 하시는구만요.

왕 대인이 대꾸했다. 그는 안 대인의 수족처럼 움직이는 사람인데, 그만 멋모르고 덜렁 한 마디한 게 양 대인의 수에 걸려들었다.

— 네, 그렇지요. 안 대인 말씀대로 그 방법을 찾아봐야 합니다. 그 길밖에 없으니까요.

양 대인은 왕 대인의 말에 이렇게 한 마디 슬쩍 얹혀서 기정 사실화시켰다. 이에 왕 대인이 저도 모르는 소리를 주절댔다.

— 그러니까 제 생각에도 가능한 적당히 혼만 내주고 어떻게든 달래서 우리 편으로 만들 수 있으면 그게 좋을 텐데…….

이 하기 좋고 듣기 좋은 소리에는 어느 쪽이든 이론이 있을 수 없었다. 문제는 어떻게라는 것이었는데, 양 대인이 그 구체적인 내용을 제안했다. 그러자 안 대인이 다시 반대하고 나섰다.

— 양 대인의 말씀은 어느 모로 보나 지당합니다만 글쎄……, 어차피 전투를 하면 사상자가 나오게 마련이고, 그러면 자연히 양쪽 모두 적대 감정이 불 보듯 끓어오를 텐데, 그러니까 거기다 대고 한 편에서 화친을 추진한다는 게 아무래도…….

이론이야 좋지만 잘못하다간 죽도 밥도 안 되지 않겠느냐는 반론이었다.

— 내 그래서 더욱 하는 말이에요. 전쟁에서 적국이라도 양민을 무고히 죽이거나 약탈해서는 안 된다는 것이오. 자, 봅시다…….

이어서 양 대인은 아무리 전쟁이 힘들더라도 또 탁상공론처럼 보이더라도 절대로 전쟁의 목적을 간과해서는 안 된다, 우리의 목적을 다시 한번 생각해주기 바란다, 사실 키타이는 언제라도 우리와 힘을 합칠 수 있다, 그들도 중국의 기미(羈縻)에서 벗어나려는 속마음이 강렬하지 않겠느냐, 문제는 그들이 우리와 힘을 합치고, 튀르크와 힘을 합쳐 기미에서 벗어날 그 가능성을 보느냐는 거다, 당장은 아니라도……, 그러니 협상의 길은 충분히 열려 있다, 그렇다고 현 실정이 전쟁을 하지 않고는 안 되니 …… 이러이렇게 하자고 했다.

이어지는 안 대인의 반론은 그러나 내전도 아닌데 그 효과가 얼마나 있을 것이며, 빼앗지 않고서 현실적으로 군비를 증강할 수 있겠는지, 또 병사들의 사기에도 적잖은 문제가 생길 게 우려된다는 것이었다.

이에 다시 장 대인의 반론이 시작되고, 그뒤로도 여러 얘기들이 오고
갔다.

어지러운 말발굽 소리가 땅거죽을 마구 두들기며 지나갔다. 모자에
깃털을 단 솔쿠리의 군단은 돌론노르(多倫)에 당도했다. 초원의 풀 위
에는 어느새 땅거미가 드리우기 시작했다.

— 음, 여기가 좋겠어.

젊은 대장은 달리는 말을 멈추고 풀숲으로 파고드는 강물을 보면서
중얼거렸다.

— 부관, 어떤가?

— 야영하기엔 안성마춤입니다.

— 좋아.

젊은 대장 하달탄이 고개를 끄덕이자, 그 즉시 부관은 명령을 내렸다.
까마귀들이 집을 찾아 날아가는 게 보였다. 목을 축이는 군마(軍馬)
들 뒤로 타는 황혼이 전장의 피를 연상시켰다. 그는 강물에 얼굴을 담궜
다. 팔뚝만한 물고기들이 푸덕거리며 눈앞을 지나다닌다.

푸후——

뱃속까지 시원했다. 머리를 휘휘 내두르니 물방울들이 땀에 절은 몸
통 속으로 주르륵 타고 들어갔다.

— 잘 해야 해.

강둑 풀숲에 털석 주저앉으면서 큼지막한 두 손으로 얼굴을 씻어내렸
다. 그는 지금까지 모두 여섯 번의 전투에 참여했지만 총지휘관이 되기
는 이번이 처음이었다. 직책이 부관(副官)이었고, 튀르크와 연합한 부

대였기 때문에 큰 부담없이 전투에 임해왔다. 그러나 지금은 경우가 완전히 다르다.

떠나오기 전, 양 대인은 그에게 이렇게 말했다.

— 우리에게 원수를 사는 일이 없게 하라.

하달탄은 생각에 잠겼다. 참 까다로운 임무임에 틀림없었다. 협상을 위한 전투라는 개념은 아직 그에게 생소했다.

— 양 대인님, 전쟁을 하면서 원수를 지지 않게 한다는 게 있을 수 있는 일입니까?

그가 대인에게 물었다.

— 도발하지 말고, 도발에 끌려들지 않도록…….

— 우리가 전쟁을 시작하는 건 어떤 목적에서입니까?

— 협상이 목적이라는 걸 보여주기 위해서 양울력 장군이 이미 키타이의 오르다(아정 牙庭)로 떠났느니라.

— 만약 실패하면 어찌 됩니까?

— 누가. 그대이냐, 양울력 장군이냐?

— 양 장군이…….

— 그건 그대 하기에 달렸다.

양 대인이 이어 말했다.

— 허나 그대의 실패 또한 그대의 손에 달렸다.

이런 말들이 하달탄의 머리를 매우 혼란스럽게 만들었다.

양울력의 얼굴이 떠올랐다. 그는 하달탄의 둘도 없는 친구다. 서글서글하고 누구라도 첫눈에 호감을 갖는 인상이다. 잘 해낼 거야, 그 친구는…….

하달탄은 얼굴에 묻은 물방울이 금세 다 말라버리는 걸 느끼며 몸을

발딱 앞으로 굽혀 두 팔로 땅바닥을 짚고 저문 빛 속에 남실대는 강물을
응시하였다.

어떻게 싸울 것인가? 적들은 우리의 움직임을 어디서 보고 있을까?
울력이는 지금쯤 키타이의 오르다에 있겠지. 협상은 잘 진행되었는
지······.

아니, 저게 뭐야. 석양 속에서 말 한 필이 풀숲을 헤치고 질주해오고
있었다. 하달탄은 서서히 몸을 일으켜세웠다.

뒤에서 인기척이 났다. 부관이었다. 힐끗 한 번 보고는 하달탄은 다시
아무 말 없이 앞만 바라보았다. 흑갈색 말은 강 앞에까지 와서 멈추어
섰다.

— 너는 누구냐?

부관이 소리질렀다.

— 뵙고 말씀드리겠습니다.

고구려말이다. 하달탄이 고개를 끄덕했다.

— 좋아. 건너와.

부관이 팔을 흔들어댔다. 말 탄 사나이가 얕은 곳을 찾아 철벅철벅 강
물을 건너왔다.

— 하 장군님을 뵈러왔습니다.

— 어디서 왔나?

부관이 물었다.

— 하 장군님께만 말씀드려야 합니다.

— 내가 하 장군이오. 따라오시오.

하달탄이 그 사나이를 자신의 막사로 데리고 들어갔다. 부관이 막사
안에 등불을 켜놓고 나갔다.

— 말해보시오.

— 저는 키타이 오르다에서 왔습니다.

— 으흠.

하달탄이 길게 신음을 뱉었다. 그 사이 불청객은 품에서 손바닥 반만
한 부절(符節 : 서로 쪼개진 조각을 맞추어 상대를 확인하는 물건)을 꺼내어
하달탄에게 주었다.

— 맞소.

하달탄도 부절을 꺼내 맞춰보며 그를 재촉했다.

— 어서…….

— 네. 이것입니다.

길이 한 자, 폭 두 치 가량의 도톰한 나무지갑 같은 것이었다. 하달탄
이 그 물건의 한가운데 점토로 봉인(새 모양)된 부분을 뜯어내자, 이것
을 통째로 묶고 있는 세 줄의 끈 매듭이 나타났다. 그는 끈을 풀고 나무
필통 뚜껑처럼 꼭 끼워져 있는 덮개를 떼어내서 그 속과 덮개의 바닥에
쓰여 있는 글을 읽어내려갔다.

하달탄의 눈이 빛나기 시작했다.

— 알겠소.

— 저는 이만 가보겠습니다.

— 우리도 식사를 할 건데 요기라도 하고 가시오.

— 아닙니다. 그럼…….

인사를 꾸벅하고, 그는 막사를 나섰다.

돌론노르는 키와 키타이의 경계에 있는 땅으로, 고구려 유민들 백여
호가 여기저기 흩어져 살고 있었다. 이곳은 발해만으로 흘러드는 난하

(灤河)의 최상류에 있는데, 아무도 거들떠보지 않는 버려진 땅이었다. 그렇기 때문에 자연히 고구려 유민들은 여기서 다리강가(達里甘夏)에 이르는 천여 리의 초원에 수없이 흩어져 살게 되었다.

따라서 고구려 임시정부로서는 이 돌론노르가 대단히 중요했다. 키와 키타이에 옮살이하여 사는 고구려인들뿐 아니라 그 북방에 산거(散居)한 유민들을 보호하기 위해서, 그리고 유사시에는 영주로까지 직격할 수 있는 매우 좋은 군사 전략적 위치였다. 임시정부에서는 이곳에 돌론노르 지구를 만들고 있는 중이었다.

이 기막힌 정보를 보낸 내간(內間 : 적국의 요직에 있는 간첩)이 누굴까 하는 게 하달탄의 머리를 떠나지 않고 있었다. 정보는, 적이 시라무렌의 수원지(水源地)에서 대기하고 있다는 것, 군사는 삼백 기(騎) 정도라는 것, 양 장군은 협상에 난항을 겪고 있다는 것들이 요지였다.

그는 거문고를 가지고 밖으로 나왔다. 머릿속이 복잡할 때면 거문고를 뜯는 게 습관이었다. 사위는 어둠에 잠겼고, 출렁거리는 강물 소리가 풀벌레 소리와 합창하며 유난히 크게 들려왔다.

어둠 묻은 풀밭 위로 흐르는 거문고 소리는 몹시 긴박하고 아리고 안타까웠다. 디딩디딩…… 도발하지 말고 도발에 끌려들지 않도록…… 그럼 기습은 어떤가? …… 희생을 최소화하려면 적을 단번에 제압해야 하는데, 맥을 눌러야 한다, 그렇다면 놈들의 맥이 어딜까? ……디디딩디딩……디딩디디딩…… 맥은 아마도…… 그래, 그거야.

하달탄은 벌떡 일어섰다. 그는 곧장 막사로 가서 부관에게 장관(將官)들을 빨리 불러오라고 일렀다. 부장(副將) 두 명과 막료 세 명이 좌정한 가운데 작전회의를 시작했다. 그는 기왕의 계획을 수정해야 한다고 한 후, 새로이 작전을 짰다.

달이 중천에 오른 즉시 척후대가 출발하고, 뒤이어 본대는 둘로 갈라져 적의 좌우를 공격하되 좌측면을 공격하는 부대는 계속 적의 후면 방향으로 나아가면서 후퇴하는 식으로 적을 유인하고…….

하 장군은 생각보다 날랜 적군의 움직임을 보고 가슴이 철렁했다. 아군은 독 안에 든 쥐가 된 셈이었다. 만일 정보가 없었다면 참패를 면치못할 판이었다. 하 장군은 즉각 군대를 정지시키고 방어 태세를 갖추었다. 이번에는 고구려군이 풀숲에 말을 눕히고, 일각일각 적들이 좁혀오는 포위망 속에서 하 장군이 가리킨 오직 한 곳만을 향해 화살을 퍼부어 댔다. 그러더니 하 장군은 번개처럼 풀숲에서 말을 탄 채로 벌떡 일어나 기병들을 데리고 전속력으로 진격해갔다. 원래 포위라는 게 넓으면 넓을수록 포위망의 한곳 한곳은 취약할 수밖에 없는 법이었다.

그런데 절묘하게도 이와 때를 같이하여 좌우에서 우군이 함성을 질러대며 나타나 적군의 양 옆구리를 협공해 들어갔다. 적들의 포위망에는 순식간에 교란이 생겼다. 하 장군이 이끄는 부대는 어느 새 적군을 적진 안에서 공격해 들어가는 특공대로 표변한 셈이 되었다. 예기치 않은 사태에 당황한 적진은 좀먹은 끈처럼 쉽게 끊어져버리고 말았다. 이제 토막난 적군은 사령탑을 잃고 아수라장이 되어 앞뒤 없이 창칼을 휘둘러댈 뿐이었다.

바로 이때 좌측면에서 공격하던 고구려 군사가 갑자기 후퇴를 시작하였다. 정신없던 적군은 생각해볼 겨를도 없이 바로 그들을 추격하였다. 쫓고 쫓기고……. 그러나 의도된 후퇴는 결정적인 반격의 기회를 시시각각 노리고 있었다. 그들을 계획대로 유인하고 있던 고구려군은 점점 우회하여 적장의 본대를 후미에서 곧장 쳐들어가는 형국을 만들어냈다. 하 장군의 공격을 받고 있던 적장의 부대는 바로 뒤에서 치고 들어오는 또 다른 고구려병의 급습을 받고 추풍낙엽처럼 쓰러져갔다. 그러나 바로 이때 고구려 군사는 공격을 멈추고 네 방향으로 쏜살같이 갈라지며 물러났다. 결국 쫓아오던 적병들은 어이없게도 본대의 자기 우군과 마구 뒤섞이면서 혼란스러워졌다. 순식간에 고구려 군사가 이들을 빙 에워쌌다. 하 장군이 고함을 질렀다.

— 항복하라!

— 무슨 소리냐? 당치도 않은 말이다.

— 우리는 결코 너희들의 목숨을 원치 않는다. 뿐만 아니라 어떠한 피해도 입히지 않을 것임을 약속하겠다.

— 그렇다면 무엇 때문에 우리를 침략하느냐?

— 이것은 침략이 아니다. 너희들이 우리 고구려 유민들을 학대하여 못 살게 하고, 중국에 붙어먹으면서 우리를 자주 침범하기 때문이다. 항복하지 않으면 너희들을 전원 몰살시키겠다. 그러나 만일 너희가 항복하면 이대로 돌려보내겠다. 하지만 그전에 약속할 게 하나 있다.

적장은 말이 없었다.

— 즉시 너희 군장에게 가서 우리가 여기에 온 목적을 전하는 것이다. 할 수 있겠느냐?

— 그것이 무엇이냐?

— 우리 솔쿠리군은 너희를 침략하기 위해서가 아니라 너희들과 힘을 합해 타브가치에 대항하기를 바라니, 더 이상 우리 유민을 학대하지 말고 화친에 응하라는 것이다.

적장은 또다시 말이 없었다. 아마도 결심할 시간이 필요한 모양이었다.

― 이제 마지막으로 묻겠다. 할 수 있겠느냐?

정적이 흘렀다. 마침내 적장이 쉰 목소리로 소리쳤다.

― 그렇게 하겠다!

이렇게 하여 그들은 되돌아갔다.

키타이(거란)의 군장이자, 송막도독부(松漠都督府) 도독인 이진충(李盡忠)은 대단히 야심에 찬 사나이였다.

그는 본디 거란 10부 연맹 중 실활부(失活部) 출신으로, 그가 세습 군장이 된 것은 그의 조부 때의 일로 거슬러올라간다. 그러니까 당태종이 고구려를 침공할 때였다. 그의 조부 이굴가(李窟哥)는 거란의 모든 추장들을 동원하여 당군의 선봉대로 진군케 하는 데 지대한 역할을 했으며, 태종의 귀환길에는 영주까지 직접 배알하여 당에 귀속과 충성을 맹세하였다. 때는 정관 22년(648년)이었다.

그 결과 거란 땅에 당의 괴뢰정권인 송막도독부가 들어서고, 이굴가는 도독에 임명되었다. 더욱이 그 직위를 세습하게 되었고, 당의 국성(國姓)인 이씨 성까지 하사받게 되자 그 영광에 감복하여 스스로를 타키가(황제의 수레를 모시어 좇는 호종자란 뜻의 키타이어, 중국에선 대하大賀로 씀)씨라 불렀다.

그러나 무릇 세상의 법은 그렇게 간단치가 않았다. 자기 집단을 자존(自存)치 않고 오직 힘센 자한테 빌붙어 제 살 궁리만 챙기는 그런 수령을 믿고 따를 백성은 없었다. 그 반발은 658년 6월 고구려의 적봉진(赤烽鎭)을 공략하는 전투에서 극에 달했다. 당의 장수 설인귀가 키타이(거란)와 키(해)의 전력을 앞장 세워 고구려에 힘겹게 전승을 거뒀으면서도 그들의 전리품까지 빼앗아간데다, 더욱이 뒤이어 반격에 나선 삼만여 고구려군(대장 두방루豆方婁가 인솔) 앞에 그들을 화살받이로 내몰아 거의 전멸 상태에 빠지게 했던 사건이 발생했다.

마침내 분노를 참지 못한 족장과 백성들은 이굴가를 단번에 처단하였고, 새로이 아점고(阿卜固)를 군장으로 추대한 데 이어, 이때 키(해奚)도당의 괴뢰정권인 요락도독부의 도독 가도자(可度者)를 죽이고 필제(匹帝)를 군장으로 삼았는 바, 결국 두 나라는 대당 연합전선을 이루어 당에 대항한 거족적인 반란을 일으켰다.

그러나 불행하게도 이들의 반란은 튀르크계 번장(蕃將) 아사덕 추빈(阿史德樞賓)에 의해 진압되었다. 그 결과 아점고는 낙양으로 압송되었고, 필제는 이듬해 처참하게 참수당했다. 당제국은 다시 이굴가의 손자를 거란의 송막 도독에 앉혔는데, 그가 바로 이진충이었다. 그러나 그는 일찍이 조부의 말로와 백성의 분노, 그리고 중국의 이이제이가 무엇인지를 보았다. 그의 야망은 독립된 키타이를 건설하는 것이었다. 더욱더 깊숙이 발톱을 숨긴 채……

회담은 벌써 닷새째 계속되었다.

— 군장(君長)이시여, 소인은 감히 기치카간께로 함께 돌아가자고 말씀드리는 것이옵니다.

— 양 장군, 그것은 우리더러 솔쿠리의 영웅을 받들라는 뜻 아니겠는가?

— 아니옵니다. 저희 솔쿠리에서는 기치카간께서 모든 동방세계의 한결같은 영웅이라고 여기고 있기에 드리는 진언이옵니다.

그는 이어 더욱 공손히 말했다.

— 아뢰옵기 황송하오나, 솔쿠리는 타브가치한테서 빼앗긴 나라를 다

시 찾는 것이 유일한 희망이자 목적이오며, 그러한 까닭에 키타이와 긴밀한 협력을 충심으로 원하옵나이다.

군장은 눈초리를 찌푸리며 불편한 심기를 감추려 하지 않았다.

— 허음. 과인은 그대의 그런 소리에 귀가 솔깃할 나이도 아니거니와, 과인이 대당(大唐)의 도독이라는 것쯤은 알고서 이야기해야 되지 않겠는가?

왜 솔쿠리에서 너 같은 젊은이를 보냈느냐는 힐책임과 아울러, 자신한테 반역을 충동질하는 너를 가만히 놔두는 것만으로도 있을 수 없는 일이라는 힐문이었다.

— 군장이시여, 소신(小臣)은 목숨을 초개와 같이 바칠 각오가 되어 있사옵니다.

— 누구를 위해서?

— 키타이와 솔쿠리를 위해서이옵니다.

군장의 입가에 야릇한 미소가 번졌다.

— 자, 그럼 오늘은 이만……

양울력 장군이 오르다를 나간 후, 사관이 급히 들어와 군장에게 전장에서 막 돌아온 장수가 밖에서 대기중에 있다고 아뢰었다.

사흘 후. 다시 키타이군은 모습을 드러냈다. 이들은 오르다(牙庭)의 밀명을 받고 출동한, 돌론노르의 동남쪽으로 약 백오십 여 리 떨어진 부족의 부대였다. 뜨거운 지열로 이글거리는 초원 위를 얼핏 봐도 사오백 기(騎)는 돼 보이는 기병들이 멀리서 광포하게 몰려오고 있었다.

— 드디어 나타났습니다.

보고를 받은 하 장군은 급히 말 위로 올라탔다.

— 흐흠.

하달탄은 밀려오는 적들을 날카롭게 응시하며 들릴락 말락 신음소리를 흘렸다.

— 좋아. 자, 작전 개시!

그는 낮은 목소리로 명령을 내렸다. 부관의 신호와 함께 본대의 오십기(騎)만 놔두고 나머지 백여 기병들은 풀 속에 바싹 몸을 낮춘 채 수개의 소대로 나뉘어 잽싸게 사방으로 흩어졌다. 그리고 이미 이백여 기(騎)는 매복해 있는 상태였다.

빠져나간 기병들이 있던 자리에 일렬 횡대로 기다랗게 줄을 이은 깃발들이 펄럭펄럭 휘날리고 있었다.

— 산개(散開).

하 장군의 말이 떨어지기가 무섭게 본대의 기병들이 사람 없는 깃대로 즉각 산개했다.

— 엎드렷!

기병들은 순식간에 말 탄 채로 말들을 풀숲에 자빠뜨렸다. 이것은 기마전에 있어서 대단히 중요한 전술로 언제라도 용수철처럼 다시 일어나 적의 허를 돌연 급습하는 신출귀몰한 마술(馬術)이었다.

맹렬한 기세로 무섭게 돌진해오던 키타이군은 황급히 말 머리를 낚아채며 우르르 멈추어 섰다. 뿌옇게 이는 자욱한 먼지 속으로 병사들이 혼란스럽게 뒤엉켜들었다. 한순간에 바람처럼 사라져버린 적들 앞에서 그들은 다만 아연할 뿐이었다. 초조함과 긴장이 초원의 풀들 위로 흘러다녔다.

까아악——

까마귀의 울음소리가 전투의 서곡을 알리기라도 하듯 괴기하게 울려퍼졌다. 명적(鳴鏑) 한 대가 날카롭게 울부짖으며 하늘 높이 솟아올랐다. 이때였다. 사방에서 우—— 하는 소리가 키타이군들을 에워쌌다. 그러나 어찌 된 일인지 사람이라고는 그림자도 보이지 않았다.

— 비겁하게 숨어 있지 말고 정정당당하게 나와서 싸워라!

키타이군에서 찌렁찌렁 울리게 고함을 쳤다. 이내 고구려 군사가 맞받아쳤다.

— 너희들은 모두 포위됐으니 항복하라!

허리까지 자란 메마른 풀들 위로 바람은 불길 번지기 좋게 사락사락 불고 있었다.

— 그렇지 않으면 당장 불을 지르겠다.

키타이의 바가투르(수장帥長)가 전혀 예기치 못한 사태 앞에 내심 당황해 결단을 내리지 못하고 부장(副將)의 의견을 물었다.

— 부장의 생각은?

— 다른 선택이 없는 것 같습니다, 바가투르님.

— 항복하라. 이제 마지막 기회다.

고구려 군사는 연이어 항복을 부추기는 말을 했다.

— 너희들이 항복하면 무사히 돌려보내 주겠다.

적장의 귀가 번쩍 띄었다. 하늘을 낮게 날면서 우는 까마귀 울음소리가 그의 마음을 더욱 흔들어놓았다.

— 자, 셋을 셀 동안 결정하라.

이때 그의 부장이 바가투르의 결단을 촉구했다.

— 놈들의 화공(火攻)에 완전히 말려든 것 같습니다. 다른 길이 없겠습니다.

바가투르는 길게 신음을 토해내며, 둘의 숫자가 떨어지자 곧 손을 들고 말았다.

— 좋다. 항복하겠다.

오르다에서 양울력은 군장의 본심을 끄집어내기 위해서 벌써 열흘째 간청하고 있었다. 반면 이진충은 양울력을 반은 사신으로 대하면서 그의 진심을 예리하게 점검해보고, 반은 인질로 삼고 있었다.

— 우리의 강에는 물고기가 더없이 풍족하지. 그것은 해와 달이 우리 키타이 백성을 축복하기 때문이오.

이진충은 이어 말했다.

— 부모가 돌아가시면, 우리 풍속으로 그분이 겨울에는 해를 향해 음식을 드시고 여름엔 달을 향해 드시라고 빌지. 그러면 사냥할 때 더 많은 산돼지와 사슴을 잡도록 해주시니까…….

— 소신(小臣)은 그것이 조상의…….

— 잠깐, 과인의 말을 마저 들으시오.

— 아, 네. 황송하옵니다.

— 허허, 나는 조상이 없어요. 왜냐하면…….

그는 지극히 자조 섞인 웃음을 지었다. 어느 새 그의 말은 과인이 나로 바뀌고 있었다.

— 내 성은 본래 사라못(암소, 한자로는 審密)이오. 이씨는 타브가치가 하사한 성이지, 내 할아버지 때…….

양울력은 묵묵히 듣고만 있었다.

— 그대의 얘기를 듣고 있노라면, 독립하지 못한 지금의 키타이는 조상도 없고 해와 달도 없다는 생각을 하게 되오.

— 황공무지로소이다. 군장이시여…….

그런데 이때 돌연 이진충이 결연한 얼굴을 하고 말했다.

— 그대의 기치카간 얘기는 받아들이기로 하겠소.

양울력은 너무나 뜻밖이어서 순간 정신을 가다듬기 어려울 지경이었다. 잠시 후 양울력은 곧 한쪽 무릎을 꿇고 머리를 깊이 조아려 연신 감사의 예를 표했다.

— 아……아니 이게 무슨…… 자, 어서 좌정하시오.

이진충은 귀밑으로 흘러내린 두 가닥 변발을 손가락으로 가볍게 넘기며 상채를 조금 움직였다.

— 기치카간을 신성(神性) 영웅으로 모시는 키타이에도 소신은 충성하겠사옵니다.

— 아아, 뭘……. 그렇게까지…….

그러면서도 이진충은 양울력의 기품 있고 신실한 얼굴에서 목숨보다 더 아끼는 신의를 읽었다.

— 그대 말대로 협력을 해나가면서 차츰차츰……. 헌데 문제는 배반을 하지 않아야 하오. 더구나 우리의 협력은 쥐도 새도 모르게 해야 하는 것이니, 신의가 제일 중요하지 않겠소?

— 지당하신 말씀이옵니다. 만일 그렇지 않으면 타브가치의 이이제이(以夷制夷)에 백발백중 넘어갈 것이옵니다. 그리고 타브가치가 전혀 모르도록 앞으로는 철저히 비밀조직을…….

민족(키타이)이 당의 기미 지배를 받고 있으며 자신이 송막 도독으로 있는 작금에서, 그의 오늘 결정은 반역이나 모반과 하등에 다를 바가 없는 거사(擧事)였다.

이진충은 눈을 스르르 감고서, 굳은 표정으로 한참 동안 말없이 앉아 있었다.

*〔참고 1〕

키타이는 훗날 요(遼)를 세우는데, 그들의 시조를 기수카간(奇首可汗)이라 한다. 후술하겠지만 거란족의 건국설화는 이진충이 독립전쟁을 일으킨 사건을 배경으로 생겨났다는 것이 정설이다. 중국 사서에 '이진충의 난'이라 일컬어지는 이 사건은 고구려의 독립전쟁(발해 건국전쟁)과 연합전선으로 일어났다는 것이 필자의 해석이다(이 책 '독립전쟁의 태풍이 휘몰아치다'와 '빛의 바다로'에서 상술).

결론부터 말하면, 필자는 키타이의 기수카간(奇首可汗, cisio)과 고구려의 기치카간(箕子可汗, *kici)이 같은 인물이라고 보는 바이다. 그것은 이 건국설화가 두 세력의 연합을, 그리고 독립전쟁을 거친 키타인의 민족적 자각을 주안으로 하고 있기 때문이다. 따라서 설화의 모태는 다름 아닌 위의 역사적 사건이며, 이때 기치카간이 두 나라 독립전쟁의 정신적 공통 뿌리가 되었다는 것이다.

『요사(遼史)』에는 다음과 같은 설화가 기록되어 있다.

…… 거란인의 조상은 기수카간(奇首可汗)으로 8子를 낳았다고 한다. 그후에 족속이 점차 번성하여 8部로 나뉘어지고 송막지간(松漠之間)에 거주하게 되었다. …… (『요사』 권32, 古 8部 조)

…… 황제는 목엽산에 거란 시조묘를 세웠는데, 기수카간(奇首可汗)은 남묘에, 카툰(왕비)은 북묘에 있으며 …… 그 옛날, 백마를 탄 神人이 마우산(馬盂山)에서 土河(라오하 강)를 따라 내려오고, 한편 平地松林에서 검은 소달구지(靑牛車)를 탄 天女가 潢河(시라무렌)를 따라 내려왔다. 이 남녀가 두 강이 합류하는 목엽산에서 마침내 서로 만나 부부를 이루니, 아들 여덟을 두게 되었다. …… (『요사』 권37, 지리지 1)

고구려와 키타이(거란)의 역사적 관계는 대략 이러하다.

1. 378년. 거란계 비려부(碑麗部)가 고구려 북변을 습격하여 여덟 부락을 함락시킴.

214

2. 395년. 광개토대왕이 비려부를 친정하여 이전에 함몰된 백성 一萬을 귀환시킴.

3. 479년. 고구려가 시라무렌 유역의 거란을 공격하여 거란의 물우부(勿于部)를 대능하(大凌河) 동방으로 이동케 함. 그 결과 거란 8부 연맹은 해체되어 북위, 물길, 유연, 고구려 등의 세력하로 들어가게 됨.

(이 사건의 배경은 크게 볼 때, 몽골고원의 '유연', 중국의 '남조'와 '북조'라는 3세력의 각축이 기본축을 이루고, 여기에 동쪽의 '고구려'와 중국 서쪽의 '토욕혼'이 또 다른 세력권으로 가세한 당시 동아시아의 국제 역학관계 속에서 찾아진다. 그러나 보다 구체적인 발단은, 고구려 북변에서 신흥한 물길勿吉이 장수왕의 남하정책에 위협을 느낀 백제와 공모하여 고구려 침공 계획을 세우면서 중국의 북조에 원조를 구하는 일이 발생하였는데, 이를 안 고구려가 북조와 싸우고 있던 유연과 함께 당시 물길의 북조 조공로인 지두우地豆于 지역을 분할·차단하려는 과정에서 연쇄적으로 일어난 사건이다.)

4. 555~580년대 초. 유연을 멸망시킨 튀르크가 동몽골 지역에 진출하여 거란을 지배함. 이에 저항하여 거란 1만여 가(家)가 고구려에 기탁함. (이 무렵 튀르크가 고구려의 신성新城과 백암성白巖城을 공격하자 장군 고흘이 병 1만으로 이를 격파, 그 결과 튀르크의 東進이 遼河선에서 저지됨.)

5. 590년대 초. 거란의 출복부(出伏部) 등이 고구려를 배반하고 다시 수에 투항. (당시 속말말갈의 돌지계 집단은 튀르크의 보호 아래 고구려를 극렬 침략하다가, 수제국의 등장으로 튀르크의 세력이 퇴조하자 다시 수에 투항함.)—— 이런 상황은 598년 고구려의 수에 대한 선제 공격을 촉발시켜, 결국 사상 유래없는 고·수 전쟁으로 비화되었음.

6. 605년. 수의 사주를 받은 튀르크군이 고구려와의 교역을 빙자하여 영주에서 거란인 4만여 명을 생포.

7. 696년. 거란의 이진충과 고구려의 대조영이 연합하여 거족적인 대당 독립전쟁을 일으킴. 이때 대조영 집단은 영주를 탈출하여 발해의 건국에 성공하나, 거란은 튀르크의 배신과 침입으로 결국 좌절하고 맘.

(그러나 이 사건은 거란사에 있어 '독립 키타이', 나아가 '대요제국'의 시발점이

었다. 스스로 무상카간無上可汗 ―권위게이 카간― 을 자칭한 이진충은 오래오래 키타이인의 가슴속에 전설적인 영웅으로 남아왔다. 『요사(遼史)』에 기록된 건국설화는 이 역사적 사건을 중심으로 형성되었으며, 그 결과 거란과 고구려의 만남이 설화화되면서 神人으로 묘사된 기치카간은 점차 자기 민족의 것으로 변용되어갔던 것이다.)

* 〔참고 2〕
7세기의 동몽골과 만주 일대를 보면, 대흥안령산맥을 중심으로 남쪽에 키타이(거란)와 키(해), 북쪽에 시르비(실위), 그리고 시르비의 동쪽에 말갈이 있었다. 이들 민족들은 10세기 후가 되면, 중·근세의 전 아시아사를 무려 700년 이상 장식하는 ―거란의 요제국, 실위의 몽골제국, 말갈의 금과 청제국― 정복국가가 된다. 그런데 668년 고구려의 붕괴 이후, 유민들의 발자취는 상기의 거대한 역사적 물결과 참으로 밀접한 관련을 갖는다.

― 말갈은 전 7부 가운데 흑수말갈을 제외한 나머지 부(部)가 고구려에 오랫동안 신속되어 있었다. 고구려가 함락되자 이들은 모두 각지로 뿔뿔이 흩어졌는데, 대부분 고구려 유민과 함께한 경우가 많았다. 영주(營州)에서처럼, 대조영이 이끄는 고구려 유민의 군대와 걸사비우가 지휘하는 말갈민의 군대가 발해 건국의 주역이 되었다는 역사의 기록이 그 실례이다. 그리고 이 말갈족은 후에 금(金)과 청(淸)을 세우게 된다.

― 거란은 앞서 살펴본 대로이다.

― 실위는 흥안령의 동서에 걸쳐 넓게 퍼져 있었다. 동쪽의 실위가 대체로 당의 기미 지배를 받고 있던 반면, 서쪽의 실위는 주로 고구려 임시정부의 영향하에 있었으리라 억측한다. 고구려 임시정부의 세력권은 서(西)로 홀룬·부이르 호(湖)에서 다리강가를 잇는 선으로 튀르크와 맞닿고, 남으로는 거란과 해를 그 경계로 했으리라 보인다.

이와 관련하여 필자는 다음의 학술조사에 유의하고자 한다.

1992년 이래 '동몽골 공동 학술 조사단'은 현지 답사를 통해 일차적으로 다음과 같은 구비전승을 수집할 수 있었다.

…… 아주 오랜 옛날에 고구려 사람들이 이곳에 살았다. 부이르 호숫가에는 지금
도 고구려 왕의 초상이라고 하는 람촐로(승려 석인상)가 남아 있다. 이 람촐로를
경계로 동쪽에는 고구려 사람이, 서쪽에는 몽골 사람이 살았다. 이곳 할힌골(할
하 강)에 살고 있는 몽골인과 고구려족 간에는 왕래가 잦았으며 서로 결혼을 하
기도 하였다. 예컨대 초원에서 양 족의 여자들이 오줌을 누다 서로 만나면, 몽골
여자들은 왼쪽 손을, 고구려 여자들은 오른쪽 손을 흔들어 서로간에 우의를 표시
했다. 고구려인들은 할힌골에 성을 쌓고 살았다. 그 성의 유지는 지금도 남아 있
다. …… 그러나 고구려인들은 이곳에 오랜 세월 동안 머무르지 않고 동남쪽으로
이동해갔다. ……
이 조사단은 부이르 호 근처에서 고구려 성읍 터 두 곳과 농장 터를, 그리고 다리
강가 지역에서도 성읍 터 세 곳과 고구려 무덤으로 보이는 유구들을 발굴했다고
한다.

또 한편 靑木富太郎은 『아시아 역사사전』 '몽골족' 항에서 이렇게 적고 있다.

…… 요컨대 몽골족이 사상 최초로 그 모습을 드러낸 것은 『구당서』・『신당서』
등에 의하면 오늘날의 훌룬・부이르 호(湖) 지방에 거주했던 唐代의 실위 몽올
(蒙兀)이었던 것 같다. 이 部는 오논 강, 케룰렌 강의 양 河源 유역으로 이동하여
칭기스칸을 탄생시키는데, 그는 이 部를 이끌어 몽골 지방을 통일시키고……

아마도 몽올부(蒙兀部)의 이동 시기는 고구려 임시정부가 발해를 건국한 698년
에서 퀼테긴의 비문에 그들의 존재가 '오투즈 타타르'로 확인되는 730년대 무렵
사이일 것이다. 그것은 위의 조사단이 확보한, "…… 원래 한 핏줄인데, 몽골 사
람들은 여기서 서남쪽으로 이동해 몽골 초원의 유목민이 되었고, 고구려 사람들
은 동남쪽으로 가서 그 나라 사람이 되었으므로 ……"라는 구전 속에서 그 윤곽

을 희미하게나마 찾아볼 수 있기 때문이 아닐까?

당시 고구려 유민의 족적이 몽골에 남긴 영향을 하나 더 살펴보자.
원(元)의 세조 쿠빌라이가 1260년에 고려 세자 왕전(뒷날의 元宗)의 알현을 받
고 한 말이다.

> 만리의 나라 고려에서 당태종의 친정을 능히 물리친 그 세자가 지금 나에게 자진
> 해서 귀의해오니 이는 하늘의 뜻이라(高麗 萬里之國 自唐太宗親征而不能服 今其
> 世子 自來歸我 此天義也). -『益齋集』권9, 상

왜 쿠빌라이는 육백 년도 넘은 먼 옛날의 일을 처음 보자마자 끄집어냈을까? 그
의 말의 핵심은 당태종의 정벌을 물리쳤다는 것이고, 이것은 양만춘 장군의 안시
성 위업을 거론한 것으로 보인다. 그 옛날 고구려 유민이 훌룬·부이르 호의 초
원에 몽골인들과 더불어 살면서 양만춘 장군의 전설을 정신적 신주(神主)로 모시
고 찬양하였던 것이 당연히 몽골족에게도 세세로 전해져 내려갔을 것으로 추측
된다. 그리하여 쿠빌라이에 이르러서도 고려는 고구려이고, 고구려는 안시성의
전설로 선이해(先理解)되었던 것이 아니었을까 하는 것이다.

2

온 천지가 눈으로 덮였다. 눈갈기를 휘날리며 몰아치는 바람소리가
보통 거센 게 아니었다. 저 멀리서 씻은 듯 맑은 하늘을 쫓히고 오락가
락하며 점점 커져오는 점들이 있었다. 하나, 둘, 셋…… 하얀 벌판을 가
로질러 질주해오는 그것들은 다시 열, 열다섯이 되고…… 드디어는 맹

렬한 기세로 시야 가득히 들어왔다. 말의 몸뚱어리에서 무럭무럭 뿜어
오르는 김안개가 영하 수십 도의 혹한을 가히 무색케 했다.

차간 싸아르, 시르비(실위)인들이 '하얀 달'이라고 부르는 정월. 그 세
쨋날에 열 살 안팎의 소년들이 진정한 바가투르(용사)가 되기 위해 왕복
백 리가 훨씬 넘는 얼음판을 필사적으로 달리는 이 가혹한 경주를 그들
의 아버지와 할아버지들이 지켜보고 있었다.

소년들은 결승점이 가까워올수록 소리를 마구 질러대며 안간힘을 냈
다. 무엇보다도 자신과의 싸움에서 이겨야 했다. 경주에서의 승리는 그
다음이었다. 끝까지, 이빨이 부러져나가더라도 견디어내는 것, 이 혹독
한 생존 조건에서 자신과 가족과 조국을 지키는 것, 그것은 이제 잠시
후 이 과정을 통과하면 산과 초원의 사나이가 될 이 소년들의 몫이었다.

그런데 저 멀리 한 소년이 말에서 휙 튕겨나가 빙판 위로 나뒹구는 게
보였다. 웅성거리고 있던 사람들 입에서 안타까운 소리들이 터져나왔
다. 바싹 뒤를 추격하던 어린 기수들이 간발의 차이로 아슬아슬하게 비
켜나갔다. 뒤미처 따라가던 기수가 급히 말에서 뛰어내려 쓰러진 소년
을 싣고 다시 달렸다. 그뒤를 한참 뒤처져 달리던 소년들이 쏜살같이 앞
질러 지나갔다. 마치 전쟁터를 방불케 했다.

이 경기의 규칙은 사고자가 발생했을 때, 오직 그를 바로 뒤따른 기수
만이 구해올 의무가 있었다.

기수들이 결승선 안으로 거친 숨을 몰아쉬면서 들어오기 시작했다.
가족들이 달려들어 말고삐를 재빨리 낚아쥐고는 범벅이 된 비지땀을 말
몸뚱이에서 쫘악쫘악 닦아냈다. 젖은 채로 그냥 놔두었다가는 얼어죽기
때문이었다. 말에서 내린 소년들은 꿇어 엎드려 눈 속에 언 손을 넣고
열심히 비벼댔다.

드디어 모든 사람들의 안타까운 시선을 받으며, 그 기수가 사고당한 동무를 한 팔로 안아 부축하고서 힘들게 말을 몰고 들어왔다. 사람들이 확 몰려들었다.

얼굴이 허옇게 된 아버지가 다급히 아들을 받아서 눈 위에 내려놓았다. 수많은 눈동자가 지켜보는 가운데, 떨리는 손으로 아들의 몸을 만져보던 아버지가 끝내 고개를 저었다. 아버지는 아들의 가슴에 얼굴을 파묻고 소리없이 흐느꼈다. 차간 싸아르(하얀 달). 이날의 경기에서 죽은 소년의 주검은 늘 부족을 위해 하늘에 바쳐졌다. ……소년의 아버지는 조용히 일어나 아들을 들쳐업고 산으로 올라갔다. 큰 나무 시렁으로 만들어놓은 마을의 공동묘지를 지나, 흰 눈 덮인 소나무 위에 죽은 아들의 시신을 올려놓았다……. 까마귀는 소년의 몸을 깨끗이 청소하고 그 순백(純白)의 영혼을 텡그리에게 가져가리라. 그리하면 텡그리는 차간 싸아르에 소년의 희생을 어여삐 여겨 백성들에게 복을 내리리라…….

694년 정월 초사흘, 말띠 해였다. 말과 더불어 태어나고, 말과 더불어 살아가는 시르비 사람들의 이 '성년식'에 올해에도 고구려, 말갈 소년들이 모두 참여하였다. 세 민족의 풍습은 함께 섞여 살면서 서로 자연스럽게 혼효(混淆)되었는데, 그러나 말에 관한 것은 시르비의 것이 압도적이었다.

한데 역설적이게도 말 해(馬年)에는 세상에 폭동과 소요가 많을 것이라는 풍습이 시르비인들에게 전해져 내려왔다. 더욱이 작년 말, 소문으로만 나돌던 당나라 군대가 쳐들어온다는 소식이 사실로 포고되면서부터 대붉산의 백성들은 어떻게든 올해를 잘 넘겨야 한다고 소원하고 있었다. 그래서인지 사람들은 입밖으로 꺼내지는 않았지만, 속으로는 죽은 소년의 영혼이 화를 복으로 바꾸어주십사 간절히 빌며 뜨거운 눈물을 흘리는 것이었다.

이튿날도 땅거죽을 뜯어낼 듯이 잡아당기는 혹독한 냉기가 동토의 하늘을 섬섬한 창끝처럼 찌르고 있었다. 날리는 눈발 사이로 검은 매 한 마리가 낮게 선회하고 있었다.

오루방이 휘바람을 획 불자, 매가 유유히 내려와 그의 팔뚝에 가서 사뿐히 앉았다.

— 아, 고놈 참 제법이야.

양 대인이 흐뭇한 얼굴로 말했다.

— 인제 전장에 나가면 이놈이 큰일을 할 거거든요.

오루방은 내일 대군을 이끌고 출정할 장군이었다.

— 암, 비상해…….

양 대인이 이어 말했다.

— 그리고 적장 이다조(李多祚)가 용간(用間 : 간첩을 쓰는 일)에 능한 자니 그 점 특별히 유념하게.

— 명심하겠습니다. ……그 짓을 흑치상지(黑齒常之)한테 배웠다는군요.

— 음, 초록은 동색이지. 동족을 배반하고 출세한 자들이라……. 우리 고구려에도 그런 놈들이 얼마나 많은가.

이다조가 출세가도를 달리기 시작한 것은 당나라로 건너온 백제 장군 흑치상지의 눈에 띄면서부터였다.

678년 당시 이런 사건이 있었다.

…… 황제(당고종)가 신라를 토벌한다는 소식을 듣고, 시중(侍中) 장문관(張文瓘)이란 자가 병상에 몸져누워 있다가 스스로 들것(興)에 실려와 황제에게,

― 지금 티벳이 노략질해 들어와서, 폐하께선 이제 막 군대를 보내어 서쪽을 토벌중에 있사옵니다. 신라는 비록 불순(不順)하다고 하나 아직 국경을 침범한 일이 없는데, 만일 이제 또 동쪽을 원정한다면 그 폐를 공사(公私)가 어찌 견딜 수 있겠사옵니까?

하고 간(諫)한 뒤 죽으니, 황제가 이를 취소했다. ……

이렇게 티벳군에 참패당하고 있던 절박한 상황에서, 설인귀(薛仁貴) 같은 명장들마저 대패한 전쟁을 연년 승리로 이끈 장수가 바로 흑치상지였다. (더욱이 그는 이경업의 모반을 평정하는 공까지 세움으로써 무의 두터운 신임을 받게 되었다.) 그후 흑치는 687년, 일테리쉬 카간과 톤유쿠크가 이끄는 튀르크군을 맞아 대승을 거두는데, 이때 흑치상지의 부장(副長)으로 활약했던 이가 바로 이다조였다. 그리고 그가 흑치로부터 배운 비법이 용간술(用間術)이었다.

이다조의 철칙은, 적을 안다는 것은 추리하는 것도, 점을 치는 것도, 혜안으로 꿰뚫어보는 것도 아닌 첩자를 통해 정확히 적정(敵情)을 알아내는 것이었다.

빛의 대붉산(貸勃山)은 어느덧 고구려 유민의 새로운 성지(聖地)가 되었다. 유민들의 피땀으로 점철된 대붉산(크게는 흥안령)의 서부는 이미 당과 튀르크에 대항하는 독자적인 세력권으로 성장하였다. 그 결과 튀르크는 지난날 이 지역에 설치했던 투둔(吐屯 : 튀르크 식민지의 감찰관 겸 공납 징수관)을 철수해 갔으나, 당은 그 독자적인 세력권을 인정하지 않았다. 이에 더하여 흥안령 남록(南麓) 지대인 키타이(거란)와 키(해)의 지역에까지 반당(反唐)의 파고가 확산되어가자, 이를 무력화시키기 위한 당의 분열과 파괴 공작은 상상을 불허할 지경이었다. 그러니까 고구려의 붕괴 후 한동안 평온했던 중국의 동북 지역이 이렇듯 차츰 시끄러워지면서 그 발원지인 고구려 임시정부에 대한 당의 공작과 압박도 한층 가속화되었는데, 바로 그 총지휘부가 영주도독부(營州都督府)였다.

지난해 섣달 초이레, 우응양위대장군(右鷹揚衛大將軍) 이다조는 군대를 이끌고 영주성에 도착했다. 도독부에는 송막 도독과 요락 도독도 마중나와 있었다. 두 도독은 황제한테서 이미 정예한 기병(騎兵) 일천씩을 차출하라는 칙명을 받았는데, 그뒤로 영주 도독이 파발마를 보내어 대장군과 함께 작전회의를 한다고 불러모았던 것이다.

— 조 도독께선 어떻게 생각하시오?

이다조가 영주 도독 조문홰(趙文翽)에게 물었다.

— 이번 전쟁은 송막, 요락 두 도독님의 손에 달렸다 해도 과언이 아닌 것 같소이다.

— 겨울에 치중(輜重 : 보급부대)을 무겁게 하면, 전쟁은 하나마나이니, 허허. 조 도독님 말씀대로가 아니겠소이까?

이다조가 얼른 말을 받아, 툭 튀어나온 이마를 두 도독 앞으로 들이받을 듯이 내밀며 반들반들한 눈으로 간사하게 웃었다. 말뜻인즉, 너희들이 보급 문제를 책임지라는 것이었다.

— 하하.

요락 도독이 한바탕 껄껄 웃고는,

— 그야 지당하신 말씀이오나, 아무리 겸사시래도 어찌 전쟁의 승패가 저희들 손에 달렸겠습니까? 대장군님께서…….

하며 완곡히 거절의 변을 늘어놓았다.

— 이 도독은 어떤 생각이시오?

조문홰는 심히 못마땅한 얼굴로 물었다. 영주 도독은 명목상 같은 도독이지만 실제로는 송막 · 요락 두 도독을 감독하는 지위에 있었다.

— …….

잠시 눈을 감고 침묵하던 이진충의 검은 눈썹이 송충이처럼 꿈틀거리더니,

— 여부 있겠습니까.

그 한 마디로 끝이었다.

— 좋소이다. 두 분께서 정 그러시다면 할 수 없지요.

조 도독은 이진충의 말 역시 거절로 간주하고 이어 말했다.

— 하지만 차출한 기병들의 보급품은 준비해놓는 게 좋겠소. 이 일이야 당연한 것이오만…….

— 맞습니다. 이 엄동설한에 두 분께서 경사(京師, 수도)의 군대까지 보급 지원한다는 건 무리가 있는 일이지요.

이다조도 그 선에서 기정사실화시켰다.

무엇이 등을 툭 건드렸다. 돌아보지 말자. 간이 순간 벌렁했지만 소년은 맘을 꽉 잡도렸다.

— 이봐요.

그래도 돌아보지 않았다.

— 어어, 안 들려? 이봐?

손아귀가 쑥 뻗쳐오는 걸 느끼며 재빨리, 그러나 아주 자연스럽게 앞으로 넘어질 듯이 몸을 오그라뜨렸다. 천만다행히 지나가는 달구지가 그들 사이를 갈라놓았다.

길 건너편에서 붐비는 사람들 틈새로 이 광경을 유심히 지켜보고 있던 청년은 골목 속으로 사라졌다.

달구지 덕에 잠시 틈을 가진 소년은 잰걸음을 쳤다. 그는 골목 어귀의
청년이 눈 깜짝할 사이에 사라져버린 걸 알아챈 순간, 자기 뒤의 사람이
딴꾼일 거라고 단정했다. 놈이 소리를 지르며 달려들지 않는 한 절대 뛰
어선 안 된다고 저를 자꾸 다우쳤다. 그 소년은 잽싸게 움직여 어느 새
골목 깊숙이까지 들어왔다. 세 갈래 길에서 망설일 새도 없이 그의 팔이
갈고리에 낚이듯이 확 끌려들어갔다.

— 쉿!

— 아, 네.

— 뛰자.

뒤미처 쫓아온 놈이 허겁대며 갈림길에서 두리번거렸으나, 그의 흰
그림자도 찾을 수 없었다.

그는 품속에서 뭔가를 내놓았다. 청년의 시선은 밀폐된 공간의 틈새
로 새어들어온 한 줄기 빛처럼 그 물건 위에 환하게 머물렀다.

— 수고했구나.

소년은 대답 대신 머리를 긁적거렸다.

— 이젠 장소를 바꾸어야겠다.

그러나 곧 청년은 생각을 바꾸었다.

— 아, 아냐. 그럴 일이 아니지…….

그 사이 소년이 마른침을 삼켰다.

— 어디서부터 따라붙은 건지 모르겠어?

— 거의 다 와서였어요. 확실해요.

소년은 알다가도 모르겠다는 듯이 고개를 가웃하며 발끝으로 땅바닥
을 콕콕 쳤다.

— 짐작 가는 데라도 있니?

— 아뇨.

소년은 눈을 껌벅이며 말했다.

— 전 형님이 찍어논 딴꾼인 줄 알았어요.

— 아냐.

청년이 눈을 내리깔고 소년의 콕콕 찍는 발을 보며 말했다.

— 그냥 네가 아는 사람일 수도 있어. 하지만 일단 모든 활동을 중단하구서 낌새가 이상하면 바로 도망쳐라.

소년은 너무 그러는 것 아니냐면서 못마땅한 기색이었다.

— 기밀은 생명이야. 만일 잘못되면 여기(영주)는 완전히 쑥밭이 되는 거야. 너도 잘 알잖아. 아무리 조심해도 지나칠 건 없어. 명심하라구.

소년은 고구려인 나믈의 조카였는데, 그는 아저씨가 준 물건을 청년에게 전달한 것이다. 청년은 그것을 가지고 대붉산의 안 대인에게로 떠났다.

나믈은 영주를 주거점으로 삼아서 눌고라는 거란인으로 활약하는 고구려 첩자였다. 그는 키타이 및 시르비 지역과 무역을 하는 상인인데, 영주 도독 등 고관들과 두터운 친분을 쌓고 지내면서 군사기밀 같은 고급정보를 빼내왔다. 그런데 어느 사이 그는 자신도 모르게 이중간첩이 되어가고 있었다.

다음날 영주 도독은 나믈을 이다조에게 소개하였다. 이다조는 반드시 첩자를 일 대 일로 대했다. 그는 어떠한 첩보라도 단 둘이서 취급했는데, 만일 그 기밀이 자신의 귀에 들리면 첩자와 그 알리는 자를 모두 쥐도 새도 모르게 죽였다.

— 눌고, 그대에게 내 하나 물을 게 있소.

— 말씀하시지요.

— 한데 초면이지만 어디서 많이 본 듯한 인상이오…….

— 하하, 다들 그렇게 이야기합지요.

— 자, 먼저 이것을 받아두시오.

한 자쯤 길이의 검은 칼집에 들어있는 보도(寶刀)를 꺼내놓았다. 그것은 산수화 병풍 옆의 나지막한 상(牀) 위에 보자기로 싸여 있었다.

— 아니, 이게 무엇입니까?

— 보시는 것처럼…….

이다조는 바로 말머리를 돌렸다.

— 적장이 어떤 잔가요?

— 황송합니다만, 소인이야 장사하는 사람이 뭘 알겠는지요…….

눌고는 어리둥절한 표정을 감추지 못했다.

— 근데 이 귀한 것을 어인 일로 제게…….

이다조는 그냥 성의니 아무 소리 말고 받으라 하고, 눌고는 해드린 일도 없이 그럴 수는 없다며 한사코 사양했다.

— 허허, 그럼 앞으로 하시면 될 게 아니오?

눌고는 뜨끔했다.

— 그 칼을 잘 간직하면 좋겠소. 혹 쓰일 때가 있을지도 모르니…….

눌고도 이다조에 대해서는 어느 정도 알고 있었다. 그의 알쏭달쏭한 말이 자신의 앞날에 불길한 징조를 드리우는 느낌을 지울 수 없었다.

— 하오면 가보처럼 여기겠습니다.

눌고는 이렇게 말하고, 이다조의 눈길을 피해 곤혹스러운 듯 눈을 사르르 굴려 병풍 쪽을 쳐다보았다. 반면 이다조는 눌고가 '처럼'이라 한 속뜻을 심중의 갈피에 깊이깊이 끼워두고 있었다.

— 그래, 고맙소.

이다조는 일변해서 정색을 하고 말했다.

— 적장에 대하여 좀 알아봐주시오.

— …….

— 앞으로 닷새 안으로.

눈과 사람이 반죽이 되어 한 명씩 위쪽에서 나무를 잡고 말을 끌어올리며 겨우겨우 비좁은 산길을 군대의 대열이 넘어가고 있었다. 현지인이 향도하지 않으면 엄두도 낼 수 없는 설산 행군이었다.

윙윙……. 바람소리가 눈 쌓인 산등성을 송두리째 쓸어버릴 듯이 사납게 울부짖었다. 열흘 전 영주를 출발한 대장군 이다조의 군사가 시라무렌 상류의 흥안령을 막 넘고 있었다. 한 치 앞도 볼 수 없이 빽빽한 아름드리 나무숲, 가슴까지 푹푹 빠지는 적설, 게다가 길이라고 겨우 말 한 마리 빠져나갈 이런 험지에서 만일 적이라도 만난다면 그대로 전멸될 건 명약관화했다. 오직 길이 있다면 최대한 빨리 통과하는 수밖에 다른 뾰족한 수가 없었다.

그러나 이다조는 한편으로 내심 노리는 바가 있었다. 송막·요락 도독부에서 차출된 병사들이 자기 터라고 불손하게 굴 뿐 아니라, 경사의 군대에 시비를 걸어 기싸움을 하는 따위의 해이한 군기를 일거에 바꿔놓자는 것이었다.

그의 노련한 조련술은 죽음의 골짜기를 빠져나오는 동안 상당한 성공을 거두었다. 군사들은 어느 새 앞에서 끄는 현지 군인과 그들의 손을 붙들고 오는 경사 군인들 간에 눈에 띄게 일체감이 형성되었다.

고개를 넘으니 산기슭을 따라 평지에 광활한 소나무숲(松林)이 펼쳐지고 그뒤로 끝없는 사막이 이어졌다. 바로 여기가 송막(松漠 : 송림 + 사막) 지방으로 키(해)와 키타이(거란)의 발상지였다. (언어적 의미에서 키타이는 '키에 속한 사람들'이란 뜻이라고 한다.) 역사적으로도 4세기 후반이 되면 이곳 송막 지방에서 키타이가 키에서 분리하여 독립하게 된다. 그러나 오래 전에 이들이 동과 남으로 이동해버려 당시는 빈 땅으로 남아 있었다(앞절에서 하달탄이 키타이와 싸웠던 곳은 바로 이 송막 아래 지역이었음을 참조).

달빛을 받은 눈 덮인 사막이 저 멀리 허옇게 구름처럼 떠 있었다. 가끔 회오리바람이 거세게 일어나면, 마치 백룡이 승천하는 것 같기도 하고 흰 기둥이 땅 속에서 치솟아오르는 듯도 하여 그 인상이 매우 기이하고 환상적이었다.

평지의 소나무숲에서 이다조의 군대가 야영을 하고 있었다. 수많은 막사들은 마치 엷은 운무에 싸여 있는 강가의 흰 조약돌처럼 울뭉줄뭉하게 숲가로 끝없이 이어져 있었다.

아장(牙帳 : 대장군의 장막)에서 장군들의 회의가 끝나고, 이다조가 첩자 부르카이로부터 홀로 보고를 받고 있었다.

— 적장은 고구려인 오루방이고, 좌장은 말갈인 우디게모린, 우장은 시르비인 이만, 수석 부관은 고구려인 이리홀입니다. 적병의 총규모는 천삼백여 기(騎), 여기서 이백오십여 리 떨어진 곳에 세 군데로 분산 배치하였습니다. 각 진영의 간격은…….

— 수고했네.

이다조는 속으로 저으기 만족했다. 그것은 눌고가 보내온 정보와 정확히 일치하는 것이었다.

— 적들은 우리를 어느 정도 파악하고 있을까?

— …….

부르카이는 그 일과는 무관한 표정으로 먼 곳을 보듯 이다조를 바라보았다.

— 으흠.

기침을 한 번 하고는, 이다조는 아군 진영에 만일 적의 내간(內間)이 활동하고 있다면 어떻게 찾아낼 거냐고 물었다. 이번에는 부르카이가 움찔하고 놀랐다.

— 무슨 단서라도 포착하셨는지요.

— 아냐.

이다조는 눈을 되반들거리며 반문하듯이 말했다.

— 생각해보게. 없다면 이상한 일이지…….

— 우선 가까운 데서부터 조사해봐야 할 것 같습니다.

부르카이는 먼 데서부터 탐문……이라고 하려다가 입 속에서 말이 바뀌어 나와버렸다. 그는 자신도 모르게 이다조의 뜻을 대변하고 있는 것이었다.

— 좋아, 그 일을 부르카이 그대가 맡아서 해주게.

이다조가 이어 말했다.

— 난 그대의 솜씨를 누구보다도 잘 알고 있어.

— 제가 어떻게…….

— 굳이 내 입으로 말을 해야겠나.

하면서, 첫째 키와 키타이의 속사정을 가장 잘 알고 있고, 둘째 자신이 부르카이를 가장 신뢰한 고로 아군의 첩자들을 내사하기에 최적격이라는 점을 강조했다.

부르카이의 표정이 훨씬 순종적으로 되었다. 이다조가 빵그레 웃으며 품에서 무언가를 꺼냈다.

— 자,

은합 뚜껑을 열어 큰 포도알만한 비취빛 옥구슬을 보여주면서 그에게
건네준다.

— 선물이네. 난 늘 그대를 맘에 두고 있어. 내 말 명심하게.

잠시 침묵이 흘렀다. 아마도 부르카이는 감격해 있는 듯했다. 첩자의
생리는 기생처럼 늘 보호자의 그늘을 필요로 한다. 그래서 절개를 바칠
주인의 협골과 의기, 애정과 비호를 생존의 조건으로 삼는다. 부르카이
는 그걸 한 번 더 확인하고 마음속에서 우러나오는 충성심에 다시 불타
는 것이었다. 그는 키타이인으로 원래 흑치상지의 충복이었는데, 흑치
가 모반 사건에 연루되어 처형당한 후 이다조의 심복이 되었다.

— 너무나 제 자신이 부끄럽습니다…….

— 아냐. 간(間)의 생명이 뭐겠나? 의(義)지. 그대처럼…….

이어 한참을 추켜세운 뒤, 이다조는 급습하듯이 물었다.

— 그잔가?

부르카이는 또 한 번 흠칫했다. 도대체 그자가 누구라는 걸까? 곧 그
는 주인의 속뜻을 간파할 수 있었다. 하여튼 이다조는 더 이상 묻지 않
았다.

마침 이리홀(淵城)은 막사를 나와 구름에 반쯤 가려진 배부른 반달을
쳐다보고 있었다. 갈퀴 같은 바람이 목덜미에서 이마로 매섭게 할퀴고
지나가자, 그는 아린 부분을 감싸려는 듯 오른쪽 어깨를 추켜올리며 돌
아섰다.

— 아니!

하는 소리가 입에서 저도 모르게 튀어나왔다. 소나무숲 속에서 누군가

말을 타고 오는 게 어른어른 눈에 잡혔다. 순간 그는 번개처럼 칼을 뽑아들고 몸을 엎드렸다. 잠시 후 말이 그의 곁을 막 지나쳐가려고 했다. 이리홀은 눈 깜짝할 사이에 말 위로 뛰어올라 기사를 낚아챘다.

— 으흐흑.

기사는 땅바닥에 한쪽 머리를 처박힌 채로 간신히 아픔을 참고 있었다.

— 너는 누구냐?

— 오……오……루…….

그는 오루방 장군님을 만나러 왔다고 간신히 말했다.

— 용무는?

직접 장군님께 말씀드리겠다고 더듬거리며 겨우 말했다.

— 나는 오 장군님의 수석 부관이니, 아무 걱정 말고 나에게 말해보라.

그자는 땅바닥에 처눌린 고개를 겨우 꿈쩍일 뿐이었다. 그러나 거절의 의사는 분명했다.

이리홀이 그자의 목을 칼로 쓰윽 그었다. 피가 칼날에 선연히 묻어나오면서 목 아래로 줄줄 흘러내렸다. 이리홀은 피를 훔쳐내 그자의 뺨에 문질렀다.

— 네 이놈, 말하지 않으면 당장 목을 치겠다. 자, 어섯!

그자는 아까보다 훨씬 기가 질려 있었다. 이리홀은 그자의 목덜미에서 차츰 매가리가 떨어져가는 걸 제 손아귀로 느끼고는, 손을 떼어 그의 품을 뒤졌다. 딱딱한 물체가 손에 잡혔다. 재빨리 그걸 꺼내서 자기 품에 집어넣고는 그자의 몸을 샅샅이 손으로 훑었다. 곧 부절(符節) 하나가 더 나왔다.

— 자, 마지막 기회다. 어서 말해.

— 저는 아무것도 모릅니다. 단지 그걸 전해드리는 임무를 수행할 뿐

입니다.

그자는 기어들어가는 목소리로 말했다.

이리홀은 다시 품속에서 물건을 꺼내 뜯어보았다. 달빛이 밝지 않아 정확히 보이진 않았으나, 대강의 내용은 파악할 수 있었다. 이리홀은 한동안 생각에 잠겼다. 잠시 후 이리홀은 대고 있는 칼날을 당겨버렸다. 피가 솟구치며 그자의 목이 떨어져나갔다.

장막에 들어온 이리홀은 등잔불을 끄고 꿈쩍도 않고 앉아서 그 물건에 적힌 첩보를 생각하고 있었다.

…… 얼마 전 나믈은 매수된 게 확실함. ―칭타이.

칭타이가 누구인가? 처음 들어본 이름이었다. 암호라는 생각이 들었다. 이리홀은 몹시 불안했다. 그가 자신의 정체도 알고 있을까? 아마도 나믈(키타이 이름은 눌고)과의 연계 사실은 언급이 없는 걸 보면, 아직 모르고 있는 게 틀림없었다. 그러나 나믈이 들통난 이상 자신이 발각되는 것도 이제 시간 문제였다.

지금 이리홀을 괴롭히는 것은 대붉산의 안 대인에게 이 사실을 보고할 것인가, 아니면 나믈에게 알리고 정보를 계속 빼줄 것인가 —— 한마디로 확실히 배반자가 될 것인가—— 였다. 그는 그 짓을 해오면서도 적국과 하는 비밀 거래라고 생각해왔지 단 한 번도 자신을 배반자로 생각해본 적이 없었다. 심지어 그것이 나믈의 일을 도와주는 것이기 때문에 나라를 위한 일이라고까지 생각했다. 물론 그러면서 알게 모르세 안 대인파에게서 인정도 받고 보상도 받았다.

그런데 나믈이 적의 편으로 넘어가버린 이제 와서는, 지금까지 그가

나믈에게 충실히 제공했던 정보는 누가 봐도 명백히 배신 행위가 되어
버린 것이다. 그걸 칭타이는 곧 알아낼 것이다. 아니, 알아내기 전에 나
믈을 통해 칭타이란 자를 제거하는 것, 그리고 나서 나믈을 제거하는 길
이 가장 깨끗한 일처리라는 생각이 들었다. 문제는 그러려면 계속 정확
한 군사 정보를 주어 나믈을 안심시켜야 했다. 한데 칭타이가 알고 있으
면, 다른 사람도 알고 있을 것이 아닌가……? 그는 생각을 거듭할수록
배반의 늪으로 자꾸만 빠져들고 있었다. 문득 안 대인도 의심이 들었다.
안 대인에게 보고를 한다고 해도 그 역시 자신과 똑같은 생각의 과정을
거쳐 결국 자기를 제거해버릴 것이라는…….

전투에서 연속해서 패하는 이유를 오루방은 아무리 생각해도 이해할
수 없었다. 우장(右將)인 이만의 부대가 벌써 사흘째 소식이 없었다. 더
욱이 보낸 전령들도 돌아오질 않았다.
  — 웬일일까?
오루방은 혼자말로 중얼거렸다.
  — 그런데 왜 전령들도 안 돌아오는 거지?
차마 전멸당해버린 것일까란 말은 입 밖에 내지 못하고 있었다.
좌장(左將) 우디게모린이, 적들이 매복하고 있지 않고서야 그럴 수가
있겠냐고 초조히 대답했다.
  — 혹시 정보가 새나가는지도 모르겠습니다.
이리홀이 조심스럽게 말을 꺼냈다.
  — 흐으음.
오루방이 긴 한숨을 내쉬었다.
  — 증거없이 거론하면 오히려 분란만 일으키기 쉽지요.

우디게모린이 이어 말했다.

— 대신에 은밀한 조사가 있어야 할 것 같습니다.

— 지금은 전쟁중이니 일이 대단히 어렵게 됐소. 회의는 가급적 없애고 모든 보고와 지시는 내가 개별적으로 직접 듣고 내리는 수밖에 없겠소.

한참 동안 대화가 오간 뒤, 오루방은 불쑥 혼자만 생각하고 있던 작전 계획을 자신도 모르게 이야기했다.

— 사흘 후에는 대결전을 해야 할 것으로 보오. 더 이상 이만 장군의 부대를 기다릴 수 없겠소. 지금 아군의 전력 손실이 크기 때문에 속전으로…… 돌론노르…….

주름처럼 이어진 하얀 산등성이 너머로 주톳빛의 해가 눈부신 햇발을 은색의 제전 위로 찬란하게 내리비치며 천천히 떠오르고 있었다. 마치 은빛 알갱이처럼 눈 깔린 사막의 모래가 온통 반짝반짝 빛을 발하기 시작했다.

이만은 자기의 피가 얼마 가지 않아 저기에 뿌려지리라는 걸 알았다. 아니, 뿌리겠다고 결심했다. 그러고 나니 속이 좀 후련해졌다. 생전에 이번처럼 참담한 적이 없었다. 아무리 생각해도 내통자가 없인 이렇게 철저히 당할 수가 없었다. 더 견딜 수 없는 건 누가 내통자인지 짐작조차 안 간다는 사실이었다.

이만은 선봉 부대를 이끌고서 작전을 어김없이 수행했었다. 양 군의 본대가 각각 소나무숲에 진을 쳤는데, 적군은 이백오십여 리 남쪽에 있었다. 사막과 연이어 있는 소나무숲의 가장자리는 두 진영을 꼭지점으로 거의 반원의 곡선을 그리며 깊숙이 안으로 들어가 있었다.

첫날 이만의 부대는 사막에서 적군을 추격하다가 중도에서 방향을 틀어 적과 아군의 중간 지점 되는 소나무숲으로 질주해가서 현 위치에 작전대로 진지를 구축했다. 이를테면 적군이 본대를 공격해오면, 측면이나 후미를 치고 들어가 협공으로 성공할 수 있는 요충지였다.

그런데 문제는 쫓기던 적들이, 틀림없이 이만의 위치를 사전에 정확히 알고서 쫓기다가, 아니 쫓기는 척하다가 다시 되돌아서 솔쿠리 본대와 이만의 부대 사이의 어느 지점에 매복하고 있는 것이라고, 이만은 지금 그렇게 믿고 있었다. 그러니까 전령들이 돌아오지 않고, 본대에서도 보냈을 전령이 자기한테 오지 않은 것이라 단정했다.

혹한에 떨고 허기에 지친 병사들을 데리고 마냥 기다릴 수만은 없었다. 벌써 일곱 차례나 본대에 전령을 보냈지만 아직까지 감감무소식이었다.

아(我)의 허실을 보이고, 적의 모습은 감춰진 이 최악의 사태 앞에서 결단을 내렸다. 이만은 반대로 적의 본부를 공격하기로 했다. 아군의 본대가 그곳을 공격중일 수도 있고, 외려 그 길은 적군의 매복이 없을 수도 있다는 판단이었다.

이만의 부대는 숲 가장자리를 끼고 진군을 시작했다. 눈 쌓인 소나무 가지 사이로 하늘다름쥐가 달아나고, 한 떼의 새들이 놀라 후루룩후루룩 날아갔다. 그리고 얼마 안 있어 숲속에서 화살이 비 오듯 쏟아졌다. 이만의 부대는 서둘러 사막으로 물러났다. 하지만 이건 필패의 군형(軍形)이었다. 적은 질풍신뢰의 파상적인 공격을 가해왔다. 이만과 그 부하들은 필사의 항전을 하였건만 모두 다 전몰하고 말았다. 피, 붉은 피가 흰 눈을 온통 시뻘겋게 물들였다. 살을 에는 바람이 몰아치고 서서히 땅거미가 깔려오기 시작했다.

기선을 제압한 대장군 이다조는 솔쿠리의 이만 부대를 쳐부순 쥬벤의 군대를 제외하고, 전군을 두 방향으로 나누어 진군시켰다. 적의 출로를 남쪽의 돌론노르 초원으로 틔운, 몰이 사냥식의 협공작전이었다. 배인구(裵仁求)는 직진하고, 에사헤이는 왼쪽에서 멀리 포위망을 우회하여 좁혀 갔다. 그리고 숲에 진을 치고 있는 쥬벤은 오른쪽에서 몰아가도록 했다.

― 적이다!

호각이 울려퍼졌다.

― 대장군님, 적들의 대대적인 공습(攻襲)입니다.

이다조는 회심의 미소를 지었다.

― 다시 한 번 말하겠는데, 결딴내려 하지 말고 적당한 순간에 길을 터주시오. 명심하시오.

― 그럼 적과 맞닥뜨리자마자 바로 횡대를 두 개의 종대로 바꿔 측면 협공하면 어떻겠습니까?

그러나 수장 배인구의 건의는 받아들여지지 않았다.

― 그건 안 되오. 정면에서 승부를 내고 막판에 길을 터주면서 뒤로 빠지시오.

회오리를 일으키며 칼날 같은 바람이 몰아쳐오는 고비탄의 사막. 흩날리는 눈발 사이로 수많은 기마 군단이 새까맣게 밀려오고 있었다. 흰 갈기를 날리는 백마 위에서 이를 바라보고 있는 배인구의 눈자위가 긴장으로 단단히 옭히어갔다.

마침내 배인구가 칼을 뽑아들었다. 이를 본 신호병이 명적(鳴鏑) 한 대를 하늘 높이 쏘아올렸다.

휘―― 휘시이――

날아가는 화살이 울부짖자 삽시간에 고각함성이 터지고, 대략 오백 기의 기병들이 맹렬히 돌진해갔다. 땅거죽을 두들겨패는 말발굽 소리가 천지간을 진동시켰다. 달리는 마상에서 양쪽의 깃발들이 찢겨나갈 듯이 사납게 나부꼈다.

하늘은 잔뜩이나 끄무레하게 내려앉았다. 빗발치는 화살 속에서 양쪽의 군사들은 말에서 푹푹 고꾸라졌고, 뒤따라 무자비하게 달려오는 말 발굽질에 그대로 짓뭉개져버렸다. 걷잡을 수 없이 밀려오는 양 진영의 기마 군단들은 대회전을 향해 시시각각으로 숨가쁘게 치달렸다.

와── 와──

질러대는 군인들의 함성 속에서 창칼 부딪치는 소리, 울부짖는 말 울음소리가 하늘을 찔렀다. 내리치고, 엉겨붙고, 찌르고, 들이받고, 밀쳐내고…… 온 사방은 말 그대로 아수라장이 돼버렸다. 얼마나 죽고 다쳤는지는 양쪽 다 가늠할 수 없었다.

이때 명적(鳴鏑) 두 대가 날카롭게 비명을 지르며 연거푸 날아올랐다. 그러자 배인구의 지시에 따라 당의 기병들이 물러나기 시작했다.

멀리서 이다조는 회심의 미소를 짓고 바라보고 있었다.

오루방의 군대는 돌론노르를 향해 패주했다. 작전대로, 목표대로 가고 있는데도 패주가 돼버린 것이었다. 오루방은 달리는 말 위에서 엄습해오는 자책감을 도저히 감당할 수가 없었다. 맘 같아선 당장에 제 목을 쳐버리고 싶었다. 벌써 얼마나 많은 부하들을 잃었는가, 돌론노르 쪽으로 아군을 모는 이유가 뭘까, 그렇다면 어디서 기밀이 새나갔을까, 적들의 손바닥에서 놀아난 전쟁, 이대로는 백전백패, 첩자를 찾아내야 한다, 더 이상 미룰 수 없다……

해가 서산에 걸렸다. 호가마우지가 자줏빛의 날개를 퍼드덕거리며 꽁꽁 얼어붙은 냇가를 날았다 앉았다 하고 있었다. 오루방은 잠시 군대를 세웠다.

　― 여기서 얼음을 깨가지고 갈까요?

우디게모린이 이어 말했다.

　― 앞으로는 내가 나오지 않습니다.

병사들은 깬 얼음을 가지고 다니면서 식수로 사용하였다.

　― 차라리 부대 일부가 여기서 매복을 하면 어떨까요?

이리홀(淵城)이 눈을 빛내면서 제안했다.

　― 으흠.

오루방은 망설이는 눈빛으로 주위를 둘러보았다. 눈 쌓인 수초더미 아래의 움푹 들어간 곳에 유심히 눈길을 주었다.

　― 적의 군사가 대규몬데…….

오루방은 말끝을 흐리면서, 하지만 한 번 해볼 만도 하다 싶은 생각을 하고 있었다. 새가 공교롭게도 거기 날아와 앉았다. 그는 순간 새가 다른 데로 날아가기 전에 결정을 내려야 한다는 강박관념에 사로잡혔다.

이때 이리홀이,

　― 제가 여기에 남아 매복을 책임지면 어떻겠습니까?

하고 자못 결연하게 건의했다.

　― 좋소.

오루방은 이리홀을 데리고 한쪽으로 가서 단 둘이 작전을 짰다.

　― 만일 적군이 우리 매복을 넘어서 야영하면, 기다렸다가 불을 피워 올리겠습니다. 그리고…….

적이 매복을 넘지 않을 땐, 샛별 나오는 걸 보고서 돌아오기로 했다. 오루방은 본대가 오십 리 더 내려가서 진을 칠 것이라고 알려주었다.

　― 자, 그럼.

오루방은 이리홀 부대의 건투를 빌며, 하얀 지평선 너머 새빨갛게 이글거리는 낙조 속으로 말발굽을 달렸다.

만일 이번 작전까지 실패한다면…… 오루방은 내내 그 생각뿐이었다. 도대체 누굴까, 반드시 잡아야 한다. 이건 조국의 운명이 걸린 문제다……. 그는 오면서 정탐병을 풀어놓았다. 이제 아무도 믿을 수 없었다. 자기 자신까지도. 정탐병의 역할은 두 가지였다. 불길이 피어오르면 신속히 알리는 일과, 이리홀 부대를 감시하는 일이었다.

보기 드물게 깜깜한 어둠이었다. 가끔 달빛이 엷게 배어나와서 구름이 흘러가는 것이 눈에 띌 정도였다. 이런 날은 매복에는 더없이 안성마춤이었다. 그런데 문제는 추위였다. 동토의 사막에서 가장 무서운 죽음의 사자였다.

어떻게 됐을까. 그는 가슴이 탔다. 잘 견뎌야 할 텐데. 하여튼 발각은 안 됐겠지…….

정탐병이 어둠 속에서 헐레벌떡 모습을 드러냈다.

— 크……크……큰일…….

숨이 가빠서 말을 제대로 잇지 못했다.

— 음. 자, 쉬었다가 차분차분하게…….

— 내……내……간(內間)이,

— 누가?

— 이……리……호……올…….

— 아니, 그놈잇!

오루방은 자리에서 벌떡 일어났다. 이럴 수가? 믿기지 않았다. 설마……. 허, 그놈이? 다시 털썩 주저앉았다. 그놈은 내 수족이 아닌가. 놀라움과 분노와 허탈과 모멸감이 한꺼번에 그를 무너뜨리고 있었다.

우리는 이렇게 망하는가, 이건 다만 그놈만의 문제가 아니다, 틀림없이 거대한 배반의 무리가 있다, 무엇 때문인가, 이들이 원하는 것은 무엇일까, 어떻게 솔쿠리 안에서 이런 일이 있을 수 있는가, 그렇다면 뭣 때문에 너희들은 적과 싸우느냐, 천 년을 이어온 조국이 그 때문에 망하지 않았는가……

오루방은 몸을 부르르 떨었다. 안 돼. 이래선 안 돼. ……갑자기 뇌리에서 섬광이 일었다. 그는 놈의 목을 확실한 증거로 베어올 것을 맹세했다. 그리고 정탐병에게 자세한 것을 하나하나 물어갔다.

오루방은 자신이 전사할 것에 대비해서 대붉산의 양 대인 앞으로 어둠 속에서 편지를 썼다. 그것은 이리홀은 내간(內間)이며, 본부에도 연계돼 있으며, 이 때문에 많은 사상자를 내었고, 현재는 패전중에 있으니 새 지원군을 시급히 요청한다는 내용이었다. 오루방은 항상 함께 다니는 '검은 매'의 발톱에 편지를 묶어서 날려 보냈다.

— 그놈이요.

— 네?

— 이리홀, 그놈이요.

우디게모린은 순간 대장이 지금 배반자를 말하는 것이고, 그자가 바로 이리홀이라는 것을 깨달았다. 그러면서도 그의 입에서는,

— 무슨 말씀이신지?

하는 전혀 다른 말이 나왔다. 오루방은 정탐의 결과를 간단히 설명해주었다.

— 당했군요. 완전히……

그의 얼굴에 노기가 번뜩였다. 이어 더듬더듬 말했다.

— 이만 장군도 그럼 그놈이……?

— 그렇소.

몇 마디 더 오간 뒤, 오루방이 서둘렀다.

— 바로 떠나시오. 돌론노르에서 만납시다.

— 안 됩니다, 대장님. 제가 놈의 목을 쳐오겠습니다.

— 아니오. 나한테 계획이 있소.

오루방은 일어나면서 결연히 말했다.

— 자, 시간이 없으니 빨리 움직이도록 합시다.

이들은 군대가 계속 야영하고 있는 것으로 위장하기 위해 불을 군데 군데 피워놓고 떠났다. 적의 대부대가 우회하여 이들의 후미를 습격할 것으로 예상했기 때문이다.

오루방은 마치 바늘귀가 커다란 구멍처럼 보여 아무렇게나 실을 집어 넣어도 쑥쑥 들어가는 기분이듯 적의 작전이 눈에 훤히 보였다. 모처럼 전신에 기운이 솟구쳤다. 대기는 얼음 속이었으나, 외려 야릇한 흥분이 밀려오면서 강한 전의(戰意)를 느꼈다. 추위와 어둠과 적과……. 지금 적들은 불을 중심으로 펼 수 있는 작전 외에 다른 것이 있을 수 없었다. 그건 아군도 마찬가지였지만, 단순 유일한 전술은 아군에게 더없이 유 리했다. 이제 적들은 그들의 용간(用間)이 탄로난 줄도 모르고 회심의 작전을 펴고 있으리라…….

적의 불빛이 반 마장도 채 못 된 곳에서 새끼 여우 꼬리처럼 드러누운 어둠을 살살 건드리며 군데군데 한 줌씩 피어오르고 있었다. 시간이 얼 마나 흘렀을까? 공격의 시점을 숨죽이며 천추처럼 기다린다는 것은 쉬 운 일이 아니었다. 오루방은 부대를 둘로 나눠서, 다른 부대는 우회하여 적의 배후를 급습케 했다. 그는 지금 그것을 기다리고 있었다. 그리고 또 하나, 머잖아 야영하는 아군을 습격했다가 타오르는 불만 발견하고 속은 적군이 돌아올 것이었다. 그러면 또다시 중과부적이 될 터이며……. 참으로 시간이 없었다.

더 이상 기다릴 수 없다고 판단한 오루방은 속으로 숫자를 세었다. 밀(셋), 우차(다섯), 난은(일곱), 덕(열).

— 공격!

시위를 떠난 살처럼, 오루방의 기병은 불빛을 향해 튀어나갔다. 오직 질주하는 말발굽 소리만 진동할 뿐 군사들은 아무 소리도 지르지 않았다. 뜨거운 차 한 잔 마실 시간이 지났는데, 적진에서 불길이 치솟아올랐다. 그걸 본 오루방의 군대에서는 순식간에 함성이 터져나오기 시작했다.

우우우우——

불시에 뒤를 기습당한 적들은 우왕좌왕하며 삽시간에 난장판이 되어버렸다. 승승장구한 까닭에 전혀 무방비 상태였던 적의 군사는 그만큼 역습에는 치명적인 허점을 가지고 있었던 것이다.

이미 이리홀을 따라 어쩔 수 없이 투항했던 병사들은 솔쿠리군이 공습해오자 순식간에 그들에 합세했다. 이어 오루방의 부대가 들이닥쳤다. 적은 앞뒤에서 공습받고 안에서 내응해오니 완전히 혼비백산하고 말았다.

창칼, 고함, 피, 아우성 속을 헤치고 오루방은 이리홀을 찾아헤맸다. 피로 멱을 감은 오루방은 눈을 번들거리며 필사적이었다.

— 대장님!

— 대장님!

누가 어디서 자기를 애타게 부르는 소리를 들었다. 한 병사가 아수라장 속에서 머리채를 잡고 목 잘린 머리통을 흔들어 보이고 있었다. 오루

방의 눈이 번쩍 떠졌다. 싸움판을 헤치고 말머리를 돌려 그쪽으로 다가
갔다.

— 여기 있습니다, 대장님.

오루방은 잡아채듯 받아들고 쳐다보았다. 틀림없는 이리홀의 머리통
이었다. 그는 자루에 집어넣어 확실히 한 손으로 말아쥐고는 벽력같이
고함을 쳤다.

— 퇴각하라!

— 모두 다 신속히 퇴각하라!

대장 곁에 있던 오루방의 부하가 호각을 불어대며 퇴각을 독촉했다.

3

비밀스러운 일은 양쪽에서 모두 진행되었다. 이리홀 사건은 일단 고
구려 임시정부 내부를 둘로 확 쪼개놓은 셈이었다. 그 죄목은 간첩질이
며, 다수의 지도급 인사가 처형될 것이라 했다. 대대적인 숙청의 소문도
나돌았다.

소수파에 의한 다수파의 숙청은 말처럼 쉬운 게 아니었다. 힘은 창칼
에서 나오지만 정당성은 백성의 지지 속에 있으니, 말하자면 권력투쟁
의 승부도 여기에 달린 것이다.

그러나 불행한 일이었다. 늘 권력자의 죄에는 방어의 능력과 기제가
있었다. 바로 그 방패는 '음해'라는 이름이었다. 되려 그들은 반격의 칼
날을 갈았다. 이른바 노선투쟁으로 그것을 변질시키고 싶어했다.

그들은 자기들을 음해하는 이유는 패전의 책임을 일방적으로 떠넘기기 위해서라는 역음모를 꾸며댔고, 소수파의 노선이 독선적이며, 분열을 조장하고, 또 국제 사회에서 고립을 자초해왔다고 떠들어댔다. 이 문제는 고구려 사회의 해묵은 주제였다. 그들은 자신들에 대한 중상모략이, 결국 근본적으로 볼 때, 연개소문의 평가 문제 및 고구려의 정체성(正體性)에 대한 입장 차이로 연결된다는 논쟁을 제기했다. 그것은 얼마간 성공적으로 먹혀들었다. 강자의 이익이었다.

말할 것도 없이 이리홀이 연개소문과 같은 가문이라는 점은 이리홀을 자기들에게서 떼어내기 위해서도, 그리고 백성들의 호기심을 자신들이 제기한 논쟁으로 추상화시키기 위해서도 매우 안성맞춤이었다. (이리홀의 이리는 한자식 표기로 연淵이 되며, 연개소문의 고구려식 이름은 이리가쉼이다. 이 책 '양 장군의 책' 참조.)

하지만 오루방은 이리홀이 단독으로 간첩질을 한 게 아니라는 걸 줄기차게 강력히 주장했다. 그리고 여러 가지 증거들을 댔다. 더욱이 당시 어쩔 수 없이 투항했던 병사들은 이리홀이 적장에게 어떤 식으로 자기들을 넘겼는지, 그리고 투항을 설득하면서 자기들에게 상부와 관련된 무슨 말을 했는지를 증언했다.

이러한 사정에서 적어도 본부에 있는 최소한의 인원은 처단을 피할 수 없었다. 그러나 문제는 오루방이 주장하는 최상층과의 연루설이었다. 진상 규명이냐, 사건의 축소냐는 양 진영의 사활을 건 투쟁이었는데, 자칫 잘못하다간 무력 충돌 내지 분국(分國)의 위험까지 감수해야 하는 일이었다. 그래서 혐의를 받고 있는 측에서는 이 문제를 어쨌든 추상화시킬 필요가 절실했던 것이다.

— 거기까지 가서는 안 됩니다.

양 대인이 말했다.

— 만일 이번 기회를 놓치면, 간첩들의 세상이 될 게 뻔하지 않겠습니까?

장 대인이 반문했다.

— 아니오. 간(間)은 어디에나 있어요. 발본색원이란 불가능한 일입니다.

— 허허. 그럼 그대로 두자는 말씀이신가요?

— 내 생각은,

양 대인이 어두운 얼굴로 말했다.

— 우리가 갈라지면 독립은 무망하다는 거요. 아무튼 절대 그것만은 피해야 합니다.

— 양 대인님, 제가 그렇게 생각 안 하는 것 같습니까? 저는 저쪽이 과연 아(我)인지 적인지가 가늠이 안 돼요. 가장 괴로운 겁니다, 그게.

장 대인은 미간을 잔뜩 찌푸리며 눈을 감았다. 두 사람 모두 한동안 말이 없었다.

— 같은 동족이라고 모두 아군인가요?

불쑥 장 대인이 물었다.

— 우리와 함께 싸우는 시르비인, 말갈인, 키타이인들은 동포가 될 수 없는가요?

장 대인은 핏줄을 뛰어넘어서 뜻(이념)의 일치가 중요하다고 주장하는 임시정부 내 한 파의 거두였다.

— 맞는 말씀입니다. 하지만 뜻이 안 맞는다고 갈라서면 그건 동포도 아니고 나라도 아니지요.

— 과문한 탓인지 모르지만 어디서도 매국노를 용서하는 법은 없습니다. 평시도 아니고, 빼앗긴 나라를 찾으려 우린 싸우고 있어요. 같은 핏줄이라도 적의 편에 서면 그게 적이 아니고 뭐겠습니까? 제 생각은 이게 적이냐 동포냐를 가르는 기준이 돼야 한다고 봅니다.

— 그러나 장 대인님, 핏줄을 너무 단순하게 생각하지 말아야 해요. 사람의 생각은 변할 수 있지만 핏줄은 영원합니다. 또 그것에서 힘이 솟아나오는 거잖아요? 세상이 모두 그렇게 돼 있구요.

— 반은 수긍이 갑니다.

— 반이요?

— 그 핏줄도……. 아니, 그보다도 양 대인님 말씀은 제가 많이 생각하고 있습니다. 도움도 되구요.

그는 이어 말했다.

— 하지만 안 대인 쪽은 너무 심각합니다. 저 사람들은 완전히 핏줄밖에 없지 않아요? 결국 그걸 내세워서 하는 짓이 뭐예요. 다 제 조상이 최고라는 거죠. 그러면 어떻게 됩니까? 모든 못된 건, 나라 망해먹은 죄는 상대방한테 떠넘기고, 좋은 건 죄다 제 조상들이 했죠? ……그래 가지고 어떻게 통합이 됩니까. 양 대인님처럼 핏줄을 이야기하드래도 다른 민족도 아우르고 동등하게 대해야 하는데, 보세요. 그자들은 피를 흘리고 같이 싸우는 이민족들을 얕보고 배척하지, 더욱이 고구려 지상주의를 외치면서 반고구려질이나 하고, 간첩질하지, 이간질시키지, 백성들 피 빨아먹지…….

— 어쨌든 그게 다수이고 현실 아닙니까?

양 대인은 참담한 표정으로 말을 이었다.

— 문제는 지금으로선 저쪽 힘이 더 막강하다는 거예요. 이런 판국이

니 우리가 지나치게 밀어붙이면 서로 간에 피를 흘리게 됩니다. 누가 옳고 그른 건 다음이지요. 억울한 마음을 삭혀야 합니다. 분한 마음을 눌러서 오직 나라만을 생각합시다. 어차피 지금 우리가 이러는 것도 옛 고구려의 유산 아닙니까? 이것은 하루 아침에 청산될 게 아니니 눈에 뵈는 것에 너무 맘을 뺏기지 맙시다. 갈 길이 멀고도 머니, 이것저것 정신 팔리고 맘 상해가지고서 언제 목적지까지 갈 수 있겠어요. 그리고 우리 같이 나잇살이나 먹은 사람들이 젊은이들을 진정시켜야지 누가 합니까? 지금 까딱 잘못하다간 천추의 한이 됩니다.

장 대인이 쓰게 웃으며 말했다.

— 제가 이것저것 정신 팔리고 맘 상해서 하는 말이 아닙니다…….

— 허허, 이해하시오. 그런 건 아닌데, 내 말을 어찌 하다보니…….

양 대인은 이어 말했다.

— 그런데 평소 하고 싶은 말을 한 마디 하겠소. 똥이란 게 더럽지만 그래도 그걸 줘야 거름이 되지 않습니까? 똥밭을 구르지 않고는 농사를 지을 수 없어요. 선녀처럼 구름 위에서 사는 것도 아니고 말입니다. 뭐냐 하면 잘은 모르지만, 정치란 추잡하고 더러운 데서 신성한 어떤 걸 만들어내는 힘이 있어야 한다고 생각해요. 원리 원칙에만 집착해 있으면 왜 현실이 있는지, 왜 정치가 필요한지, 그 목적을 잃게 된다는 얘깁니다.

— 하하, 지당하신 말씀입니다. 저도 늘 그 점을 염두에 두고서 경계하고 있습니다.

장 대인은 계속했다.

— ……그리고 그 문제는 정식으로 대인회의에서 다루도록 하는 게 좋겠습니다. 어차피 안 대인 쪽에서 먼저 제기한 것이고, 무익한 건 아니니 말입니다.

며칠 후 세 명이 공개 처형되었다. 죄목은 간첩죄. 그러나 대인들은 다치지 않았다. 많은 사람들이 이 재판은 공정하지 못하다고 생각했다. 표면상으로는 사건이 일단락되었으나, 이로 인해서 임시정부 내의 다수 파는 씻을 수 없는 타격을 받게 되었다.

땅거미와 씨름하고 있는 푸르스름한 이내가 거대한 산줄기 위로 흐릿하게 퍼져 있었다. 오루방은 아까부터 그쪽을 향해 앉아 있었다. 아래서 누가 올라오고 있는데, 인기척을 못 느끼는지 오루방의 뒷모습이 주위의 돌덩이나 나무들처럼 그대로였다.

어깨 위로 따뜻하고 묵직한 손을 느꼈다.

— 이러단 얼어죽소.

— …….

— 돌아갑시다. 투르판에서 반가운 손님이 왔소.

한 방울 물이 메마른 땅에 스며드는 걸 느꼈다. 신기한 일이었다. 살아 있는 것이 부끄럽고, 죄 되고, 비겁하고…… 이런 견딜 수 없는 마음에 꿈쩍하고 뭔가 움직인 것이다. '죽은 부하들을 저승에 가서도 어떻게 볼 수 있어, 우리가 꿈꾸던 조국은 이런 게 아니었어, 매국노들이 득시글거리고 희망이 없어, 비겁하게 나 혼자 살아남을 순 없지, 끝났어…….' 그는 절망을 넘어 자포하고 있었다.

— 형님, 안 들리오?

양울력은 마치 잠자는 사람을 깨우듯 그의 어깨를 흔들었다.

— 자, 자. 갑시다, 가요. 을천이가 왔단 말이오.

— 뭐라구?

마침내 오루방은 어깨를 꿈틀거리며 반응했다.

─ 을천이가 형님 만나러 왔다니까요.

하얀 능선은 이내가 사라진 어둠 속에서 더 뚜렷했다.

─ 정말이야?

─ 허허, 그렇소. 얼른 내려갑시다.

─ 어디 있는데?

─ 저희 집에요.

양울력은 오루방의 어깻죽지에 두 팔을 넣고 일으켜세웠다.

구수한 냄새가 콧속 가득 들어왔다. 칸막이도 없이 부엌이라고 방 한쪽 구석에서 양울력의 아내가 상을 보고 있었다. 송진을 태우는 등잔불 아래 사람들의 얼굴이 구릿빛으로 보였다.

─ 그러니 형님, 이제 기운 좀 내요.

하달탄이 계속했다.

─ 우리 넷 중에 형님이 제일 어른인데……. 보세요, 다 힘들이 없잖아요.

─ 을천이도 이제 막 도착해가지고 형님 얘길 듣더니 저 모양이잖아요…….

양울력이다.

─ 허허, 이 사람. 왜 내 얘길…….

─ 아냐. 그래도 자네 얘길 해야 형님이 정신을 차리지. 안 그래요, 형님?

이때 양울력이 아내가 상을 차려 들고 왔다. 그가 얼른 일어나 마주받았다. 김이 모락모락 오르는 토끼탕이 보기만 해도 군침이 돌았다.

─ 야, 이거 정말 맛있겠습니다.

하달탄이 말했다.

— 계수씨, 잘 먹겠습니다.

오루방이 썽긋이 웃으며 말했다.

양울력의 아내가 몹시 부끄러워하며 종종걸음으로 물러났다.

— 이거 국물이 진짜다.

— 고기는 어떻고.

— 우리 계수씨 손맛이 최고야.

— 야, 너까지 계수씨래?

희미한 등잔 불빛이 뜨겁게 올라오는 김 속에 파묻혀 훨씬 웅성거리는 것처럼 보였다.

— 정말 다시 시작하는 거라구. 양 장군님의 지론을 새롭게 세우는 거야.

하달탄이 묻어두었던 말을 꺼냈다.

— 이제 와서?

오루방이 말했다.

— 제발 정신 좀 차리세요.

하달탄이 쏘아붙였다.

— 형님은 정말 그 상황에서 잘 해내신 거예요. 불의를 지나치게 못참고 오욕을 못 견디는 것은 무장(武將)으로서 치명적인 약점이라고 생각합니다.

양울력이 거들었다. 그리고 이어 말했다.

— 형님은 나라를 구한 셈이에요. 더 늦지 않고 지금 터진 게 천만다행입니다. 그런데 정작 이제부터가 아니겠습니까? 형님이 이 아우들에게 힘을 주셔야지요.

— 그만 하지. 형님 드신 것 다 체하겠네.

을천이가 엉너리를 쳤다.

— 안 그렇습니까, 형님?

— 허, 시끄럽다, 이 친구들아.

오루방이 이어 말했다.

— 자, 힘낼 테니까 이야기들 해봐.

— 거봐요. 을천이가 말하니까 단방이지.

양울력이가 무릎을 치고 달려들었다. 그러더니 순식간에 을천이를 보듬고 강아지처럼 뒹굴었다.

— 어, 그만들 해. 이러다간 집 부서지겠다.

오루방이 허허 웃으며 말했다. 애루한 방안에서 황소만한 사내들이 장난을 치니 울력의 아내가 한켠에서 빙실빙실 웃었다.

— 자, 자. 내 말 좀 들어보소.

하달탄이 정색을 하며 다시 말을 꺼냈다.

— 우리가 이러다 말면 범벅에 꽂은 젓가락 꼴이 되니 매듭을 짓고 넘어가자구.

— 말해보게.

오루방이 어느 새 좌상답게 말했다.

— 네. 난 양 장군님 책을 각자가 직접 읽어보지 않으면 안 된다고 생각해. 그래야 뭘 어떻게 다시 시작할 것인지가 명확해지지. 안 그러고서 양 장군님의 지론을 새로 세운다는 것은 결국 말뿐이라구.

하달탄이 말했다.

좌중에 잠시 침묵이 흘렀다.

— 자넨 그 책을 읽어봤나?

오루방이 양울력에게 물었다.

그는 고개를 끄덕거리며 말했다.

— 저도 그 책이 어떻게든 많이 읽혀야 한다고 생각합니다.

사실 얘기로만 나도는 양만춘의 책은 전하는 사람에 따라, 혹은 듣는 사람에 따라 숱하게 달라졌다. 중요한 정치적 견해를 펼 때면 으레 누구나 언급을 하는데, 서로 반대의 주장을 할 때에도 같은 근거를 대니 도무지 어느 게 정확한지 분간이 되지 않았던 것이다.

— 그러려면 당연히 먼저 우리들부터 읽어야지. 그런데 그 책을 양 대인님이 가지고 계시지?

오루방이 계속 양울력을 보며 말했다. 양울력은 양 대인의 조카였다.

— 아마 허락해주실 겁니다. 제가 빌려오겠습니다.

— 그럼 그걸 몇 권 아예 필사를 해야 할 텐데…….

하달탄의 말이었다.

— 이 일은 아무도 모르게 해야 되네.

조심스런 눈길을 던지며 을천이 말했다.

— 장소가 문제야. 안 그래도 눈에 불을 켜고 있는 판인데…….

양울력이 다소 걱정스런 표정으로 을천의 말을 이었다.

그런데 이때,

— 좋아. 나한테 맡겨.

골똘하게 생각하고 있던 하달탄이 닦아놓은 방울 같은 눈동자를 빛내며 말했다.

양 장군의 책, 문명의 힘

큰 별 하나가 하늘에서 떨어졌다. 사람들은 그것이 북두성이라고 했다. 하늘은 물을 만들고, 물은 북(北)에서 나오므로 북두(北斗)가 모든 별들에서 으뜸이라 하였다.

나, 양만춘은 어제 한 잠을 이루지 못하고 뒤척이면서, 평생을 전쟁터에서 지내다 사라져간 한 영웅(연개소문)의 이야기를 시작하기로 했다.

지금 세상에 흉흉한 소문이 나돌고, 괴이한 일들이 많이 일어나 나라의 명운이 몹시 위태롭다. 기억하라. 푸른 돌에 새기듯 영원히. 내가 듣고, 보고, 안 이야기를 여기에 소상히 남기노라.

이리가쉼(연개소문)의 조상은 소노부(消奴部, 서부)의 족장 출신이었다. 그리고 그의 성이 이리(샘 : 한자로는 淵 혹은 泉)인 것은 시조가 신성한 물에서 태어났기 때문이라 하였다. 그가 하루는 나에게 말했다. "이제 시대는 바뀌었는데 왜 장군께서는 바뀌지 않습니까?" 나는 대답했다. "대막리지께서 정말로 바꾼 것은 아무것도 없습니다."

보장왕 원년(642년), 그는 정변을 성공하고서 바야흐로 물의 시대가 도래했다고 믿었다. 하긴 맞는 말이었다. 오래 전부터 많은 백성들이 오두미도(五斗米道 : 도교의 일종)에 심취해 부록(符籙 : 앞날의 일을 미리 적어둔 글)과 부수(符水 : 부적과 정화수)를 가지고 다니며 평등한 세상을 빌고 병의 치료를 바라왔다. 그들의 경전(五斗經)은 물이 천지의 근본이며, 도는 물과 같은 것이라 하였다. 나는 생각했다. 도대체 그 물이 무엇인가?

우리 민족에게 세세손손 전해내려오는 신화가 있다.

아득한 옛날, 천지가 하나였던 때, 태초의 신(神)인 고마는 해(日神)를 낳고, 이어 고마는 땅(地神)이 되었으며, 그녀의 딸은 물(水神)이 되었다. 우리 민족은 이 신들의 성스러운 자손으로 …… (이하 생략) ……

국초부터 이 나라는 두 곳의 사당에 제사를 지내왔다. 한 분은 부여신(夫餘神)으로 하백의 딸인 물의 신이며, 또 한 분은 등고신(登高神)으로 나라의 시조인 주몽, 곧 부여신의 아들이다. 유구한 세월 동안 등고신은 국토의 수호신이었고, 부여신은 풍요의 여신이었다.

그런데 이리가쇰은 국통(國統)인 고(高)씨를 폐하기 위해서 새로운 이야기를 만들어 세상에 퍼뜨렸다.

먼 옛날 주몽왕께서 나라를 세울 때 천 년을 다스리고자 하므로, 왕모(王母 : 하백의 딸)께서 아시고 그것은 불가능하니 칠백 년이 적당하다고 하셨다. 바야흐로 지금이 그때이니 왕성(王姓)을 바꾸어야 한다. 그러지 않으면 나라가 망한다. 새로운 나라의 성은 신성한 샘(이리)에서 나와야 한다. 그 신성한 샘은 북두성이고, 그것은 천지의 근본인 물을 주재한다.

백성들은 환호하였다. 하지만 등고신(주몽)이 지금껏 이 나라의 절대적인 수호신이었기 때문에 불안해했다. 그러나 이리가쇰은 절대로 그렇지 않다고 말했다.

　그의 이야기는 이러하다.

　먼저, 주몽신은 원래 동명신을 계승한 것이라 하였다 : 고구려는, 계루부의 고씨가 왕통을 차지하기 훨씬 전부터 비류부(후에 소노부로 바뀜)가 그 대를 이어오고 있었다. 그때 고구려의 국토신은 동명신이었다. 그러나 비류부의 마지막 왕 송양(松讓)이 전쟁에서 주몽에게 패한 이후, 계루부는 새로운 왕통의 권위를 위해 주몽왕을 동명신으로 만들었다.

　다음, 동명신은 주몽 이후의 시대에도 영원하다고 하였다 : 비류부의 시대에 이어 계루부의 시대, 그리고 이제 다가올 새 시대를 동명신은 영원히 지켜준다. 지금이 바로 그때이며, 등고신 주몽은 마땅히 동명신 중의 한 분으로 불려야 한다는 것이었다.

　그러나 나의 생각은 달랐다. 나는 그에게 물었다. "그래서 대체 나라와 백성이 얻을 수 있는 게 무엇입니까?" 그는 대답했다. "나라는 강해지고 백성들은 풍요해집니다." 나는 그렇지 않다고 말했다.

　생각해보라. 지금은 그런 식으로 백성들을 미혹하게 할 때가 아니지 않은가? 세계는 예전과는 너무나 변하였다. 중국은 이미 옛날의 중국이 아니다. 비록 (그 변화는) 우리와 싸워 망한 수나라에서 시작되었지만, 작금의 당나라는 일찍이 듣지도 보지도 못한 강대한 제국이다. 그 힘은 어디서 왔을까? 나는 차차 이야기하려고 한다. 이제 그들이 우리나라를 정복하려는 이유가 과거와는 다르다. 잃어버린 자기 땅을 되찾겠다는 것이다. 요동의 땅은 주대의 기자국, 한대의 현도군이었으며, 고구려는 본시 사군(四郡)의 땅이었다고 말하고 있다.

　우리가 그들의 말을 미친 소리, 허튼 수작이라고 무시하기만 하면 고구려는 그대로 지켜지는가? 그게 아니지 않은가. 그들은 그걸 구실로 우리나라를 쳐들어왔고, 또 그 때문에 지금 이 나라는 어느 때보다 위태롭지 않은가. 고구려의 천하는 이대로는 지켜지지 않는다. 중국에 맞서는 나라의 통일은 이제 더 이상 미룰 수 없는 민족적 숙제다. 우리의 영역 안에 있는 말갈, 거란을 포함하여 백제와 신라를 통일하여야 한다. 민족의 대업을 위해서 우리는 무엇을 해야 하는가?

또 하나의 숙제는, 중국인들이 그 옛날 자기들이 지배했다고 하는 기자 조선의 정체와 한사군 침략의 역사를 이제 백일하에 밝혀내야 한다. 그렇지 않고는 우리는 한 치도 앞으로 나아갈 수가 없다. 민족의 미래가 보이지 않기 때문이다. 마침내 민족 시원(始原)의 역사를 우리의 손으로 다시 시급히 기록할 때가 온 것이다.

이러한 시대의 물결에 역행하는 이리가쇰의 주장은 편협한 씨족 중심의 경론(硬論)일 따름이다. 그러나 그에게는 일시나마 나라를 지킬 힘은 있었다. 하지만 불행하게도 미래가 없는 저항이 오래 가지 못하는 건 불을 보듯 분명하지 않은가?

이리가쇰은 드디어 정변을 일으켰다. 그는 자신이 왕이 되려 했고, 나는 반대했다. 결국 우리는 전쟁을 하였다. 이리가쇰은 나를 이길 수 없었다. 그래서 그는 나의 타협안을 받아들였다. 그것은 국통(國統, 왕통)은 바꾸지 않는다는 것이었다. 그는 나의 진심을 몰랐다. 혁신이 무엇인지를 잘못 알고 있었다. 그러나 나는 친당파(親唐派) 선왕(先王)에 대하여 매우 분노하고 있던 터라 그분의 피살을 슬퍼하지 않았고, 한편으로는 이리가쇰의 정변을 수긍했었다.

이제 여기 그 자세한 경위를 적는다.

영양왕 29년(618년) 9월에 상(上, 왕)이 승하하셨다. 그리고 뒤이어 이리가쉼의 부친 태조(太祖)가 암살당했다. 그는 국정 수반인 대대로(大對盧)였다. 이 사건은 순식간에 나라 안을 비상으로 몰고 갔다. 당시는 왕통을 이을 후계자조차 정해져 있지 않았다.

두 최고 통치자를 잃은 국인(國人)들은 조정에 음모가 있다고 믿었다. 그 이전부터 벌어져온 일이라서 누구나 짐작했다. 이어 곧 왕의 동생 건무(建武)가 즉위하였다. 대대로에는 순노부(順奴部, 동부)의 대인이 취임하였다. 이때 이리가쉼의 나이는 열다섯이었다. 그는 부친의 암살과 함께 정적들의 표적이 되었다. 하지만 그를 제거하기란 쉽지 않았다. 그의 부친 태조는 대수(對隋)전쟁을 승리로 이끈 최고의 전쟁 영웅이었고, 장군 을지문덕은 그의 오른팔이었다. 태조의 암살은 그 가문을 더욱 신성하고 존엄하게 했으며, 아들을 철저한 대당 투쟁가로 만들었다.

하지만 소년 이리가쉼은 정적들의 눈을 속이기 위하여, 자신이 충격을 받아 얼이 나간 사람인 양 행동하였다. 당시 권력은 이미 정적들의 손에 넘어가 있었다. 아버지가 소노부의 대인(大人, 부장)이었기 때문에 당연히 아들이 그 직위를 이어야 했지만, 정적들은 그의 먼 친척인 이리거세사(伊梨渠世斯)를 천거했다.

그러나 모부인(母夫人 : 이리가쉼의 어머니)이 완강히 반대하며, 아들이 대인회의에 나가 해명할 기회를 달라고 했다. 이리가쉼은 거기서 짐짓 바보 흉내를 내가며 말했다. "부디 제 아버지의 대를 잇게 해주십시오. 부디 제 아버지의 대를 잇게 해주십시오." 먼눈을 뜨고 오직 그 말만 되풀이했다. 대인들이 묻는 말에도 그저 "네." "네." 할 뿐이었다. 그때 정적이 아닌 어느 한 노인이 물었다. "그대가 조금이라도 문제를 일으키면, 그때 물러나게 하더라도 후회함이 없겠소?" 이리가쉼은 연신 고개를 끄덕이며 변함없이 "네, 네." 하였다. 마침내 그 노인이 다른 대인들을 설득하여 이리가쉼은 그 직을 잇게 되었다. 노인은 태양(太陽 : 왕의 아우)의 사람이었다. 그후 이리가쉼은 마치 정신나간 병자처럼 지내면서 소리없이 사람들을 규합해나가기 시작했다.

건무왕 13년(630년). 나라 밖에서 거대한 사건 하나가 터졌다. 돌궐 (동튀르크)의 힐리카간이 당나라 군대에 생포됨으로써 그 나라가 망하게 되었다. 이것은 일찍이 역사에 없던 일로서 중국의 힘을 세계 만방에 고한 것이었다. 그 여파는 우리나라에도 밀려왔다. 조정은 비상에 들어갔다. 그 결과 왕은 중국에 사자를 보내 봉역도(封域圖 : 군사지도)를 갖다 바쳤다. 나라가 살아남기 위한 아부요 추파라지만, 이런 일은 조상 대대로 없었던 일이었다. 6년 전 왕이 책봉을 받은 것도 수나라의 전쟁포로 일만 명을 당황제에게 돌려보낸 대가였었다. 뜻있는 사람들은 들고 일어났다. 국인들은 태조의 시대가 다시 와야 한다고 외쳤다. 수나라 백만 대군을 무찌른 영광은 어디로 갔느냐고 부르짖었다. 그때 이리가쉼이 다시 나타났다. 그가 고구려는 결코 중국의 신하나 노예가 될 수 없다고 말하자 백성들은 끓듯이 환호하였다. 그는 이미 오두미교도들 사이에 깊이 뿌리내리고 있었다.

이듬해(631년). 당태종은 사자를 보내 지난 수나라 전쟁 때 죽은 전몰 용사들의 해골을 거두어 묻어주고, 우리 고구려가 세워놓은 경관(京觀 : 전승 기념물)을 헐어버리라 하였다. 왕은 거절하지 못했다.

이리가쉼은 왕께 나아가 아뢰었다. "지금 저들이 전쟁을 일으키려 함이 분명한데 이제 더 이상 물러서서는 안 됩니다. 부여성에서 발해에 이르기까지 천 리의 장성을 축성해 침략에 만전을 기해야 할 줄 압니다."

그의 진청(秦請)은 받아들여졌다.

건무 24년(641년). 지난해 태자가 당에 가서 조공하였는데, 당태종은 답례로 직방랑중(職方郎中 : 정보 장교) 진대덕(陳大德)을 보내왔다. 그는 오는 도중, 우리 경내의 성과 골을 다니며 정찰 활동을 하였다. 관수자(官守者 : 성읍 장관)에게 뇌물을 주어 "내가 산수를 좋아하니 이곳의 좋은 경치를 보고 싶다." 하면서, 그의 안내로 실정(實情)을 샅샅이 파악하고 지리의 자세한 것을 알았다. 또한 수 말(隋末)에 종군하여 억류되어 있는 중국 유민들을 만나 여러 동정을 살폈다. 심지어 가는 곳마다 그들이 친척의 생존을 물으며 눈물을 흘리니, 길 좌우에 여자들이 늘어서 구경하였다고 한다. 왕은 그가 아국의 허실을 정탐하러 온 줄 알지 못하고, 열병하여 성대히 맞이하였다.

당사(唐使) 진대덕이 왕을 알현하고, 고창(투르판)을 당군이 멸하였다는 소식을 전하자, 조정이 매우 두려워하였다. 돌궐에 이어 고창국까지 넘어가자, 모두들 이제는 고구려 차례라고 생각하였다. 이에 대대로가 세 차례나 사신의 숙사로 찾아가 이번의 전승(戰勝)을 극구 축하하며, 극진한 대접으로 자진해서 신하의 예를 다했다.

"해가 광채를 잃더니 사흘이 지나서야 겨우 회복되었다.", "사당에 모신 동명왕모의 목상(木像)이 사흘 동안이나 피눈물을 흘리었다."는 말이 나라 안에 허다히 나돌았다.

국인들이 이리가쇠를 추앙하고 나라에 반역하는 기세가 들끓자, 왕과 대인들은 비밀리에 의논하여 그를 죽이려고 하였다. 그러나 음모는 누설되었다. 공교롭게도 이리가쇠의 막강한 우군인 태양(왕의 아우)이 유월에 피살당했다. 정국은 극도로 어지러웠고, 수많은 유언비어가 난무하였다. 사람들은 태조와 태양의 암살 배후가 누구인지 믿어 의심치 않았다. 그러나 이리가쉼은 전연 입밖에도 내지 않았다.

9월(642년)에 왕은 이리가쉼을 불러 천리장성의 역을 감독하게 했다. 이리가쉼은 드디어 때가 왔다고 마음을 굳혔다. 임지로 떠나기 며칠 전, 작별 인사를 한다며 모든 대신들을 초청하였다. 주찬을 성의 남쪽에 성대히 베풀고, 자기 부의 군사들이 사열하는 것을 내방하여 관람하기를 청했다. 하나 둘씩 모여들던 손들이 얼마 지나지 않아 자리를 다 채우자, 이리가쉼이 순식간에 칼을 빼들고 대대로의 가슴팍을 찔러버렸다. 피가 사방으로 튀고 대신들이 혼비백산한 사이, 사열하던 부하들이 들이닥쳐 그들을 모조리 도륙 내니, 나뒹구는 시체의 수가 이리거세사 등 무려 180여 인(人)을 넘었다. 이어 창고를 불사르고 궁으로 달려들어가 왕을 시해하고 몇 도막으로 잘라서 도랑에 던져버렸다. 바로 이것이 이리가쉼의 9월 정변이다.

거사 후 그는 태양의 아들 장(藏 혹은 寶藏이라고도 함)을 세워 왕으로 삼고 스스로 대막리지가 되니, 가히 국사와 군사를 모두 장악한 최고의 실권자였다. 이때가 보장왕 원년(642년) 10월이었다.

이 해(642년) 겨울, 신라의 김춘추가 찾아왔다. 그는 협상이란 게 무엇인지를 모르는 자였다. 춘추는 말했다. "백제의 침략으로 우리나라가 위태로우니, 대국이 병마를 보내어 구원해주길 청하옵니다." 왕이 물었다. "그 대가는 무엇이오?" 춘추는 서로 화평하는 것이라고 대답했다. 답답할 일이었다. 이 나라가 아무 조건 없이 신라와 화평할 일이 무에 있는가? 왕이 이르되 "죽령 이북(551년, 나제 연합군의 승리로 신라가 점령한 지역)은 본시 우리의 땅이니 이를 돌려주면 원병을 보내겠소." 하였다.

이에 춘추는 제 소관이 아니라며 거절했다.

죽령 이북의 땅은, 우리 백성들이 통한하여 일찍이 부모의 나라를 잊은 적이 없고, 온달 장군의 관이 죽어서도 움직이지 않은 비원의 땅인데, 이를 놔두고 화평을 운운한 춘추의 생각은 과연 무엇이겠는가?

그건 누구나 알고 있는 사실이었다. 중국이 아국의 침략을 서두르고 있는 이때를 이용하여 제 실속을 챙기자는 것이었다. 대막리지 이리가쉼은 분개하여 즉각 그를 가두어버렸다. 이 사건을 두고 혹자는 말한다. 코앞에 닥쳐온 당나라와의 대전쟁을 치르려면, 그의 협상을 수용했어야 하지 않느냐고. 그러나 나의 생각은 다르다. 저 온달의 비원을 쓰다듬지 않고서 누가 무엇을 위하여 피를 흘리며 싸우겠는가?

보장왕 2년(643년). 당태종이 왕을 책봉하였다.

이듬해(644년) 정월. 궁에 도착한 태종의 사신은 고구려가 백제와 더불어 신라를 침략하지 말라고 했다. 만일 또다시 신라를 친다면 명년에 군사를 발하여 너희 나라를 칠 것이라고 협박하였다. 그러나 이미 그전에 신라의 두 성을 탈취한 이리가쉼은 급거 상경하여, "지난번 수(隋)의 침략 때, 신라는 그 틈을 타서 우리 땅 오백 리를 빼앗았으니, 돌려주지 않으면 싸움은 그칠 수 없다."며 그를 돌려보냈다. 이후에 재차 사신을 보내오자, 내정간섭이라며 굴 속에 가두어버렸다.

이때 대막리지는 백제와 설연타(튀르크계 부족)에게 연합을 모색하였다. 당은 침략 준비를 완료하였다. 시월에 평양의 눈(雪)빛이 붉었다.

보장왕 4년(645년). 마침내 당과의 전쟁은 시작되었다. 2월에 원정 도

중 당태종이 신하들에게 말했다. "요동은 본래 중국 땅인데, 수가 네 차례나 군사를 출동했어도 취하지 못했다. 내가 지금 동(東)을 정벌하는 것은, 중국을 위하여 그 원수를 갚고, 고구려를 위하여 도적 막리지가 군주를 죽였으므로 그 치(恥)를 씻어주려 함이다. 지금 천하가 모두 평정되었는데, 오직 요동만이 복종치 않고 있다. 병마의 강성함만 믿고 모의하여 싸움을 유도하므로 전쟁은 바야흐로 시작되었다. 짐이 친히 정벌하여 후세의 여한을 없애려 한다."

6월부터 9월의 넉 달 동안, 안시성은 당태종의 공격을 막아냈다. 우리는 이겼고, 그는 본국으로 되돌아갔다. (이하 전쟁의 상세한 진행 과정은 생략.)

회고해보면, 이리가쉼은 신(神)이 되고 싶었던 것 같다. 물에서 태어났고, 또 물을 만든 하늘의 아들이 되고 싶어했다. 그러기 때문에 그가 도교의 수입을 적극 추진했는지도 모른다. 소수림왕 이래로 왕실은 불교와 유교를 숭상했다. 당연히 중국의 문물과 제도가 쏟아져 들어왔다. 그러나 백성들은 제 조상신을 섬겼고, 그 모든 신들 위에 계시는 해신(日神)을 믿었다. 태초에는 흑암이었던 고마(神), 바로 그분이었다. 처음 이 땅에 들어온 도교는 오두미도와 태평도였다. 중국에서 민란은 황건의 난 때처럼 대개 이 신앙에서 일어났다. 백성들은 고마를 정점으로 차츰 이를 받아들여 개벽사상으로 발전시켜 나갔다.

그러나 이리가쉼이 장려한 도교는 이와는 다른 것이었다. 노자의『도덕경』에 근거하여 무위(無爲)의 정치를 역설하는 사상이었다. 그것은 초인(超人)의 정치였다. 아무것도 하지 않으면서 모든 것을 다하는, 그러니까 '무위 즉 무불위(無爲則無不爲)'였다.

　그는 불사(佛寺)를 도관(道觀)으로 바꾸고, 도사를 존대하여 유사(儒士)의 상위에 두었다. 여기에 고승들이 반발하여 줄줄이 나라를 떠났다. 우리나라에서 불교는 처음부터 왕즉불(王則佛)로 시작하였다. 특히 삼론학(三論學)은 왕실 중심의 통치사상이 되었다. 이것은 공(空)을 기반으로 한 중도(中道)사상으로서 무(無)와 다름을 철저히 궁구하는 불학(佛學)이었다. 이를 강(講)하던 보덕화상은 이리가쇰의 무위정치와 정면으로 충돌하여 마침내 백제로 망명하고 말았다.

　이리가쇰은 모든 권위를 부정하였다. 현실의 왕권뿐만 아니라 귀족까지도 모두 부정했다. 이런 점에서 그는 백성들의 개벽 신앙과 외견상 잘 부합하였다.

　그러나 이 둘의 꿈은 동상이몽이었다. 세상을 근본적으로 바꾸는 것은 결코 일인의 초인에 의해서 실현될 수 없는 것이었다. 사실 이 둘은 가장 극단적인 대립물이었으나, 그가 정변에 성공하기 전까지는 서로 하나가 되었었다.

　물론 그는 당태종의 환심을 사기 위해서 도교를 구해오기도 했다. 당은 노자를 황실의 선조로 받들고 있었다. 더욱이 태종은 한(漢)나라 문제(文帝)의 무위정치를 가장 이상적인 정치이념으로 삼고 있었다. 나는 이 점을 말하고 싶다. 한문제는 국초에 귀족세력을 억압하고, 황제권을 높이기 위해 황노술(黃老術 : 황제와 노자의 무위정치)로서 치세했다고 한다. 이것은 당태종과 대막리지 모두 시공을 초월해서 필요한 통치 철학이었다. 하지만 정작 한나라도 도교의 일파인 태평도와 오두미도의 반란(황건적의 난)으로 망하고 말았지 않은가?

　더욱이 이리가쇰은 왕권까지 부정해야 했기 때문에 불교에 대한 견제

264

와 억압이 특히 두드러졌다.

삼론학의 이이불이(二而不二 : 둘은 곧 둘이 아니다)는 세체(세속)와 진체(진리), 주관과 객체, 피아의 대립을 해소시켜 치자와 피치자를 하나로 융합시키는 역할을 했다. 공(空)의 현실세계는 바로 이것이었고, 중도(中道)의 방편은 왕을 정점으로 한 이이불이였다.

그러나 현실은 피폐할 대로 피폐해 있었다. 귀족은 수탈에 여념이 없고, 왕은 이를 제어할 능력도 없었다. 느는 것은 부세와 부역이니 백성들은 구렁텅이에 쓰러져 죽어가건만 국고는 채워지질 않았다. 질병이 창궐하고 지진이 일어났다. 수많은 사람들이 양인(良人) 신분에서 노비로 팔려갔다. 이제 백성은 없고, 5부(五部)의 귀족과 족원들만 남았다. 설상가상으로 그들마저 서로 다투고 흩어지니, 과연 이 나라의 주인은 누구인가?

중국과의 계속된 전쟁은 우리 맥(貊)족 말고도 예(濊)·한(韓)·말갈·거란 족의 수많은 전사들을 희생시켰다. 이들은 고구려를 위해 선봉에서 싸웠고, 전장의 시체가 되어 이 나라를 지켰다. 그런데도 이들을 백성으로 생각지 않고 칼이나 군마처럼 쓰고 버리니, 이러고도 어찌 나라라 할 수 있으며 또 전쟁에서 이기길 바라겠는가?

나는 평생을 두고 잊지 못하는 일이 있다. 보장왕 4년(645년), 당태종이 요동성을 함락하고 이어 나의 안시성을 포위했을 때였다. 이리가쉼은 북부 욕살(褥薩 : 큰 城의 장관) 고연수(高延壽)와 남부 욕살 고혜진(高惠眞) 장군에게 15만의 군을 주어 나를 후원하도록 했다. 그러나 이 후원군은 당군의 계략에 걸려들어 3만여 군사를 잃고 항복하였다. 이때 투항한 두 장군은 당태종한테서 관작(官爵)을 받고 길잡이가 되어주었고, 추장 3500명은 벼슬(戎秩)을 받고 당의 내지로 보내졌다. 그러나 말갈 병사 3300명은 그 자리서 생매장을 당하였다. 나의 병사와 백성들은, 성 밑에 진을 치고서 우리를 불러내는 민족 배반자 고연수, 고혜진 두 장군을 치를 떨면서 내려다보았다. 나 또한 이 모든 것을 똑똑히 지켜보았다.

하던 얘기로 돌아가서, 세상이 이처럼 피폐하니 참언이 흉흉히 나돌고, 구세(救世)를 한다는 자들이 속출하였다. 사람들 속으로 오두미도가 더욱 깊이 파고들었다. 입교자에게 쌀 닷 되를 받고 길에 의사(義舍 : 무료 숙박소)를 설치하여 행인에게 무료로 숙사를 제공하고, 병을 치료하여 거둔 오두미(닷 되의 쌀)로 의미(義米)와 의육(義肉)을 마련하여 빈민을 구제하였다. 물의 신성함을 밝히는 『오두경(五斗經)』을 암송하고, 천·지·수 신에게 참회의 글을 써 바치고, 질병을 치료하기 위해 신성한 물에 부적을 타 마셨다. 태평도 또한 우길(于吉)이란 사람이 곡양의 샘가에서 태평청령서(太平淸領書)를 신에게 받아 태평도를 세웠다 하였으니, 샘이 더없이 신성한 것으로 받아들여졌다.

신성한 물과 샘. 이것은 이리('샘'의 고구려말)가쉼의 핏줄이 하늘에서 내려온 것임을 충분히 믿게 만들었다. 그는 혹세무민을 서슴지 않았다. 이리가쉼은 더 이상 힘들이지 않고도 왕권을 보호하는 불교를 몰아낼 수 있었다. 하지만 이 일은 가만히 있어도 저절로 되는 건 아니었다. 때가 온 것이었고, 그 기회를 놓치지 않았다.

바야흐로 이리가쉼은 거사에 성공하여 자신이 왕위에 오르려 하였다. 나는 강력히 반대하였다. 그는 당장은 삼론학의 이이불이(二而不二)를 부정하지만, 궁극에 원하는 것은 그것과 다를 게 없을 것이었다. 그렇다면 그가 말하는 혁명이란 무엇인가? 성만 바꾼다고 혁명이 되는가? 그는 물을 이야기하지만 기실은 쇠(鐵)였다. 우연히도 그의 이름을 풀어

보면 샘가의 쇠다.

하늘에서 내려온 물은 바다에 이르고 다시 하늘로 순환한다. 이는 무엇을 말하는가? 모든 물은 합류하며, 어떠한 장애가 있더라도 목적지에 이른다. 하늘에서 생겨나서 끝없이 끝없이 더 넓은 데로 나아가는 것, 이것이 곧 혁명이다.

그러나 쇠는 강하지만 커지는 바가 없고, 날카롭지만 이르는 데가 없다. 무력은 아무리 강하여도 결코 사람의 마음을 사로잡을 수 없다. 중국의 옛말에, 임금은 배요 백성은 물이니, 물은 능히 배를 실어 띄울 수 있지만, 한편 배를 전복시킬 수도 있다는 말이 있다.

끝내 백성들은 새로운 성군을 태우지 못하고, 이제 우리 고구려가 끝나려는 것 같아, 내 붉은 심장이 쥐어뜯기고 사지가 찢겨지는 비통한 마음을 이루 말할 수가 없다. 허나 국운이 비록 다하여도 달이 기울면 차오르듯, 그 백성이 살아 있다면 다시 부흥하는 것은 자명한 이치다. 그 백성이 살아 있다면!

이 대업이 아침 해처럼 우리 앞에 빛나게 떠오르기 때문에, 나는 다시 이 글을 이을 수 있는 것이다.

생각해보라. 우리는 단 한 번도 중국의 힘을 빌어 다른 나라를 쳐들어가본 적이 없다. 이것은 백제나 신라, 아니 어느 나라와도 다르다. 나는 그 까닭을 조용히 자문해보았다. 무엇일까? 그것은 신(神)이었다. 그리고 신이 된 조상들의 이야기였다. 마르지 않는 꿈이었다.

아주 먼 옛날, 사람들이 평화롭게 살던 꿈 같은 시절이 있었다. 붉돌(백두산)에서 사슴, 노루 타고 뛰놀며, 대수(大水 : 압록강)에서 물고기와 헤엄치는 무지개 같은 날들이었다.

골짜기 따라 부락들이 만들어지고, 부민들은 남의 골을 침범하는 일이 없었다. 감옥도 없고, 부족한 식량을 서로 나누며 술과 가무를 즐겼다. 족장들은 회의를 하여 나라를 이끌었는데, 선출된 연맹장은 하늘에 국가의 안녕과 풍년을 기원했다.

그러던 어느 날 창칼과 군마가 이들을 짓밟았다. 고조선의 땅에 한사군(漢四郡)이 설치되고, 이 소국(고구려)에는 현도군이 들어섰다. 부족들은 분연히 일어나 일치단결하여 중국과 싸웠다. 가열찬 투쟁, 장렬한 희생은 자신들의 땅에서 이들을 몰아내는 첫번째 승리를 가져다주었다. 이것은 말 그대로 시작에 불과했다. 이 땅에서 중국의 예속을 완전히 청산하기까지 무려 400년의 세월이 걸렸다. '중국이 물러난 그만큼 우리의 영토는 넓어지고, 나라의 힘은 커져갔다.' 이것이 우리의 역사다. 적들이 점령한 땅은 누만대를 살아온 선조들의 땅이었으니, 우리는 선조들과 운명을 같이할 수밖에 없다. 어떤 고난, 어떤 핍박, 어떤 좌절, 어떤 치욕 속에서도 견디어내야 하는 것, 조상과 우리를 숙명적으로 묶어주는 것, 그것은 우리가 하늘의 자손(天孫)이라는 신앙이었다.

나는 이쯤에서 다시 이리가쇰의 이야기를 해야겠다. 그가 자신의 가문(씨족)을 신성하게 치장하여 혹세무민하려는 것은 차라리 조상에 대한 치욕이었다. 비록 때를 만나 혁신의 겉옷을 입었지만, 그 안에는 가장 낡은 복고의 정신이 도사리고 있었다.

우리는 현도군 시대 이전의 고구려를 이미 오랜 옛날에 되찾았다. 그렇다면 그뒤의 우리 영토는 중국 땅을 빼앗아서 이룬 것인가? 원래 하나였는데 나머지 아홉을 정복한 것인가? 이것은 당나라가 우리를 침략할 때 내건 바로 그 명분이었다. 사실상 이리가쇰의 본질은 정복 외에 달리 설명할 길이 없다. 방어자의 옷을 입은 정복자. 왜냐하면 신성한 씨족의 시원은 언제나 그 출발이 덜 신성한 씨족의 정복에서 찾아지기 때문이다. 결국 그는 수많은 백성을 전쟁에 동원하여 자신의 가문을 지킨 셈이다. 극언하자면 그가 생각하는 국가는 이런 것이었다.

나는 전쟁 영웅이 진정한 민족 영웅으로 거듭 태어나기 위해서는 한 사람의 이름 없는 백성으로 돌아가야 한다고 믿는다. 진실로 무위의 치는 무명의 치가 아니겠는가? 백성의 입장에 섰을 때, 비로소 과거와 미래가 열리는 것이다. 현도군 시대 이전의 과거는 조국의 미래에 어떤 빛을 던져주고 있는가? 또 그 미래는 그 과거에 어떤 해명을 원하고 있는가? 그 해답은 백성만이 내릴 수 있다. 물은 언제나 끊기는 법 없이 이어지고 끝없이 더 넓은 데로 나아가기 때문이다.

이제 크고 강력한 하나의 나라를 백성이 만들어야 한다. 사람과 사람을 차별하는 모든 벽을 허물고, 신앙과 부족과 언어를 초월하여 다양한 사람들이 모여 사는 위대하고 공정한 나라. 이것이 내가 오랫동안 꿈꾸어온 미래의 세계이다.

혹자는 묻는다. 무지랭이, 한낱 바람에 쓸리는 잡풀들이 무엇을 할 수 있느냐고. 그들은 마(魔)에 홀리고 사(邪)를 좇아 세상을 어지럽히는 존재가 아니냐고.

나는 말한다. 무릇 파도치지 않는 바다가 없듯이 하늘 아래 미혹되지 않는 백성이란 없는 법. 하지만 모든 물은 바다에 와서야 영원히 정화되지 않은가고.

미래의 나라는 이들의 손에 달려 있다. 대수맥(大水貊 : 원고구려) 시대 이전, 동방(혹은 東夷)과 고조선의 시대를 이제 가문의 손에서 백성들의 손에 넘겨주어야 한다. 아니, 작금의 가문들은 애당초 그 시대에 관심도 없었거니와 알지도 못했다. 다만 무조건 거부할 뿐이었다. 자신들 가문보다 더 신성하고 위대했던 선대(동방과 고조선의 시대)를 인정하고 싶지 않았던 것이고, 대수맥의 다섯 부족 외에는 국인(國人) 될 자격을 원천 봉쇄함으로써 자신들만의 배타적 특권을 유지하기 위해서였다. 그러나 지금 시대는 어떠한가?

세계는 바야흐로 수·당에 의하여 거대한 화족(華族)의 천하가 되었다. 그 주변 민족들은 이제 긴 잠에서 깨어나 비로소 자신의 세계를 찾기 시작했다. 우리는 어디서 왔는가? 화족이 긴 역사를 거치면서 하나에서 열이 되었다면, 우리의 하나에서 열은 무엇인가? 그들은 다 모두 어서 백을 이야기하고 있는데, 우리는 다 털어내고서 하나만 강조하고 있지 않은가?

통일국가의 힘은 이런 것이다. 열을 하나로 만들고, 그 하나가 백의 힘을 내게 하는, 이른바 문명의 힘이다. 중화문명, 이를테면 화족(華族)의 문명에 대응하는 고마족(貊族)의 문명은 무엇일까?

나는 여기서 오래 된 고마족의 전설 하나를 소개하겠다.
까마득한 태고에,
북방에는 아홉 개의 여족(九黎族)이 살고 있었다. 그 임금은 치우(蚩尤)라는 자였고, 당시 세상에서 가장 힘이 센 자였다. 화족의 왕인 황제(黃帝)도 늘 그를 두려워했다. 어느 날 황제는 사방의 왕들과 모의하여 그를 물리치기로 했다. 여러 왕들도 치우를 겁내 군대와 무기를 보내주었다. 드디어 천하를 다투는 싸움이 시작되었다. 처음 전투에서 치우는 황제 연합군과 대항하기 위해 하늘의 풍백(風佰)과 우사(雨師)에게 도움을 청하였다. 먼저 치우는 안개를 일으켰고, 그런 다음 앞이 안 보이는 적을 급기야 폭풍우로 쓸어버렸다. 첫 전투는 이렇게 해서 치우가 대승을 거두었다. 그러나 문제는 두 번째 전투였다. 싸움에 패한 원인이 폭풍우 때문이란 걸 안 황제는 천녀 발(魃)에게 가뭄을 기원했다. 마침내 비가 그쳤고, 황제는 수많은 병사를 이끌고서 탁록(涿鹿)의 들에 나아가 치우를 물리쳤다. 그때 치우가 흘린 피는 장장 백 리를 넘어 강을 이루었다. 이로부터 사방의 왕들이 순종하여 그를 천자로 받드니, 황제는 도읍을 탁록산 아래의 평원에 정하고 천하를 통치하게 되었다.

또 전하여 오길, 이 탁록의 들은 동이(東夷)와 중화(中華)의 오랜 전쟁터로, 이 뒤를 이은 것이 화족의 우(禹 : 중국 최초의 왕조인 하夏 왕조의 시조)와 동이족인 단군의 전쟁이라 하였다.

그런데 치우는 고마(곰)의 모습을 하고 쇠를 먹는 신으로 전해오고 있다. 이것은 맥에 대한 전설과 너무 흡사하다.

여기서 다시 황제(黃帝)에 대한 얘기를 해보자. 중국인들은 자기들의 시조가 천하의 중심이어야 한다고 생각하여, 누를 황(黃)자를 써서 황제(黃帝)라 하였다. 그것은 고래로 황색이 중앙을 나타내는 색깔이라고 믿어왔기 때문이다. 중화(中華)는 중원의 땅에 화족이 일어나 사방을 다스린다는 뜻이니, 황제야말로 최초로 중화의 신이었다. 그후로 그들은 동방의 세계는 동이(東夷)라 불렀다. 동명이나 주몽이 '활을 잘 쏘는 사람'이란 뜻인 것처럼, 이(夷)는 대궁(大 + 弓)을 표기한 것으로서, 동이는 곧 동쪽의 큰 활을 가리킨다고 했다.

태고에 황제를 능가하는 자는 치우였다. 그는 최초로 동방의 신이었던 것 같다. 아마 그는 안개처럼 많은 활을 폭풍우처럼 쏘아댔는지 모르겠다. 하지만 살해된 치우는 중국 역사 속으로 들어가 중국에서 최초로 병장기를 만들어낸 군신(軍神)이 되어버렸다.

내가 말하려는 것은 이것이다. 중화의 힘은 모든 걸 자기 것으로 끌어들이는 흡인력에 있다. 그에 반해서 우리는 순수한 혈통만을 가려내어 지키려고 한다.

중국족과 주변의 다른 종족의 시초는 모두 엇비슷했음이 틀림없다. 그러나 승패는 자신들의 신을 중심으로 조직하고 통합하는 능력의 차이였다.

지금 우리가 중국에 대항하기 위해선 이 능력을 배워야 한다.

우리의 대수맥(원고구려) 시절은 실로 보잘것없는 소국에 불과했다. 그때 우리가 소속된 천하는 강대한 고조선이었다. 고조선은 한(漢)나라에 의해 망했지만, 우리 고구려는 그때 분연히 일어나 수백 년 동안을 싸워 그들을 모두 물리쳤다. 치우 이래의 동방 문명은 고조선으로, 다시 고구려로 이어졌다. 그러나 우리는 언제나 대수맥 시대를 상한선으로 민족의 시원을 기록했다. 광개토대왕 때에도 그랬다. 그래서 고구려의 문명은 결코 대수(大水 : 압록강)를 넘어본 적도 없고, 또 넘을 생각도 없었다. 우리의 신은 항상 거기에만 갇혀 계셨다. 광개토대왕의 무력은 이미 동방세계를 장악했음에도 불구하고 말이다.

그래서 내가 도달한 결론은 나라의 힘은 무기와 군대에서가 아니라 문명의 힘에서 나온다는 것이다.

나는 우리 동방세계가 갖고 있는 수많은 신들과 영웅들의 이야기를 우리가 끌어안고 미래를 향해 내뿜어야 한다고 굳게 믿고 있다. 새로운 세계는 아득한 옛날 우리들의 잃어버린 신과 영웅과 백성들의 이야기로 시작되어야 한다. 그것이 민족의 통합에 앞서는 선결 조건인 것이다. (이하 단군과 기치카간의 신화가 계속 이어지나 생략한다.)

뱀밥과 쇠뜨기, 그리고 새로운 출발

1

장안 같으면 벌써 장미꽃, 해당화가 꽃봉오리를 터뜨렸을 때다. 바람만 살랑 코끝을 스쳐도 처녀의 가슴이 간지럽고 설레이는, 절기는 춘분이었다. 하지만 이곳은 아직 살을 에는 삭풍의 지대였다. 뱀밥 비슷한 것이라도 구경하려면 줄잡아 한두 달은 더 기다려야 한다. 개울이 흐르는 산기슭, 희끗희끗 녹은 눈 사이로 뱀밥이 뾰족이 고개를 내밀면 그제야 봄이 왔다는 걸 안다. 그러나 차간 싸아르(몽골말로 하얀 달 : 정월)도 겨우 스무날 지났다. 끝없는 설원. 흰 것 외엔 천지간에 아무것도 없었다. 희다, 희다, 희다 …… 순식간에 착각에 빠졌다. 이루 말할 수 없는, 거대한 흰 알 같은 세계. 숫사슴이 설해목(雪害木) 사이로 햇빛을 받고 눈을 말똥거리며 서 있다. 그 곁으로 얼음 깊숙이 개울이 흐르고 있었다. 뱀밥은 땅속에서 여직 겨울잠을 자고 있다. 마치 창에 비쳐든 아침 햇살이 단잠을 깨우는 것처럼, 어느 날 어린 뱀밥은 기지개를 켜고 땅 위로 고개를 내밀 것이다. 제 머리 위에 무엇인가가 이불처럼 덮여 있다. 포근한 마른 풀이다. 뱀밥은 알았을까? 그게 겨우내 엄한(嚴寒)을 막아준 제 어미 쇠뜨기인 줄을. 뱀밥은 여름에 땅속에서 태어나 가을 동안 조금씩 자란다. 겨울이 되면 잠을 자는데, 그때 어미 쇠뜨기는 알몸으로 언 땅거죽을 덮어준다. 봄을 기다리지 못한 성급한 아기 뱀밥은 어미 풀을

젖히고 쑥쑥 자라나서 수없이 많은 홀씨를 사방에 뿌리고는 곧 시들어 버린다. 홀씨들은 땅에 가득히 어미 쇠뜨기로 자란다. 삼라만상은 이것을 신호로 잠에서 깨어나고, 모든 식물은 차례차례 봄을 맞는다. 다시 여름이 되면 쇠뜨기의 땅속 줄기에서 뱀밥이 태어난다.

뱀밥이 대지 위에 뿌린 홀씨처럼, 나라가 망한 후 천지 사방에 흩어진 고구려인은 이제 쇠뜨기가 되어 땅속 깊숙이서 새로운 고구려의 싹을 키우기 시작했다. 고구려와 고구려 임시정부와 새 고구려(발해)는 뱀밥과 쇠뜨기와 또다시 어린 뱀밥처럼 굳건히 땅속 줄기로 이어져 있었다. 아득한 옛날 고조선과 대수맥과 고구려가 그러했듯이……

을천은 며칠 후면 영주로 돌아가야 했다. 이번 출행의 주목적은 담비의 입수였다. 최근 안마타사치가 죽은 후, 주인 강의라는 안마타사치의 아들 안연언(安延偃 : 후에 난을 일으킨 안록산의 부친)과의 중개 거래에 만족치 못하고, 산지에 직거래를 트는 이중 무역을 시도했다. 역시 그 일에는 연고가 있는 을천이가 적임자였다.

— 자네 뭘 그렇게 골똘히 생각하나?

— 아니야.

— 그러지 말고 이야기해봐.

을천은 내키지 않아 했다.

— 음, 영주 사정이 별로 좋질 않아.

어머니가 계신 안씨 댁 얘기였다.

— 어떻게 안 좋은데?

양울력이 물었다.

— 이번에 뵈었더니 어머니가······.

을천은 힘들게 말을 이었다.

— 나 때문에 말이 아니셔. 저러다간 돌아가실지도 모르겠어.

사실 안연언이 집안의 주인이 된 후로 계모인 안 부인은 매우 어려운 처지에 빠지게 되었다. 사랑을 독차지하고 살던 부인이었지만, 남편이 죽자 이젠 거꾸로 온갖 구박이 쏟아져 시중들던 을천의 어머니까지 고생이 이루 말할 수 없었다. 설상가상으로 이번의 산지 직거래 건은 그의 노염에 마른 장작더미를 올려놓은 꼴이었다. 배은망덕하다며 그 학대가 말도 못 했다.

— 어머니는 오히려 내 걱정이셔.

— 무슨 방법이 없을까?

양울력이 침통하게 말했다.

— 어머닌 당신의 생각대로 하실 분이야······.

을천은 허공에 눈을 두고 중얼거렸다.

한동안 흐르는 적요를 깨고 을천이 품에서 무얼 꺼냈다.

— 내가 떠나던 날 어머니가 이걸 주셨어. 열 살 때였지.

청동으로 된 고마고리였다.

— 아버지가 주신 거래. 내가 아버지를 기억할 수 있는 전부야. 어머니는 이걸 내게 주시면서,

떨림이 느껴지는 목소리였다.

— 아버지 얘길 해주셨는데······ 그때도 어머니는 울지 않으셨어.

그의 눈시울에 설핏 눈물이 비쳤다.

— 어머닌 슬플수록 웃으시는 분이야. 내가 처음 떠나던 날도 그랬고, 이번에도 그랬어.

양울력의 눈이 빨갛게 젖어들었다.

— 어머니는 누구보다도 잘 알고 계실 거야. 모든 걸 다. 알겠어? 때를 기다리시는 거라고, 때를. 그때를 꼭 당신이 보겠다는 건 아니면서도 말이야. 내 말 알겠어?

갑자기 을천이 쓸쓸히 웃으며 말했다.

— 그건 바로 내 이야기이기도 해.

가끔씩 등잔에서 타닥 하고 불빛이 번졌다. 장정 넷이 꽤 열띤 이야기를 하고 있었다. 등잔의 농롱한 불빛 때문인지 자못 분위기가 심각했다.

— ……하긴 그렇지.

안 대인 쪽에 대해 너무 원색적인 비난은 삼가자는 양울력의 말에, 하달탄은 마지못해 대꾸했다.

— 이 소릴 들으면 길길이 날뛰겠지만, 그쪽에는 웬 내통자들이 그렇게 많아?

오루방이 말했다.

— 그건 돈하고 밀접히 관련되어 있어요.

을천이 날카로운 눈빛을 던지며 툭 말했다.

— 어떻게?

오루방이 물었다. 다른 두 사람도 호기심 어린 눈으로 을천을 바라보았다.

— 광복전쟁을 하려면 무기를 만들고 군량을 비축해야 하는데, 그러려면 돈이 있어야 하잖아요? 돈은 무역에서 생기고, 무역업자들은 허가를 받아야 되고, 무역 일을 하려 드는 사람은 많고. 그럼 자연히 거기에 엄청난 이권이 생기거든요. 안 대인 쪽에서 주장하는 건 그렇게 해서 번

돈으로 전쟁 준비를 한다는 것이지요. 그런데 전쟁을 하면 어떻게 되겠어요? 무역은 안 되고, 가장 큰 시장인 중국을 빼놓곤 얘기가 안 되니까 오히려 자꾸 전쟁은 피하고 준비만 하게 되는 거죠. 중국과 가까운 사람들이 계속 요직에 앉을 건 뻔하고 무역업자들은 그들을 밀어주고, 이걸 유지하기 위해서 어떤 땐 적하고 내통도 하거든요. 이번 간첩 사건도 그래서 터진 거지요. 어쨌든 이런 관계를 은폐하기 위해 내거는 게 고구려란 말입니다. 뭐라 할까요? 방귀 뀐 놈이 뎁데 성내는 격이라 할까요? 자신들의 문제를 지적하면 고구려에 대한 비난이니 반대니 해서 도리어 몰아붙이니, 이번에야말로 그 짓을 못 하게 해놔야 합니다.

— 돈 속을 아는 사람이라 확실히 다르구만.

하달탄이 감복한 표정을 지으며 말했다.

— 맞아. 그건 책 보고 나온 소리가 아니야.

오루방이 이어 말했다.

— 그리고 같은 책 내용이라도 처지에 따라서 다르게 보이니까. 왜 똑같은 물도 소가 먹으면 젖이 되고, 뱀이 먹으면 독이 된다잖나.

— 그럼 이거 헛수고만 했잖아.

양울력이 너털거리며 말했다.

— 헛수고가 다 뭐야, 이건 완전히 죽살이만 친 거지.

하달탄이, 양 장군의 책을 얼마나 고생해서 필사했는지 알아주지 않는다고 눈을 할기족거렸다.

— 아냐, 아냐. 정말 대단한 일을 한 괘인차아는 젊은이야.

'괜찮은'을 유별나게 굴려서 '괘인차아는'이라고, 양 대인의 흉내를 내며 오루방이 말하니 모두들 배꼽을 잡고 웃었다.

웃는 중에 오루방이 말을 계속했다.

— 난 정말 감명받았네. 확실히 보니까 다르더구만. 나라의 힘은 무기와 군대에서가 아니라 문명의 힘에서 나온다고 한 말씀이 가장 와닿더라구.

— 형님처럼 저도 그렇게 느꼈습니다.

을천이 웃음의 여운을 머금고 말했다.

— 안 대인 쪽에서 문제 삼는 게 그거잖아.

양울력이 을천을 보고 말을 이었다.

— 그 당시 양 장군님이 혈통보다는 문명을 세워서 통합해가자고 했을 때는, 아직 나라가 망하기 전이라 가능했다는 게 그쪽 주장이야. 그리고 우리는 중국과는 달라서 대수(압록강) 시대부터 저항과 항쟁의 역사를 살아왔기 때문에 혈통 중심은 당연하다는 거지.

— 왜 혈통 중심이 당연하다는 거지?

하달탄이 반문했다.

— 중국과 싸워 이겨낸 그 모태가 대수 시대의 다섯 부족인데, 이 정통을 허물면 항쟁의 중심이 없어져버린다는 거고, 광복을 하려는 지금, 그건 더더욱 중요하다는 거야.

양울력이 대답했다.

— 어이, 보게. 지금 요동에선 고씨하고, 연(이리)씨가 다 해먹잖아. 하나는 왕족이고, 하나는 대막리지 집안인데. 자기들이 나라 다 망해먹고서, 이제 와선 중국 놈 관리가 되어서 제 백성들 피 빨아먹고 있잖아. 이건 뭘 말하나. 이런 명명백백한 사실을 놓고서 그런 얘기들이 먹혀들어가는 걸 보면, 난 도무지 이해할 수가 없어.

하달탄이 분통을 터뜨렸다.

을천이 말을 받았다.

— 그러니까 이야기가 거기에 맞게 바뀌는 거야. 말이란 게 원래 둘러대면 다 그럴듯해지잖아? 가문(씨족)이 잘못돼서가 아니라 그 각자가 매국노, 배반자라는 거야. 그리고 이제는 가문 하나하나가 아니라, 전 가문이 대동단결해서 나라를 다시 세우자는 거지. 그럼 이해관계가 맞아떨어지는 사람들이 훨씬 많아지고, 중심은 역시 중심에서 나와야 한다는 주장도 훨씬 강력해지는 거지. 백성들도 자신들이 고구려 사람이니까 의당 그걸 당연하게 받아들이고, 또 다른 말갈이나 거란 백성들에 비해 월등히 대우를 잘 받으니까 거기에도 만족하는 거지.

— 을천이 자네는 거 남의 속 들여다보는 데는 뭐가 있어.

오루방이 껄껄 웃었다.

— 이 사람 하는 일이 그 일이잖아요.

하달탄이 거들었다.

— 문제는 우리끼리 이해하고 마는 게 아니라, 설령 저쪽을 설득시키지 못한다 해도 이 차제에 우리쪽의 정당성은 확실하게 해두어야 해.

을천이 다짐을 하듯 말했다.

— 그러려면 저쪽하고 시시비비를 가리기보다는 뭔가 뚜렷한 선견(先見)을 내놔야 하거든.

양울력이 이어 오루방에게 물었다.

— 형님 생각은 어떠세요?

— 맞아. 상대의 부정적인 점만 가지고 공격하면 외려 자가당착에 빠지는 수가 있고, 아까도 얘기가 나왔지만 고구려에 대한 비난이라고 역공을 당할 수도 있어. 그래 큰 호응을 얻기도 힘들지. 우선 말하고 나면 기분이야 시원하겠지만. 허허, 그거 그러고 보니 모두 나한테 해당되는 말인데……

다들 한바탕 웃었다. 오루방이 말을 계속했다.

— 설득을 하려면 바뀐 입장에서 생각해볼 필요가 있는 거야. 우리쪽이 고구려 계승을 반대한다고 생각하는 사람들이 많거든. 저쪽 몇 사람이 워낙 악선전을 해놔서 그러는데, 그 점만 불식시켜도 상황은 많이 달라지지. 문제는 고구려 계승을 확실히 하면서, 울력이 말처럼 선견(先見)을 내놔야 한다구. 그래서 세 파가 통합해나갈 수 있게 말이야.

당시 임시정부 내에 이를테면 크게 세 가지 정파가 있었다. 이민족들은 복속시키자는 수구적인 고구려 부흥운동 세력인 안 대인파, 민족간 차별을 넘어서 전혀 새로운 국가를 만들자는 장 대인파, 고구려를 중심으로 하되 이민족들을 평등하게 아우르자는 양 대인의 범고구려파였다.

— 하긴 우리쪽이 다른 두 쪽에 비해 주장이 애매하고 복잡합니다. 간단명료하지 않으면 다수파가 되기 어렵지요. 주장이 복잡하면 많은 사람들이 따르기 어렵고, 이론이 분분해서 오해도 많게 되고, 그러니 힘이 명쾌하게 모아지지가 않습니다.

을천은 시선을 오루방에게서 모두한테로 옮겨 이야기를 계속했다.

— 지금 우리의 급선무는 누구의 도움이라도 받아서 나라를 세워놓고 보는 거고, 이민족들은 아직 힘이 없으니까 함께 세운 나라에서 모든 민족이 똑같은 대우를 받으면 되는 건데……. 내가 볼 땐 모두 현실적으론 아직 이 단계라고 봐. 그래서 이 점에서만 일단 합치되면 다른 건 따지지 말고 모두 하나로 모으는 거야. 서로가 다른 차이들을 꼬치꼬치 갑론을박하지 말고, 이 대의에 부합하는가만 확인하여 크게 결정하고 크게 행동하는 거지. 이렇게 단순히 확 밀고 나가야 힘이 붙는다구. 장 대인님 쪽은 걱정할 것이 없어. 또 다른 건 몰라도 그쪽이 전투력 하나는 대단하니까 안 대인 쪽에서도 절대로 무시 못 할 거야. 우리가 그걸 잘

조화시켜야 해. 그리고 아까 형님 말처럼 우리쪽이 고구려 계승만 확고하게 해놓으면, 안 대인 쪽이 많이 흔들릴 거야.

— 그건 확실해.

하달탄이 을천의 말 사이에 끼어들었다.

— 그래서 말인데, 이 차제에 우리쪽이 고구려 계승 문제를 확실히 선언할 필요가 있어. 복잡한 말 다 빼고, '우린 고구려 계승 국가를 세운다. 이와 뜻을 같이하는 모든 이족(異族)들과 함께 싸운다. 나라를 세운 후, 함께 싸운 모든 사람은 족속과 신분을 불문하고 동등한 한 나라 백성이다. 이 약속은 고마께 맹세코 영원히 지킨다.' 내 주장은 이거야.

— 야, 을천이 정말 괘인차아는데?

이번에도 오루방이 양 대인 흉내를 내며 말했다. 그러나 아까와는 달리 이들의 웃음 속에는 늠연한 기개가 서려 있었다.

오루방이 이어 말했다.

— 자, 을천이 주장대로 밀고 나가는 게 어때?

2

며칠 후 대인회의가 열렸다. 그들은 각지에서 모여들었다. 특히 전설 같은 고마고리 이야기 속의 주인공, 사리 걸걸중상은 가장 열렬한 환영을 받았다. 그러나 그는 목숨 걸고 여기까지 온 것보다도, 돌아가서가 더 문제였다. 적의 투명 거울 앞에 적나라하게 서 있는 셈이었다. 첩자에 의해서.

걸걸중상과 함께 온 대인들도 회합이 끝나면 아무 일 없었던 것처럼 다시 돌아가야 한다. 중국이 동북 오랑캐들을 경략하기 위한 거점, 영주로.

돌아가서 만일 무사하다면, 그 까닭은 바로 고구려 임시정부의 힘이 강해졌기 때문일 것이다. 걸걸중상을 처형하면 영주의 유민들이 일어나고, 솔쿠리의 군대가 쳐들어오고, 이민족들이 함께 반란을 일으킬 게 불을 보듯 뻔했다.

사실 이즈음 중국 동북 지역의 역관계는 보장왕의 반당(反唐) 거사 사건(677년)까지 거슬러올라가야 한다. 이 시점은 당이 안동도호부를 평양에서 요동으로 옮기면서(676년), 이른바 직접통치가 간접통치로 전환하던 때였다. 즉 고구려 부흥운동의 잠재력을 제거하고, 고구려 군사력이 다른 지역으로 흡수되는 것을 막으며, 과거 한사군 시대의 경략을 재현하기 위해서 668년 이후 안동도호부의 관리로 임명되었던 모든 당인(唐人)들을 파할 뿐 아니라, 보장왕을 정점으로 도독·자사·현령 등을 고구려인으로 임명함으로써, 당은 이 땅에 의도적인 자치를 허용하였다. 그와 동시에 669년 평양과 요동에서 중국 내지로 강제 이주시켰던 2만 8천 2백 호의 고구려인을 칠 년 만에 이곳으로 다시 귀환시켰다.

그러나 당의 정책은 얼마 가지 못해서 전면적인 수정이 불가피해졌다. 자신들의 꼭두각시로 믿었던 보장왕이 속말말갈과 내통하여 반당 고구려 부흥운동을 기도한 사실이 발각되었다. 또 남생(男生 : 연개소문의 장남)이 안동부 관사(官舍)에서 저격당하는 사태가 일어났다. 남생은 당에 투항하여 고구려를 멸망케 한 국적(國賊) 1호였을 뿐 아니라, 당시 간접통치를 배후에서 총감독한 당의 관리였다.

이처럼 예상을 뛰어넘는 고구려민의 저항에 부딪치자, 당은 보장왕을 사천 지방의 공주(邛州)로 유배하고, 대규모 고구려 유민을 또다시 강제 이주시켰다. 그 결과 요동은 지난날의 강성했던 위용을 잃고 쇠락한 땅이 되어버렸다.

이후로 고구려 부흥운동은 요동에서 흥안령으로 근거지가 옮겨가, 대붉산이 새로운 중심지로 급부상했다. 왕 대인의 부대가 여기 들어온 것도 보장왕의 반당 거사가 발각된 직후인 바로 이때였다. (당시 고구려 유민들의 무력은 임시정부 외에도 대단히 위협적인 존재였다. 일례로 고문간高文簡, 고공의高拱毅, 고정부高定傅 등이 거느린 각 고구려 군단은 튀르크 주력군으로 활약하여, 687년 튀르크가 고비사막 이북인 막북을 제패하는 데 큰 공헌을 했다.)

흥안령 남록(南麓) 또한 660년 키와 키타이의 거족적인 대당 반란 이후, 그 일대가 급속도로 민족적 자각에 눈뜨고, 고구려 임시정부의 활동으로 급기야 민족간 반당 연대의 분위기가 한층 무르익고 있었다.

당은 급진전되는 이런 위기 상황을 맞아, 『신당서』 '실위전(室韋傳)'에서 보이는 '측천무후 장수 2년(693년), 이들이 반란을 일으키니 장군 이다조를 보내어 평정하였다.'는 기록과 같이, 고구려 임시정부의 활동을 더 이상 좌시할 수 없게 되었다. (『자치통감』은 이 시기가 694년 정월로 되어 있다.)

그러나 한편 이것은, 691년 일테리쉬 카간의 죽음, 693년 위구르 반란 등으로 튀르크가 잠시 소강상태에 빠지고, 692년 당과 튀르기시 연합군이 티벳을 격파하여 안서 4진을 모두 되찾은 직후여서(이 책 '낙타의 길'에서 상술), 당이 고구려 임시정부를 직접 공략하는 쪽으로 방향을 선회할 수 있는 여력이 생겼기 때문이기도 했다.

걸걸중상은 하늘을 쳐다보았다. 회색 매가 구름 끝을 맴돌았다. ……
그때가 엊그제 같은데 벌써 예순일곱이었다. 하늘이여, 이제 저를 데려
가시렵니까? 바람에 휘날리는 하얀 수염에서 만감이 교차하는 걸 느꼈
다. 세월이 참 빠르기도 하다. 곧 다 만날 수 있겠지……. 어느 새 회색
매 위로 고마고리가 겹쳐왔다. 부드러운 날개가 눈부시게 아름다웠다.
노랑, 파랑, 주황, 초록, 빨강…… 차츰 수많은 색실이 하늘 가득 나풀
거렸다. 누군가의 영혼들을 쓸어안고 가는 듯했다. 왜 저런 게 다 보일
까? 꿈은 아닌데……. 사실 그는 이번에 돌아가면 처형될지도 모른다는
예감을 했다. 요동에서 영주로 올 때의 일이 생각났다. 벌써 이십 수년
이 흘렀구먼. 그날의 전설에 왜 하필이면 내가 주인공이었을까. 피식 웃
음이 새어나왔다.

그의 눈초리는 노익장을 과시했다. 꿈을 찾는 젊은이 같았다. 확실히
모든 위험을 무릅쓰고 그가 여기까지 온 이유가 있었다. 노인은 때를 안
다. 이제 가야 할 사람은 가야 하는데, 할 일이 남아 있었다.

그의 늙은 살갗은 지혜로 가득 차 있었다. 빛이 가득한 얼굴에 미소가
해맑게 번졌다. 아침 햇살을 받고 쏟아지는 심산유곡의 시냇물처럼. 그
는 설원의 세계에 나타난 한 마리 고결한 사슴이었다. 걸걸중상은 오랜
만에 머리를 풀고 가슴을 열었다. 뼈를 치는 냉기가 확 뻗쳐들어왔다.
저는 아무것도 한 것이 없습니다. 그는 무릎을 꿇었다. 장 대인과 안 대
인 그리고 저는 한 뿌리에서 나와 서로 다른 가지를 쳤습니다. 그런데
이제 서로 뿌리를 갈라치려 하고 있습니다. 한 뿌리라는 걸 잊으려 하고
있습니다. 고마여, 그것만은 막게 해주소서. 부디 그것만은…….

노인은 양 대인을 떠올렸다.

오래 전 일인데, 평양성이 무너지고 안시성마저 풍전등화처럼 되자

양만춘 장군이 극비리에 임시정부를 추진했다. 그때 아들인 양 대인이 제일착으로 여기에 도착했다. 그러나 양만춘 장군은 최후까지 안시성을 지키다 안시성과 함께 갔다.

그후 양 장군의 주검을 보았다는 사람은 아무도 없다. ……장군은 영원히 살아 있다. 요동벌의 고마고리, 혹은 대붉산의 숑코르(송골매)로. 걸걸중상은 언제나 장군을 닮고 싶어했다. 사람들은 그를 사슴 사리(포브고 사리 : 사슴처럼 고결한 지도자라는 뜻)라 불렀다. 지금 그와 양 장군을 이어주고 있는 송골매(숑코르)와 사슴(포브고), 이것은 지금까지 걸걸중상이 달려온 인생 마차의 두 바퀴였다.

그날 요동 땅에서 남아야 할 자와 떠나야 할 자가 무엇을 두고 하늘에 다짐했던가? 우리는 그 마음으로 돌아가야 한다. 지금 이때를 놓치면 모든 것이 무너진다. 세상에서 영영 없어져버린다……. 노인은 간절히 빌었다.

걸걸중상은 먼저 양 대인을 만나기로 했다.

— 어떻게 생각하세요?
— 글쎄, 이러다 갈라서는 게 아닐까요…….
— 그걸 막을 방법이 뭘까요?
— 먼저 대인 생각을 들어봅시다.
여기서는 사리도 대인이라 불렸다.
— 어쩌다 에까지 왔는지…….
걸걸중상은 대답 대신 혼자말을 중얼거렸다.
— 아무래도 맘의 골이 너무 패여서 뭐랄까, 구체적인 협상보다도 우선 맘을 어루만져줘야…….

양 대인이 말했다.

— 이때 양 장군님이 계셨더라면……. 답답한 건 우리가 어른이 되어서도 어른 노릇을 못 하니 조상 뵐 면목도 없고, 자식 볼 낯도 없어요.

— 허허, 나 들으라고 하신 말씀 같은데 죄송합니다. 물건이 이것밖에 안 되니 어쩌겠소.

— 쩟쩟, 양 대인님마저 제 말씀을 그렇게 들으시면 어떡합니까.

— 아닙니다. 사실이 그러니까요. 제가 아버지의 발뒤꿈치도 못 따라가니 말입니다. 하지만 그릇은 안 되지만 열심히 해보십시다.

양 대인이 잠시 머뭇거리다 말을 이었다.

— 울력이가 엊그제 뭘 하나 만들어가지고 왔어요. 젊은이들이 의견을 모았다는군요.

걸걸중상이 바짝 다가앉았다. 말똥을 말린 땔감이 화력이 좋아 방안은 따뜻했다. 양 대인이 자리에서 일어나 손수 뜨거운 차를 한 잔 내놓았다. 말젖에 전차(磚茶)를 약간 부수어넣고 끓인 것인데, 피로도 없애주고 몸에 무척 좋은 일종의 식품이었다.

— 난 희망이 보여요.

걸걸중상은 눈을 반짝이며 아까부터 잔뜩 기대하고 있었다. 차를 후, 불면서 양 대인이 말을 계속했다.

— 이제 우리들이 배워야겠더구만요.

— 젊은이들의 의견은 무엇이던가요?

걸걸중상이 물었다.

— 자, 보십시오.

양 대인이 품속에서 꺼내어 건네주었다. 그걸 한참 들여다보고 있는 걸걸중상의 눈에 붉은 꽃이 피었다. 그는 숨을 거칠게 몰아쉬었다.

— 훌륭합니다.

걸걸중상이 이어 말했다.

— 양 대인님 말씀이 맞습니다. 희망이 보입니다, 허허.

— 어때요? 그걸 우리의 공식 견해로 채택하면?

— 아, 좋습니다. 우리 조영(大祚榮)이도 그 비슷한 얘길 합디다만.

— 그 아이들끼린 벌써 통한 얘긴가봅니다, 헛헛.

밖에서는 섬밥 같은 서설(瑞雪)이 하늘 가득히 흩뿌리기 시작했다.

홀룬 · 부이르 호 지구 2인, 돌론노르 지구 2인, 영주 지구 3인, 부여 지구 2인, 그리고 대붉산의 본부 4인, 이렇게 네 지구 일 본부의 대인들이 회동하였다(이 책 하권의 「고구려 임시정부 지역과 독립전쟁지」 지도 참조).

— 오늘의 회합은 다 아시다시피 최근의 간첩 사건으로…….

양 대인이 대수령으로서 모두(冒頭) 발언을 시작했다. 이 사건으로 임시정부가 쪼개질 정도까지 되었는데, 그래도 좋다는 사람이 있으면 본안에 들어가기 전에 먼저 일어나 말하라고 했다.

잠잠했다.

— 그럼 우리 모두가 쪼개져서는 안 된다는 데에는 만장일치로 합의했음을 먼저 선포하겠습니다.

좌중은 숙연하였으나 곧 술렁거릴 것 같았다. 마치 폭풍 전의 고요처럼.

— 자, 본안으로 들어가겠습니다. 먼저 말씀해주실 분은?

본안은 임시정부의 외교정책에 관한 것이었다. 하지만 고구려의 정체성과 임시정부의 진로가 본질이었다.

— 여러분, 우리는 이걸 알아야 합니다.

예상대로 왕 대인이 먼저 말을 시작했다.

— 칼로 천하를 얻어도 칼로 천하를 다스릴 순 없다는 말이 있잖습니까? 우리의 투쟁도 마찬가집니다. 지금 비록 당나라는 우리 적이지만, 그들한테서 배우지 않으면 우린 이길 수 없습니다. 내가 이렇게 말하면 한쪽에선 반민족적이라고 매도합디다만, 어디까지나 그건 단견입니다.

몇 사람이 웅성거렸다. 그중 누군가 언성을 높였다.

— 도대체 무슨 말씀을 하는 겁니까?

이에 왕 대인이 도발적으로 말을 계속했다.

— 그럼 좋습니다. 도대체 민족적이란 게 뭡니까? 이번 전쟁을 한번 보세요. 전쟁에 진 건 누군데, 간첩 사건을 결부시켜 흑색선전이나 하고 책임 전가를 합니까? 난 되려 그러는 쪽이 연결됐다고…….

말하는 중간에 항의와 야유가 터져나왔다. 즉각 양 대인이 증거없이 중상하거나 비방하지 말라고 왕 대인에게 경고했다.

— 아, 물론, 물론입니다. 그런데 보세요. 외교는 물 흐르듯 유연해야 하거든요. 강경책으로만 치달아가지곤 많은 문제를 일으킬 뿐입니다. 패전의 결과가 뭡니까? 백성들은 피폐해지고, 무역은 위축되고, 내부는 책임 문제로 분열되고, 이건 어제 오늘의 일이 아니라 대막리지(연개소문) 때부터 있어 오지 않았습니까? 우리 안엔 아직 그 짓을 답습하려는 분들이 많습니다. 그러면 나라가 망합니다. 그래서 나는 이번 차제에 대막리지식의 대외정책을 분명히 청산해야 한다는 걸 말하는 거예요.

— 말씀 다 끝났으면, 내가 얘기 좀 하겠습니다.

장 대인이 발언권을 얻었다.

— 이 세상에 전쟁을 하지 않고도 나라를 되찾았단 소리 들어봤습니까? 하물며 이번 전쟁은 우리가 일으킨 것입니까? 유연한 것과 약한 것은 다릅니다. 물을 비유하는 것은 그것이 반드시 목적지에 이르기 때문

입니다. 우리의 목적지가 어딥니까? 광복입니다. 독립입니다. 또 하나, 물은 반드시 합류하기 때문입니다. 흩어져 있던 것이 모이고 모여서 거대한 하나가 됩니다. 족속들이 통합되고 민족이 통일됩니다. 약한 것은 결코 물과 같지 않아서, 중도에서 소멸되고 있던 것도 뿔뿔이 흩어지고 맙니다. 지금 우리 앞에 놓인 운명은 소멸입니까, 생존입니까, 아니면 번영입니까?

장 대인의 눈빛은 열정에 차 있었다.

— 나는 왕 대인께서 말하는 외교는 유연한 것이 아니라 유약한 외교라고 생각합니다. 대막리지 말씀을 하시는데, 그분을 비판할 때는 유연하냐 강경하냐가 아니고, 수구적이냐 혁신적이냐로 봐야 합니다. 차라리 대막리지는 강한 외교를 펼쳤지만 속이 허했기 때문에 결과는 약한 것이었습니다. 그러나 왕 대인이 말하는 외교는 겉도 허하고 속도 허한, 대단히 굴욕적인 외교입니다.

저쪽에서 큰 소리가 나고 야유가 빗발쳤다. 그러나 양 대인이 이번에는 아무런 주의를 주지 않았다. 장 대인은 말을 계속했다.

— 그래서 내 말은 겉만을 보고 이쪽이 막리지식이다, 아니면 저쪽이 막리지식이다 하는 건 지금 와선 별 의미가 없다는 겁니다. 본질을 봐야지요. 우리 임시정부는 양 장군님의 지론을 따르니, 그 본질이 외유내강, 즉 속이 실하고 겉이 유연한 도리에 서 있는 거지요. 그러려면 혁신적이어야 한다는 겁니다. 혁신적이란, 벽을 허물고 차별을 없애 백성들이 모두 한마음이 되도록 한다는 거 아니겠어요? 그래서 말인데 지금이라도 실익이 없는 시시비비는 중단하고, 허심탄회하게 모두 합류하여 대망의 목적지로 나가자는 겁니다.

— 말씀 잘 하셨습니다.

안 대인이 말을 받았다.

— 속이 실해야 겉이 유연해지지요. 맞는 말씀입니다. 그게 양 장군님의 지론이고요. 그렇다면 결국 문제는 실력인데, 그것이 하루 아침에 쌓입니까? 나라를 부강하게 하고 힘을 키운 다음, 최소한의 희생으로 광복을 이뤄야 합니다. 그럼 그 방법이 뭔가? 경제입니다. 특히 무역이죠. 또 인재를 양성하고 강한 군대를 만드는 겁니다. 무모한 전쟁에 인명을 몰아넣어 희생시키는 건 큰 죄악입니다.

그는 차분하게 설득조로 말했다.

— 그래서 드리는 얘긴데, 민족적이란 걸 좀더 잘 생각해보자는 것이지요. 무엇이 진정으로 민족을 위한 길인가? 우리가 실력을 쌓자는 게 마치 전쟁을 회피하자는 얘기로 받아들여져선 절대로 발전이 없습니다. 세상에 거저 되는 게 어디 있습니까? 힘없는 사람이 오기나 강짜를 부린다고 통합니까? 그럴래도 힘이 있어야 하는 것이지요. 아까 어느 분이 말씀하신 것처럼 이 힘을 키우기 위해서 우리가 하나가 됩시다. 이것이 민족을 살리는 길이고, 최대한 희생을 줄이는 방식으로 독립할 수 있는 유일한 길입니다.

장 대인이 막 반박하려 하자 양 대인이 제지했다. 그리고 걸걸중상이 발언권을 얻었다.

— 제가 이야기 하나 하고 싶어요.

걸걸중상은 하얀 수염을 쓰다듬으며 말을 시작했다.

— 어제 나는 하얀 눈 위로 떠오르는 붉은 해를 넋을 잃고 쳐다봤습니다. 온통 핏빛으로 물드는 흰색은 순결한 처녀막 같았어요. 곧 온 천지에 생명의 잉태가 시작되고 만물이 태동하리라는 걸 알겠더군요. 문제는 그걸 이 늙은 것의 몸 속에서 느낀 겁니다. 내가 애를 뱄다구요. 허

허, 이 늙은이가요. 여러분, 아시겠습니까? 여러분, 이 회의가 끝나면 한 사람씩 와서 내 배에 귀를 대고 들어보세요. 이런 일이 세상에 있을 수 있겠습니까? 그런데,

그는 선한 눈을 들어 절벽 위에 서 있는 사슴처럼 사람들을 쳐다보았다.

— 그게 일어나고 있단 말입니다. 여러분, 모든 걸 버리고 한번 느껴 보십시오. 이론이고 논쟁이고 일단은 다 버리고 알몸으로 눈 속으로 들어가 보시라구요. 저 흰 눈이 뭘 말합니까? 흰 나무 아래 사슴은 뭘 찾고 있습니까? 모든 게 살아 있습니다. 얼어붙은 물도, 눈 속에 파묻힌 바위도, 흙 속에 잠자는 식물도 모두 모두 살아 있습니다. 그런데,

그의 눈은 마치 죽어가는 생물을 다시 약동시킬 듯 호소하고 있었다.

— 오직 여기 있는 사람들만 죽어 있습니다. 왜입니까? 왜 죽어 있는지조차 모릅니까? 사랑이 없어졌기 때문입니다. 사랑이 없이는 생명이 탄생할 수 없어요. 가장 왕성한 사랑은 젊은이들이 합니다. 난 자식들한데서 사랑을 배웁니다. 내 말이 들립니까? 여전히 사랑이 안 보입니까? 붉은 피가 낭자한 전쟁터에서 고귀한 피를 바친 젊은 전사들이 안 보입니까? 그들이 바친 피, 왜, 조국을 사랑하기 때문에 자신들의 하나뿐인 생명을 이 땅 위에 뿌린 것입니다. 그건 조국의 해가 다시 떠오르고 있다는 증겁니다.

그의 눈에선 붉은 핏물이 떨어지는 듯 보였다.

— 앞서 말한 분들이 모두 하나가 되자고 역설했습니다. 그런데 서로가 다른 얘기를 하고 있어요. 그런 건 얼마든지 좋지만, 이야기에 사랑이 없으면 절대로 하나로 합쳐지지 않아요. 세상의 모든 건 사랑이 있어야 합쳐집니다. 그래서 새로운 생명이 잉태합니다. 그것은 거역할 수 없는 신의 섭립니다. 여러분의 가슴에 사랑이 없으면 지금 당장 모든 걸

다 집어치우십시오. 눈 속에 박힌 돌마저 살아 있는데, 여러분 같은 송 장들은 어디다 쓸까요?

걸걸중상의 음성은 애연하면서도 마음속을 깊이 파고드는 힘이 있었다.

— 아직 쓸 데가 있단 말인가요? 좋아요. 그런데 하늘 아래서 가장 숭고한 것이 뭔지 아세요? 제 목숨을 바쳐서 사랑하는 거예요. 난 저 대붉산의 산봉우리에서 휘날리는 것이 그것인지 알았단 말예요. 여러분, 안 그래요? 안 그러면 저건 뭐예요? 여러분의 더러운 똥막가지인가요? 양 장군님의 깃발이 저것이던가요? 빨리 내립시다. 안 그러면 아이들을 잃는다니까요? 안 그러면 아이들이 떠나간다니까요? 안 그러면 이 나라는 끝난다니까요? 아이들이 없으면 누가 이 나라를 지키고, 누가 이어가나요?

좌중은 참으로 쥐죽은듯 고요했다.

— 내 소원 하나 들어주세요. 이 뱃속에 든 아일 낳고서 죽게 해주세요. 난 오늘 여기서 낳아야 해요. 안 그러면 아이까지 죽게 돼요. 천추의 한으로 기록될 거예요. 양 대인입니까, 안 대인입니까, 왕 대인입니까, 장 대인입니까, 오 대인입니까, 하 대인입니까, 고 대인입니까, 마 대인입니까, 이 대인입니까, 모 대인입니까, 해 대인입니까, 나 대인입니까? 약속해주세요. 맹세해주세요. 네? 여러분, 대답해보세요.

이때 양 대인이 일어나며 네, 하고 대답했다. 그러자 한두 명이 더 따라 일어나더니 차차로 열두 명의 대인이 모두 자리에서 일어났다. 사뭇 장내는 비장하였다.

걸걸중상의 호소하는 목소리가 떨려 나왔다.

— 여러분, 우리 젊은이들이 어제 이걸 가지고 왔어요.

그는 품속에서 꺼내들었다.

— 뜻을 모아 왔어요. 큰 뜻을 말입니다. 자, 들어볼래요? 여기에 희망이 있단 말이에요.

걸걸중상은 쭉 읽어내려갔다.

— ……하나, 우리는 고구려 계승 국가를 세운다. 하나, 이에 뜻을 같이 하는 모든 이족(異族)들과 하나가 되어 적과 싸운다. 하나, 나라를 찾은 후엔 함께 싸운 모든 사람이 족속과 신분을 불문하고 동등한 한 나라의 백성이 된다. 이 약속은 고마를 두고 영원히 지킬 것을 맹세한다.

모두가 새벽 바다처럼 숙연하였다. 한데 이때 안 대인이 무슨 말인가 하려 하였다. 그러나 걸걸중상의 얘기는 계속되었다.

— 얼마나 기쁩니까? 나는 이제 죽어도 여한이 없어요. 이런 젊은이들이 있고 내 뱃속의 아이가 탄생하는 걸 지켜봤는데 무슨 여한이 더 있겠어요? 벌써 이십 수년이나 지났네요. 우리가 요동 땅에서 안 대인, 장 대인과 헤어질 때 했던 약속을 이제야 지켰는가요? 어떤가요? 안 대인, 장 대인, 안 그런가요?

그의 간절한 눈빛, 은은한 미소, 따뜻한 구릿빛 주름은 얼음장도 녹여낼 만했다. 보이지 않는 감동의 파동은 급속히 증폭되어갔다. 회의 시작 때와는 판이하게 다른 일체감의 분위기가 넘쳐흘러 이제 그 물결은 몇 사람만을 제외하곤 전 회의장을 압도했다.

변화, 그것은 때로 이처럼 한순간에 찾아오기도 하였으나, 그걸 위해서는 이미 오랜 축적이 있어야 했던 것처럼 그 앞날에도 갈 지(之)자의 험난한 시행착오가 예고되어 있었다.

어쨌든 걸걸중상의 연설 후, 놀라운 첫 반응은 이들이 대동(大同)의식 속에서 이야기하기 시작했다는 점이다. 처음에는 열세 명의 대인들이 완고하게 삼분——안 대인파 7인, 양 대인파 4인, 장 대인파 2인——되어 있었다. 그 분포를 보면 이러하다. 훌룬·부이르 지구 : 안 1, 장 1. 돌론노르 지구 : 양 1, 안 1. 영주 지구 : 양 2, 안 1. 부여 지구 : 안 2. 본부 : 안 2, 양 1, 장 1. 그중에서도 특히 안 대인파와 나머지 두 파의 대립이 첨예하였는데, 그 핵심 쟁점은 민족 문제였다. 이전까지 다수파는 소수파가 고구려를 이용하려고만 할 뿐 실제로는 그들이 고구려 부흥운동을 하는 게 아니라는 강한 선입견을 가지고 있었다.

　(사실 나라가 망한 터에 가장 호소력 있고 응집력 강한 건 무엇보다 핏줄이었다. 하지만 당시의 국제정세 속에서 그것만으로 나라를 부흥시킨다는 건 현실을 떠난, 대단히 감정적인 접근이었다. 그 논리는 단순한 만큼 단기간에는 대단한 폭발력을 가질 수 있었으나, 장기화되면 그 안에서도 기득권층이 뚜렷이 형성되어, 결국 핏줄론은 그들의 특권을 정당화시켜주는 허구적인 이념으로서 전보다 훨씬 강화될 수밖에 없었다. 실제 그 특권을 유지하기 위한 차별화는 대체로 세 가지 방면으로 진행되었는데, 첫째는 일반 백성과 지배자층의 태생적 차이를 지배·피지배관계로 현저히 공고화시키고, 둘째는 최대한 항당抗唐전쟁을 억지시킴으로써 그 구조를 유지·확대하고, 셋째는 무역을 통한 주변 이족異族과의 경제적 종속관계를 만들어서 민족간 연대보다는 그 갈등을 심화시키는 것이었다. 그래서 그들은 의제화된 신고구려주의를 주장하였는데, 그 정체는 신성한 핏줄로서의 고구려 혈통과 최고 문명으로서의 중화문명을 결합시킨 극히 퇴행적이고 허구적인 관념이었다. 역설적이게도 가장 대립적일 것 같은 고구려 혈통주의와 중화문명주의는 대단히 교묘하게 하나로 조화되었다. 일단 결과적으로는 이러했다. —— 고구려 백성은 무지랭이요 이족들은 야만이기 때문에, 공히 문명의 혜택을 받아야 한다. 물론 고구려는 한사군과 수나라를 물리친 위대한 민족이어서 그

들과는 비교할 수 없는 큰 차이가 있지만, 그러나 백성들은 아직 몽매하니 잘 교화시켜야 이족처럼 야만족이 되지 않는다. 고구려가 과거에 위대했던 것도 통치자들의 덕화가 백성들에게 두루 미친 결과였다. 사실 우리는 아주 오랜 옛날에 중화문명보다 더 훌륭한 문명을 가지고 있었다. 그런데 그것에 만족해서 노력하지 않고 태만한 결과 뒤떨어지게 되었다. 그뒤론 이를 따라잡기 위해, 오로지 신성불가침한 권부權府가 중화문명을 수용하여 베푼 결과로, 이만한 문명의 혜택을 백성들이 받을 수 있었다. 만일 신성한 혈통이 아닌 자들이 신성불가침의 권부를 모독하여 이 일을 행한다면 나라는 이민족과 같이 야만의 집단으로 전락할 것이며, 결국 사멸하게 될 것이다. …… 이것은 중국의 전형적인 이이제이가 먹혀드는 바로 그 지름길이었다.)

걸걸중상의 진정은 소수파에 대한 의구심을 어느 정도는 해소시켜줄 수 있었다. 그것은 이들이 결코 고구려 핏줄을 이용하려는 게 아니라는 것, 이들도 결코 다수파보다 고구려를 덜 사랑하지는 않는다는 것을 느낄 수 있게 했다.

하여튼 이후의 계속된 토의를 통해, 또한 소수파의 눈물겨운 설득과 호소로 상당수의 다수파가 새로운 제안을 받아들임으로써 결국 그 문안은 만장일치로 합의되었다. 그러나 모두가 흔쾌하게 수용한 건 아니어서 내적으로는 새로운 차원의 다수파가 탄생한 셈이었다.

(하권 계속)

작품 속의 주요 사건 연표

668년   고구려 평양성 무너지다. 주인공 을천 태어나다.

671년   고구려 부흥운동의 중심지였던 안시성이 무너지고, 저자거리에서 을천의 아버지 처형당하다. 영주로 강제 이주당하는 고구려 유민의 대열 속에 을천은 엄마 손 잡고 따라가다.

671~677년   영주의 거상(巨商) 안마타사치 집에서 을천과 어머니는 노예 생활을 한다.

677년   을천은 투르판의 강의라(위러스뒤판) 집으로 보내진다.

688년   봄   투르판의 야르호토 성의 카라반 사라이에서 을천이 사르타바호, 파리후드와 이야기하는 것으로 소설은 시작한다.

689년 5월 15일   튀르크의 일테리쉬 카간과 백성들이 수도 외튀켄 산에서 천제 (天祭)를 지내다.
      5월 18일   고구려 임시정부의 특사 장 대인이 튀르크의 군사령관 톤유쿠크 와 극비리에 회담을 하다.

693년   여름   흥안령 대밝산에 있는 고구려 임시정부에서 키타이 문제를 토의 하다. 고구려의 젊은 장수 하달탄은 키타이군을 간단히 제압하 고, 특사 양울력은 키타이 군장 이진충을 간곡히 설득하여 고구 려 · 키타이 연합전선의 기초를 마련하다.
      12월 7일   당의 대장군 이다조가 고구려 임시정부를 공략하기 위하여 군대 를 이끌고 영주에 도착하다.

694년 1월~
      2월 10일   고구려 임시정부군과 당군의 전쟁.

2월 20일	을천, 하달탄, 양울력, 오루방이 양만춘 장군의 책을 필사하기로 하고, 민족의 새로운 진로를 모색하다.
2월 25일	고구려 임시정부에서 건국의 새로운 원칙을 채택하고, 소수파가 다수파로 되다.
초여름~11월 말	을천이 주인 강의라를 수종하여 투르판→쿠차→악수→이식쿨 →수이압→신성→사마라칸드→부하라→페르가나 계곡을 지나 카쉬가르에 이르다. 사마르칸드에서는 그곳의 왕을 알현하려 온 고구려 임시정부 사신 양울력과 하달탄을 극비리에 만나다.
11월 말	을천이 카쉬가르에서 타클라마칸으로 도망, 약 한 달 간 사막에서 사투하다.
695년 1월 7일	을천이 소년 돌이를 데리고 고구려 임시정부를 향해 만리 길을 떠나다.
696년 5월 12일	고구려 임시정부와 키타이가 연합으로 독립전쟁을 일으켜 영주 도독 조문홰를 죽이고 영주성을 빼앗다.
9월 21일	키타이의 군장 이진충이 튀르크군에게 배후를 습격당해 전사하다.
697년 6월 20일	이진충을 대신해 키타이군을 이끈 손만영이 피살당하다. 독립전쟁이 시작된 이래 이때까지는 고구려 임시정부군과 키타이군의 연합전선이 당나라 군대를 연전연승으로 무찌르다. 그러나 그의 사후 키타이군은 튀르크군에 항복하고, 당나라 군대가 영주를 재탈환하다. 이즈음 고구려 임시정부는 유민들을 이끌고 옛 고구려 땅으로 대장정을 시작하다.
698년	고구려 임시정부군은 요동의 천문령 전투에서 당나라 군대를 대파하고, 동모산으로 가서 고구려의 계승국가인 발해를 건국하다.